中公文庫

ホームズ四世

新堂冬樹

中央公論新社

目次

ホームズ四世

第1章　歌舞伎町「ポアゾン」

「十三番テーブル、マリちゃん、ドンペリ・ロゼ入りましたー！」

店長の日向《ひゅうが》のよく通る声が、マイク越しに店内を駆け巡った。

「おめでとうございまーす！」

ホスト達が、祝福の笑みを湛《たた》えながらマリのテーブルを取り囲んだ。

「マリちゃんの祝砲五秒前！」

響《ひびき》は言いながら、シャンパンのボトルを宙に翳《かざ》した。

「四、三、二……おめでとう！」

派手な音を立て飛んでゆくシャンパンの栓《せん》が、放物線を描いた。

「一秒ごとにかわいくなるマリちゃんにカンパーイ！」

気泡を上げるピンクの液体がなみなみと注《つ》がれたシャンパングラスを、マリのグラスと触れ合わせた。

響とマリのテーブルを取り囲んでいたホスト達が、拍手で盛り上げた。

「ありがとう。でも、そういうこと、誰にでも言ってるんでしょう？」

「祝福の儀式」が終わりホスト達が各々の席に戻ったのを見計らい、マリが響を軽く睨《にら》みつけてきた。

マリは歌舞伎町《かぶきちょう》のキャバクラ嬢で、ホストクラブ「ポアゾン」に勤める響の常連客の中でも「太客《ふときゃく》」だった。

「太客」とは、来店時に多額の金を払ってくれる客のことで、店にとっては大切な存在だった。

響の常連客は五十人を超えるが、数千円の会計の客も数十万の会計の客も、変わりないテンションで接していた。

ホストと言えば金の亡者《もうじゃ》のイメージがあるが、響は違った。

女性と愉《たの》しいひとときを過ごしたいから——これが、響がホストクラブに勤めた理由だ。

女性と遊ぶのが生き甲斐《がい》と言っても過言ではなかった。

ただし、目的はセックスではない。

幅広いタイプの女性とお喋《しゃべ》りし、酒を呑《の》み、美味《おい》しい食事に舌鼓《したつづみ》を打ち、映画の批評をし合い、ペットショップを冷やかし……ようするに、多くの女性とデートをするのが大好きなのだ。

「本当にかわいいコには言うけど、そうじゃないコには言わないよ」

シャンパンで喉《のど》を濡《ぬ》らしながら、響はさらっと言った。

響の中で、女性と接するときにひとつのルールを作っていた。

下手《へた》な嘘《うそ》は吐《つ》かない……という決め事だ。

複数の女性にその場しのぎの嘘を吐いても、すぐにボロが出る。

なにより、響の中で、かわいいコをかわいい、セクシーなコをセクシー、と言うことに罪悪感はなかった。

それを聞いて血相を変えて怒りまくるような女性であれば、どの道、長続きはしないものだ。

「マリよりかわいいコがいるんだぁ？」

マリが、頬《ほお》を膨《ふく》らませ拗《す》ねてみせた。

もちろん、本気で怒っているわけでなく甘えているだけだ。

「そんなわけないじゃん。マリちゃんが一番だよ！」

「じゃあ、もし、このお店にアンジェリーナ・ジョリーがきたら、あたしとどっちを選ぶ？」

マリが、試すように響の顔を覗《のぞ》き込んできた。

「もちろん、マリちゃんに決まってるじゃん」

響は即答した。

自信はなかった。

なんといっても、相手はハリウッドスターだ。

だが、ここで正直に胸のうちを言ってしまえば、マリを傷つけてしまう。

それに、「アンジー」の席に着いたとしてもマリより好きだからという意味ではなく、好奇心からくるもので、恋愛感情ではない。

思いを正直に伝えることばかりが、優しさとはかぎらない。

自分の言動を正当化しているわけではない。

ときとして真実は、人の心を残酷に傷つけるものだ。

「響、大好き！　嬉《うれ》しいから、もう一本、シャンパン入れようかな」

マリが、響に抱きついてきた。

「僕も好きだよ。でも、シャンパンは入れなくていいよ。高いからね」

響は、マリの頭を撫《な》でながら言った。

駆け引きでそう言ったわけでも、先に繋《つな》ぐための戦略でもない。

響が興味があるのは売上だけではなく、女性と愉しく過ごす時間なのだ。

「響って、優しいんだね。そんなこと言ってくれるホスト、日本中探してもいないよ」

マリが、うっとりした表情でみつめた。

「そういうところが、ナンバー1になる秘訣《ひけつ》なんですね」

後輩ホストの蘭丸《らんまる》が、さりげなくテーブルに着いた。

マリの顔に、露骨に不快のいろが浮かんだ。

彼女が、蘭丸をきらいなわけではない。

どちらかと言えば、明るく朗らかな蘭丸に好感を持っている。

マリが不快な表情になった理由は、蘭丸がヘルプ要員だからだ。

蘭丸の役目は、響がほかの客の席に着いている間の繋ぎなのだ。

「なんであんたきちゃうわけ⁉」

マリが、嫌悪感剝《む》き出しに吐き捨てた。

「ひどいなぁ、僕はマリさんの席に着くの愉しみにしてるのに」

蘭丸が、拗ねたように唇《くちびる》を尖《とが》らせた。

「あんたがくるとさ、響を取られちゃうからいやなのよ！」

マリが、蘭丸の肩を思い切り突いた。

シラフのときは常識的でおとなしい彼女だったが、酒癖が悪いのが玉に瑕《きず》だった。

「取られないよ。すぐに戻ってくるからね」

響はマリの頭をポン、と叩《たた》き席を立った。

「じゃあ、三分で戻ってきてね」

「それじゃ、トイレに行って終わっちゃうよ。できるだけ早く戻るから、いいコにね」

ウインクし、響はテーブルを離れると蘭丸から受け取ったメモに視線を落とした。

五番テーブル、すみれさん。

客の前でほかの客の名前は出さないというのが、響が己《おのれ》に課したルールだった。

高い料金を払って遊んでいる女性を、嫉妬《しっと》で不愉快な気持ちにさせたくないというのが理由だ。

「ポアゾン」のホストの中には響と違い、ほかの指名客の名前を頻繁に出す者もいる。

客達を嫉妬させ、競い合うようにボトルを入れさせるのが狙《ねら》いだ。

響は、彼らを否定も肯定もしない。

金こそすべてと考えるホストがいても不思議ではない……というより、そうでない響のようなタイプのほうが珍しい。

「ひさしぶり！」

響は、五番テーブルのすみれに弾んだ声で呼びかけた。

「会いたかったよー、響！　早く、早く！」

すみれが満面の笑みを浮かべ、手招きした。

「しばらくぶりだけど、忙しかったの？」

すみれの隣に腰を下ろしつつ、響は訊《たず》ねた。

「もう、ちょー忙しくてさ！　バイトのコが何人かバックれちゃったから、すみれがカバーしなきゃならなくてさ。ほんと、最近のギャルは自己チューだね」

すみれが、ため息を吐き肩を竦《すく》めた。

コーヒー豆さながらの褐色の肌、瞼《まぶた》を囲むつけ睫《まつげ》、グレイのカラコン、アッシュブラウンに染めた盛り髪……そう言っているすみれ自身も、どこからみてもギャルそのものだった。

すみれは、渋谷《しぶや》のネイルショップで働いているネイリストだ。

彼女の爪《つめ》は指の第一関節までほどの長さがあり、ラインストーンやチェーンが派手に盛られていた。

不便そうにみえるが、すみれは器用にスマートフォンを打ったり小銭を摘《つ》まんだりできる。

「安心したよ。ほかのホストクラブに浮気しちゃったのかと思ったよ」

響は、すみれにおしぼりを渡しながら言った。

「そんなわけないじゃん。朝から晩まで、お客さんの爪と睨めっこばかりしてたんだから。心配なら、電話してくれればいいのに……っていうか、前々から不思議だったんだけど、響って電話かけてこないよね？　もしかして、電話嫌いとか？」

「ううん、そんなことないけど、電話するの営業かけてるみたいでいやなんだ」

「ふーん……だけどさ、ホストって電話で営業かけるのも仕事のうちじゃないの？　ウチらのネイルショップだって、顧客リストみながら営業メール送るよ。あ、私、いつもの頼むね」

響はボーイに手を上げ、モスコミュールを頼んだ。

「ほら、ネイルショップと違ってホストクラブはお金がかかるからさ。悪いじゃん」

響は、無邪気に笑った。

「響って、ホスト界の突然変異ってやつ？」

冗談っぽく言うと、すみれがケタケタと笑った。

——お前をみていると、突然変異としか思えない。曽祖父《ひいじい》さんに、顔向けできないよ。

ため息を吐く、父、邦彦《くにひこ》の姿が脳裏に蘇《よみがえ》った。

——またそれ？　もう、聞き飽きたよ。

響は、うんざりした顔で言った。

――二十六にもなってチャラチャラ女の尻ばっかり追いかけていたと思ったら、今度は、ホストクラブで働いているだって？　曽祖父さんの栄光に、どれだけ泥を塗れば気が済むんだ⁉

邦彦が、リビングの壁にかけてある額縁を指差した。

額縁には、曽祖父のセピア色の写真が入っていた。

長身瘦軀《そうく》、青白い肌、鷹《たか》のように鋭い眼、すっと通った鼻梁《びりょう》、オールバックに整えられた頭髪、パリッと糊《のり》の利《き》いたシャツの襟《えり》、銀のカフスどめ、黒のフロックコート、黒のボウタイ……そして、パイプ。

パイプと並んでトレードマークになっているチェックの鹿撃帽《しかうちぼう》は、じっさいには、滅多《めった》なことでは被《かぶ》らなかったという。

――響、お前は、自分がシャーロック・ホームズの曽孫《ひまご》だということを忘れていないか⁉

邦彦が、額縁を指差し訊ねてきた。

そう、自分は、信じられないことに、あの伝説の名探偵、シャーロック・ホームズの子孫なのだ。

ホームズは周知の通りイギリス人だ。

シャーロックの息子――響の祖父、ランドールは、父親同様にイギリスで探偵事務所を開いていた。

ランドールは、幼い頃から父親にバリツを習っていた。

バリツとは柔術……つまり、現代で言えば柔道のことだ。

シャーロックが女性嫌いなのは有名な話だが、人生唯一の恋人で伴侶《はんりょ》となったアイリーン・アドラーだけは別だった。

アイリーンとの間にランドールが生まれたのは、シャーロックが四十八歳のときだった。

ランドールも父親に負けず劣らず女性を苦手にしており、四十を過ぎても独身だった。

そんな彼に運命の出会いがあったのは、イギリスから一万キロ以上離れた異国の地……日本でだ。

柔術を究めたいと考えたランドールは、なんの予備知識もなく日本に向かった。

思い立ったら即実行に移す行動力は、父親譲りだった。

日本に渡ったランドールはまず最初に柔術の看板を掲げている街の道場に手当たり次第に飛び込み弟子入り志願した。

日本人の弟子さえ取らない道場主が、どこの馬の骨かわからない異国の男を受け入れるはずもなかった。

しかも、当時のランドールは青年ではなく中年だったのだ。

五軒、十軒、二十軒……どの道場も、取り付く島もなかった。

日本にきて数日が過ぎ、飛び込んだ道場の数が百を超えた頃、ある道場主が「弟子にしてくれ！」といきなり押しかけてきたランドールの熱意に押し切られ、物置として使っていた納屋に寝泊まりし、使用人として働くなら弟子にしてもいいと承諾してくれた。

もちろん、ランドールに異論はなかった。

ランドールを受け入れてくれたのは沖田《おきた》という五十代半ばの男性で、本業は接骨院を営む整骨師だった。

ランドールは、朝十時までに接骨院の掃除を済ませ、沖田の雑用係として働き、その報酬がわりに、夜八時から始まる道場での稽《けい》古《こ》に無料で参加させてもらえた。

響は、邦彦から祖父の話を聞かされているときに、ずっと腑《ふ》に落ちなかったことを訊ねた。

それは、異国の地の見ず知らずの人間の家で丁《でっ》稚《ち》奉公《ぼうこう》みたいなことをやりながらも柔術を習得しようとしたのは、故郷で柔術教室を開く「夢」でもあったのだろうかということだ。

邦彦の言葉で響が驚いたのは、ホームズ家は歴代、損得勘定より好奇心で動くタイプの人間ばかりだということ——つまり、ランドールは、イギリスで柔術教室を開くつもりもなにもなく、単に、もっと柔術を究めたいという衝動だけだったということだ。たしかに、曽祖父も、一生遊んで暮らせる大金を積まれても、興味のない事件には見向きもしなかったという。

反対に、雀の涙程度の報酬でも、曽祖父の好奇心を刺激する事件なら、何日も睡眠を取らずに嬉々《きき》として仕事に挑んだらしい。

蛙《かえる》の子は蛙——父親譲りの変わり者で女性嫌いのランドールだったが、日本での生活が一年を過ぎた頃、ひとりの女性と出会った。

女性は沖田の道場生のひとりで、木《き》塚《づか》美《み》里《さと》といった。

美里はランドールより十五歳年下だったが、既に黒帯で柔術では格上の存在だった。まだ白帯のランドールにたいして、美里はなにかと上から目線で物を言ってきた。彼女からすれば、自分よりも柔術のキャリアの浅い後輩にアドバイスをしていたつもりだろうが、他人にとやかく言われるのが大嫌いなランドールにとっては苦痛でならなかった。

走り込みがたりない。受け身が雑。引き込むときの体重移動が早過ぎる。下半身が不安定。センスがない。中途半端にしか取り組まないならやめたほうがいい。

ランドールへの美里のダメ出しは、容赦なかった。

最悪の出会いのふたりが結婚するまでの関係になったきっかけは、鬱積《うっせき》を爆発させて反抗したランドールにたいして放った美里の言葉だった。

一秒の油断が命取りになるのが柔術なの。あなたは間違った柔術を覚えている。瀕死《ひんし》の状態になったら、私と喧嘩《けんか》もできないのよ！

そのときランドールは、雷に打たれたような衝撃を受けたらしい。

四十数年の人生で、女性との接触を極力避けてきたランドールにとって美里の言動はカルチャーショックだった。

衝撃は好奇心となり好奇心は興味となり……興味が恋心になるのに時間はかからなかった。

ランドールと美里の馴《な》れ初《そ》めはすべて邦彦から聞いたことで自分がこの目でみたわけではないが、響には祖父の少年のようにはにかんだであろう顔が鮮明に浮かぶ。

——僕の曽祖父さんはシャーロック・ホームズ……できれば、忘れたいよ。

響は、ため息とともに言った。

——忘れたい？　どうして？　あんなに偉大な名探偵がご先祖様だなんて、凄《すご》いことだぞ？

邦彦が、両手を広げて欧米人風に肩を竦めてみせた。

こんな仕草も、ハーフで彫りの深い顔立ちの邦彦がやると似合う。

響もクォーターなので欧米人の面影は残っているが、邦彦に比べれば日本人に近かった。

——どうしてって……凄いのは曽祖父さんで、僕じゃない。それに、イジられるのが一番いやだった……。

小学生時代のことを思い出し、響は唇を噛《か》んだ。

——まあ、わからないでもないがな。

邦彦が、同情のいろを浮かべた眼差《まなざ》しで響をみつめてきた。

父もまた、「シャーロック・ホームズ」の幻影に苦しめられたのだろう。

――推理してみろよ、ホームズの子孫のくせに頭悪いんだな、ホームズのパイプ持ってこい……とかさ。ジョン・レノンの息子も、スーパースターの息子に生まれてきた運命をずいぶんと呪《のろ》ったらしいよ。

好奇の視線でみられる毎日、冷やかし、からかわれる毎日――シャーロック・ホームズの子孫として得した記憶は響にはなかった。

――父さんもそういう経験をしてきたから、お前の気持ちはわかるよ。でもな、私達には「伝説」を守る義務がある。全世界に、シャーロッキアンと呼ばれる熱狂的ファンがいる。どれだけ多くの少年、少女が、お前の曽祖父さんの活躍を推理小説で読んで夢や希望を持ったと思う？　その夢や希望を、たとえ子孫であっても、いや、子孫であるからこそ守らなきゃならない。

――そんなの、いい迷惑だよ。曽祖父さんがどれだけ偉大な有名人か知らないけど、僕は僕さ。年代も、国も、なにより、人間が違うんだ。他人の伝説に縛《しば》られる人生なんて、まっぴらだよ。

響は、吐き捨てるように言った。

――お前の言う伝説に縛られない人生って、女の尻を追いかけ回すことなのか？

邦彦が、蔑《さげす》んだ眼を響に向けた。

――ああ、そうだよ。でも、そのことで誰にも迷惑をかけてはいない。

――何度も同じことを言わせるな。私達には、守らなければならない……。

――だったら、家を出るよ。

――それ本気で言ってるのか？

――ああ、本気さ。僕は、僕の人生を生きるから。


「響？　聞こえてる？」

すみれの声が、響の回想の旅を中断させた。

「ああ、聞いてるよ。ホスト界の突然変異……たしかにそうかもね」

響は、無理に笑顔を作ってみせた。

「響ってさ、ホストやる前はなにやってたの？」

「え……」

瞬間、響はフリーズした。

「なにか、まずいこと訊《き》いた？」

「あ、いや……運送屋で働いていたんだ」

咄嗟《とっさ》に、嘘が口を衝《つ》いて出た。

本当は、大学を出てすぐに邦彦が経営する探偵事務所で働いていたのだ。

――お前には、シャーロック・ホームズの血が流れている。立派な探偵になるのは、私達の使命だ。

脳裏に蘇る邦彦の声に、胃がキリキリと痛み掌《てのひら》が汗ばんだ。

「運送屋って、なんとか急便とか？」

「うん、まあね。さあ、それより、ひさしぶりの再会を祝して乾杯しよう！」

響は、すみれのモスコミュールのグラスに自分のハイボールのグラスを触れ合わせた。

すみれに気づかれないように、腕時計に視線を忍ばせた。

加奈《かな》の来店する予定の十一時を三十分近く回っていた。

加奈は響の客の中で、マリ以上の太客で断トツのナンバー1だ。

彼女は新宿《しんじゅく》に本店を据える大手質屋チェーン「富王《とみおう》」の経営者であり、全国に百店舗以上の支店を持つ。

「ポアゾン」には、平均して週に三回は訪れていた。

落とす金額も桁《けた》違いで、最高でひと晩に一千万円以上使ったこともある。

加奈とはもう半年ほどの付き合いになるが、経営者だけあり時間には厳しかった。

いままでに、彼女が店に予約した時間に遅れたことはなかった。

一度だけ、来店予定の一時間前に仕事が長引いているので十五分ほど遅れると連絡が入ったことがあった。

つまり、加奈は僅《わず》か十五分の遅刻で連絡を入れてくるくらい時間にうるさい女性なのだ。

「ちょっと、トイレに行ってくるね」

響はすみれに言い残し、席を立った。

トイレに向かう途中でマリの席に寄った。

「もう少しだからね」

「もお〜響がいないと退屈だよ〜。あたし、帰っちゃうぞ？」

響を待っている間にグラスを重ねたのだろう、マリの顔はさっきより赤らみ呂律《ろれつ》も怪しくなっていた。

「本当に、ごめんな。これ以上、待たせるのも悪いから、今夜は帰ってもいいよ」

「ひっど〜い！　あたしがいると迷惑なわけぇ⁉」

相当に酒が回っているのだろう、マリの眼は据わっていた。

もともと、彼女は酒癖が悪く、絡《から》み酒の気《け》があった。

「うん、そうじゃないよ。ただ、今日はこれからも僕の指名客が増える予定だし、あまり席に着けないのにお金だけどんどんかかっちゃうのが悪くてさ」

「こら、響！　そんなに優しくして、あたしがその気になったら責任取って結婚してくれるのか？　ほら、こっちに座って答えて！」

マリがソファの背もたれ越しに響の腕を掴《つか》み、力一杯引き寄せた。

「マリちゃん、飲み過ぎだよ。もう少ししたら戻るから、いまはだめだよ」

響はマリを諭《さと》しつつ、蘭丸に目顔で合図した。

「さあさあ、マリ女王様ぁ〜、家来の私めがお相手致しますので」

以心伝心――蘭丸が、おどけ口調で言いながら、響の腕からマリの手を離した。

「もう、あんたは邪魔なのよっ」

ふたりが「揉《も》めて」いるうちに、響は席を離れトイレに向かった。

予想外の足止めを食ったとは思わない。

嫉妬したり酔っ払ってわがままを言う客の相手も、仕事のうちだ。

といっても、響の頭に仕事だという義務感はない。

昔から、女性のわがままをきくのは苦にならない……というより、むしろ好きだった。

女性の笑顔はもちろん、泣いている顔、怒っている顔、焦っている顔……どんな女性の顔も好きだった。

――響君は、どうして女子としか遊ばないの？

小学三年生のときの担任の女性教諭が、困惑顔で訊ねてきた。

ある日の昼休み時間、いつものように複数の女子とお喋りをしていた響は、女性教諭に職員室に呼び出されたのだった。

――女の子と遊んだほうが、おもしろいもん。

響は、迷うことなく即答した。

――あら、どうして？　サッカーとかバスケとか、男子と遊んだほうが楽しいんじゃない？

――楽しくないよ。

ふたたび、響は即答した。

——響君は、スポーツ嫌いなんだっけ？

女性教諭は、不快になることもなく質問を重ねてきた。

——サッカーもバスケも大好きだよ。

——だったら、どうして教室にいるの？　男子はみんな、グラウンドでサッカーしてるよ？

——女の子とお喋りしてるほうがもっと好き！

嬉しそうに言う響に、さすがに女性教諭も眉《まゆ》をひそめた。

——響君は男の子なんだから、先生はサッカーやバスケをして遊んでほしいな。

女性教諭が、気を取り直したように微笑《ほほえ》んだ。

――どうして？　女の子と遊ぶのは悪いことなの？

反抗しているわけでも、もちろん惚《とぼ》けているわけでもなく、響は純粋な疑問を口にした。

――悪いことではないけど、あまり、いいことでもないわね。

そのときの女性教諭の言葉は、幼心《おさなごころ》に強烈に刻み込まれた。

中学生になった響は、初めての恋人ができた。

同じクラスの学級委員長で、千沙《ちさ》という名前だった。

千沙は、長い黒髪と大きな瞳が印象的な清楚《せいそ》な美少女だった。

期末試験前に風邪で長期間休んでいた千沙に、ノートを貸してあげたのがつき合うきっかけだった。

不真面目に思われがちな響だが、中学、高校時代は常に学年で十番に入るほど成績は優秀だった。

――あのさ……響君、真実《まみ》ちゃんのこと好きなの？

初めてのデート――人気少女漫画が原作の話題のラブストーリーの映画を観に行った帰り道、千沙が言いづらそうに訊ねてきた。

――えっ……好きじゃないよ。いいコだとは思うけどね。どうして？

予期せぬ千沙からの質問に驚いた響は訊ね返した。

――だって、響君、いつも真実ちゃんと仲良く話してるからさ。

千沙が、頬を膨らませた。

――仲良く話してると、好きってことになるの？

――だって、好きじゃないコとは仲良くしないでしょ？

――僕は、そうは思わないな。

――響君は、私がほかの男子と仲良くしてたらいやじゃないの？

千沙が、挑むように言った。

――いやじゃないよ。だって、つき合ってるわけじゃないんだから。

あっけらかんと言う響に、千沙の顔色が変わった。

――じゃあ、響君は、どんなことになったらつき合ってることになるの？

――遊んでいるときに、好き、って感じたら、つき合ってるってことになるんじゃないのかな。

その言葉を最後に、千沙とは別れた。

響の「女性観」が原因で、ひとりの女性との交際は長続きしたことがなく、三ヵ月以上、つき合った記憶がなかった。

だからいまは、特定の「彼女」を作らないことにしていた。

――お前は、女性に関して節操がなさ過ぎる。シャーロック・ホームズの子孫ということは別にして、普通の人としても問題だ。

邦彦の小言は、細胞の隅々にまで浸透していた。

たしかに、邦彦の言う通りなのかもしれない……いや、図星だった。

あのとき、思春期で不安定な千沙を深く傷つけてしまった。

その後、彼女が男性不信になったとしても不思議ではない。

千沙だけでなく、過去につき合ってきた女性全員に言えることだった。

自分は、多くの女性の人生を台なしにしてきた。

女性を弄《もてあそ》んだつもりはない。

恋人がいるときに、どんなに魅力的な女性が現れても一線を越えたりはしない。

タイプのコがいれば食事にも呑みにも行くし、メールのやり取りや長電話もする。

だが、決して肉体関係を持たないというルールが響の中にあった。

響の浮気の定義は、ふたりがセックスする関係かどうかというものだった。

逆を言えば、肉体関係がなければどれだけ親密な関係になっても構わない、という響の考えを理解してくれる女性はいなかった。

トイレの個室に入った響はカギをかけ、スマートフォンを取り出し加奈の番号をプッシュした。

コールが鳴らないうちに、すぐに留守番電話になった。

何度かけても、同じだった。

微《かす》かに、いやな予感がした。

過去に、こんなことはなかった。

響は、加奈が経営している大手質屋チェーン「富王」の新宿本店の番号を押した。

「富王」は土地柄、水商売の関係者の利用が多いので二十四時間営業なのだった。

『はい、「富王」新宿本店です！』

一回目のコールの途中で、威勢のいい男性スタッフ……店長の富樫《とがし》の声が流れてきた。

「『ポアゾン』の響ですが……」

『あ、響さん、お世話になってます！』

富樫は、加奈に連れられて何度か「ポアゾン」を訪れたことがあり、響とも顔見知りだった。

「加奈社長、そちらにいます？」

『いえ、いませんが……お約束でも？』

「今日、予約が入ってたんですけど、約束の時間が過ぎてもいらっしゃらないんです。いつも時間に正確な人なので、なにかトラブルでもあったのかなって心配になりまして……」

『響さん、場所を移しますから、ちょっと待ってくださいね』

束の間の沈黙。響は、個室の扉に背を預け富樫を待った。

もしかしたら、加奈の気を悪くするようなことを言ってしまったのだろうか？

だが、そうであれば今夜予約を入れるはずがない。

『お待たせしてすみません。周りに人がいたもので。あの、社長がそちらに行くって連絡入れたのいつですか？』

「たしか、一昨日《おととい》の夕方頃でしたね」

『一昨日の夕方ですか……なるほど』

電話の向こう側から、富樫が思案しているふうが伝わってきた。

「なにかあったんですか？」

『……店の人に言わないって約束してもらえますか？』

富樫が、声を潜《ひそ》めた。

「ええ、誰にも言いません」

『実は、昨日《きのう》から社長と連絡が取れないんです』

「そういうこと、よくあるんですか？」

『とんでもない。社長は電話魔で、日に最低でも十回以上は電話してきます。それが、昨日から一本もなくて……。こっちからかけても即留守電になって繫がらないし、コールバックもありません。家にも行ったんですが、留守でした。職業柄、知らず知らずのうちに恨みを買うこともあるかもしれませんし、なにか事件に巻き込まれたかもしれないので警察に相談しようかどうか考えているところです』

「そうだったんですか……」

響の不安は的中した。

あとは、大変な事件に巻き込まれていないかが心配だ。

質屋はいわゆる金貸しと同じなので、返済不能に陥り質草を流されてしまった客が逆恨みする可能性も十分に考えられた。

——質屋ってさ、因果な商売よ。今日もさ、大久保《おおくぼ》で中華料理店やってるおやっさんが、えらい剣幕《けんまく》で怒鳴《どな》り込んできてさ。困ってる人を助けてあげてるのに、返せなくなった客の質草押さえたら罵詈雑言《ばりぞうごん》浴びせられるなんて、理不尽極まりないって！　借りるときは猫撫で声で殊勝にしてるくせに……ふざけんじゃねえって話だよっ、まったくさ！　質草取られたくないんなら最初っから借りなきゃいいって話じゃん！

ある日の夜、「ポアゾン」で呑んでいた加奈が珍しく利用客のことを罵倒《ばとう》した。

酒癖がいい加奈が呑んでいて管《くだ》を巻いたことはなかったので、その夜のことははっきりと覚えている。

——そのおやっさんは、質草になにを入れていたの？

響は、話につき合ったわけでなく、好奇心で質問した。

それだけ逆上するくらいなので、相当に大事な物を質草に入れたに違いなかった。

——塩田《しおた》のおやじがなにを質草に入れたかって⁉　それが、傑作なのよ！

それまでの激憤モードとは一転し、唐突に、加奈が腹を抱えて笑った。

——シャネルのパーティーバッグよ。それも、ベビーピンク！

——奥さんの持ってきたのかな？

——そんなわけないじゃない。会ったことあるけどさ、塩田のおやじの奥さんは中華屋のおばちゃんで、シャネルってガラじゃないわね。あのバッグは、愛人のものよ。

——愛人？

——そう。塩田のおやじ、チャウチャウみたいな顔してるくせにさ、歌舞伎町のキャバ嬢に入れ揚げててさ。中華屋の稼ぎだけじゃキャバ嬢を繋ぎ止められないから、ウチで「軍資金」を工面《くめん》してたってわけよ。あいつ、サラ金にもかなりの借金があったみたいだしさ。

――つまり、キャバ嬢にプレゼントしようと買ったバッグを渡さずに加奈さんの店に持ってきたってこと？

――ちょっと違うわ。持ち込まれたシャネルのバッグは未使用じゃなかったから、金に困った塩田のおやじが勝手に拝借したんだと思うわ。だから、流したときにあんなに怒ったのよ。キャバ嬢に貢《みつ》ぐために、以前貢いだプレゼントを持ち出して質に入れるなんて、最低の男だよ、あのおやじは！

加奈の吐き捨てる声が、クリアに鼓膜《こまく》に蘇った。

「店長、加奈さんから聞いたんですけど、大久保で中華料理店を経営しているお客さんと揉めたって話、知ってます？」

無意識に、響の口が動いた。

おいおいおい、どうしてそんなことを訊く？

お前と彼女はホストと常連客の関係……それ以上でもそれ以下でもない。

余計《よけい》なことに首を突っ込まず、さっさとフロアに戻って接客しろ。

『はい、もちろん、知ってます。塩田さんのことですよね？　俺の女のバッグだから返せって、酒に酔っ払った勢いで、物凄い剣幕で怒鳴り込んできましたからね。まあ、女にバレたら間違いなくフラれるでしょうからね。もともと女の目当ては金以外にないでしょうから。でも、それが社長と連絡取れない件となにか関係あるんですか？』

「関係あるかどうかはわかりませんが、なんか、もやもやするんですよね」

『あ、そう言えば、社長がよく言ってました。響さんがなにかにたいして「なんかもやもやする」って疑問を持ったときは、たいてい当たってるって。凄い直感と推理力だって、感心してましたよ』

――ちょっと、聞いてよ。また、ウチの軒先《のきさき》にうんこがバラ撒《ま》いてあったんだって。警察に訴えてやろうと思ったんだけど、犯人が客なのは間違いないからどうしようか考えちゃってさ。

ある日、困り果てた様子の加奈に相談を持ちかけられた。

話によれば、バケツ一杯ぶんほどの大便が、一ヵ月の間に五回もバラ撒かれたらしい。

——加奈さん、怒らないで聞いてくださいね。そのパートの平岩《ひらいわ》さんって女性が、なんかもやもやするんですよね。

加奈から一回目に大便が撒かれてからの流れを詳細に聞いた響は、加奈の予想した「逆恨みの客が犯人説」とは違い、身内のパートタイマーである平岩容子《ようこ》の名を挙げた。響は、邦彦の経営する「ホームズ探偵事務所」で働いていたときに、偉大なる曽祖父の言葉を引用し、祖父がまとめた「推理十訓」を叩き込まれていた。

一、判断材料がないのに推論してはいけない。自分の推論の正しさを証明しようとして、誤った結論を導くことになる。

二、些細《ささい》なことほど、重要である。

三、全体の印象を信じてはいけない。細部に注意を集中させよ。

四、たいていの場合、異常なことがあれば、それこそが手がかりになる。

五、明白な事実ほど、あてにならないものはない。

六、一般に不思議なものほど、その本質はちっとも不思議ではない。

七、特徴のない顔を見分けるのと同様に、平凡な事件は、往々にして解決が難しい。推理を引き出す手がかりとなる目新しさや特異性がないからだ。

八、事件が異常であればあるほど、注意深く調べてみる価値がある。事件を複雑に見せかけているポイントこそが解決のヒントだ。

九、多くの事実の中から、どれが偶然で、どれが必然かを識別することが重要だ。さもなくば、体力の浪費と注意力の散漫になりかねない。

十、決して先入観を持たず、どんな結論であれ、事実に基づいて導かれた結論に従うこと。

さすがに、どれも鋭く明晰《めいせき》な言葉達ばかりだが、響はとくに十の先入観を持たず……ということを意識していた。

　先入観は、瞳と思考を曇らせ、間違った情報をあたかも正しい情報であるかのように錯覚させる。

　たとえば、撲殺《ぼくさつ》された死体を眼にした場合、多くの人間は犯人を男性だと思い込む、というものだ。

　非力な女性が人間を殴り殺すのは不可能……と決めつけるのは危険であり、男性並みに腕力のある女性かもしれないし、靴下に砂を詰め込んで殴った可能性もある。

　ほかに推理とは関係ないが、派手な身なりをした水商売ふうの女性が肉ジャガや煮物などの料理を作ると、見かけによらず家庭的なんだね、などと評価が上がりやすくなるが、見かけが地味な女性が同じ料理を作っても、あたりまえに受け取られがちだ。

　ここで注意しなければならないポイントは、派手な女性だろうが地味な女性だろうが、家庭的な料理を作れるという点において互角の評価を与えるのが妥当であり、少なくとも派手な女性が地味な女性よりも好感度がアップするのは正当な評価とは言えない。

――容子さんが？　彼女が、そんなことするわけないじゃない。

　案の定、加奈は響の話を真に受けずに一笑に付した。

もちろん、響は平岩容子に会ったこともないので、確たる根拠があるわけではなかった。

だが、見ず知らずの人間故に、響の頭には先入観のもとになる「余計な情報」が入ってこなかった。

「余計な情報」とは、優しそう、穏やかそう、真面目そう、几帳面《きちょうめん》そう、人が好さそう……などだ。

あくまでもこれらは、見る側が受けた勝手な主観であり、平たく言えば「そう見える」ということに過ぎず、相手がそういう人間だということではないのだ。

しかし、人間というのは、接する回数が増えるほどに、「あの人はそんなことやるような人ではない」や、「あの人ならやっても不思議ではない」などの先入観に基づいた推測をしてしまうことになる。

——もちろん、証拠はないんです。加奈さんから一連の話を聞いているときに、なぜか平岩さんに「もやもや」する感情が出てきただけですから。

平岩容子が疑わしいと口にしたことに、響なりの理由はあった。

加奈の話によれば、最初に店先に大便が撒かれていたことを発見したのは平岩容子であり、残る四回も彼女だったという。

加奈はすぐさま反論してきた。

昔から平岩容子が一番早く出社するので、最初に発見するのはあたりまえである、と。

尤《もっと》もである。

ただ、裏を返せば、「第一発見者であっても疑われない立場」であり、「ほかのスタッフにバレずに大便を撒ける立場」でもある、ということだ。

こういう発想ができるのも、響が平岩容子の顔も声も人間性も知らないからであり、だからこそ、なんの脚色もされていない素《す》のままの情報しか入ってこないからだ。

結論を言えば、「富王」の店先に大便を撒き散らし続けた犯人は平岩容子であり、動機は、「旦那が夜遊びばかりしてむしゃくしゃしていたから」だった。

こんな動機は、推理しようとしても不可能に近く、故に、一切の先入観を排除して「公平に平等に」容疑者候補を探さなければならないということだ。

「うんこ事件を解決しましたからね」

響は、冗談めかして言った。

『いやいや、でも、まさか平岩のおばちゃんだとは夢にも思いませんでしたよ。響さん、「ホームズ」って源氏名《げんじな》に変えればいいじゃないですか？』

冗談を返してくる富樫――笑えなかった……笑えるはずがなかった。

「いやいや……。店が終わったら、加奈さんのマンションに寄ってみます。それまで、警察とかに報《しら》せないでもらえますか？」

おい、まさか、「調査」に乗り出すつもりか？

自分は自分の人生を歩む……そう宣言してホスト界に入ったのではないのか？

頭蓋内《ずがいない》で、自責の声がした。

悪い癖だ、と頭ではわかっていても、先祖代々受け継がれている「好奇の血」が騒ぐのだ。

『それは構いませんが、もしものことがあると怖いので、なるだけ早く警察に相談したいのですが……』

富樫が、困惑した声で言った。

「とりあえず、明日一日、時間をください」

自分が発した言葉に、響は驚きを隠せなかった。

『では、お待ちしますが、私としては是非、響さんに依頼したいと思っていますから』

響は頷《うなず》いた。

なぜ、警察に任せない？

彼が言うように、もしものことがあったらどうするつもりだ？

自責の声が、ふたたび響を苛《さいな》んだ。

だからこそ、警察に任せられはしない。

正直、刑事よりも自分のほうが優秀だ。

なるほど……そういうことか。

常軌を逸《いっ》する警察への対抗心、不敵なまでの自信、呆《あき》れるほどの協調性のなさ、幼児並みの飽きっぽさ……驚くほどに、そっくりだな。

口ではなんやかんや言っても、やっぱりお前は……シャーロック・ホームズの子孫だよ。

返す言葉がなかった。

——曽祖父さんがどれだけ偉大な有名人か知らないけど、僕は僕さ。年代も、国も、なにより、人間が違うんだ。他人の伝説に縛られる人生なんて、まっぴらだよ。

邦彦にそう宣言したものの、知らず知らずのうちに曽祖父の「伝説を追っている」自分がいた。

『わかりました。とりあえず、明日一杯お待ちします』

「富樫さんの携帯に、報告入れますから。では、また」

通話ボタンを切った響はスマートフォンをみつめ、ため息を吐いた。

「なにをやってるんだ、僕は……」

そう言いながらも、心がウキウキしている自分がいた。

響はトイレを出ると、すみれの席へ戻った。

「もう、響が遅いから、酔っぱらっちゃったじゃん！」

真っ赤になったすみれが、据わった眼で響を睨み、肩をバシバシと叩いてきた。

「ごめんごめん、僕も早くすみれちゃんのとこに戻りたかったよ」

響は、すみれの頭を撫でつつ言った。

「響は口がうまいからきらーい！」

言葉とは裏腹に、すみれが響の胸に頭を預けてきた。

どっちが、本当の自分なのだろう……。
響は、心で自分に問いかけた。
二十六年間、問い続けてきた疑問を……。

第2章　太客の失踪

代々木《よよぎ》の閑静な住宅街……淡いベージュの瀟洒《しょうしゃ》な煉瓦《れんが》造りのマンションのエントランスに響《ひびき》は足を踏み入れた。

加奈《かな》の自宅マンションには、彼女が「ポアゾン」で泥酔したときに送り届けるために何度か訪れていた。

……実は、昨日から社長と連絡が取れないんです。社長は電話魔で、日に最低でも十回以上は電話してきます。それが、昨日から一本もなくて……。こっちからかけても即留守電になって繋《つな》がらないし、コールバックもありません。家にも行ったんですが、留守でした。職業柄、知らず知らずのうちに恨みを買うこともあるかもしれませんし、なにか事件に巻き込まれたかもしれないので警察に相談しようかどうか考えているところです。

加奈が経営する大手質屋チェーン「富王《とみおう》」新宿《しんじゅく》本店の店長の富樫《とがし》の不安げな声が鼓膜《こまく》に蘇《よみがえ》った。

……店が終わったら、加奈さんのマンションに寄ってみます。それまで、警察とかに報《しら》せないでもらえますか？

響が富樫にそう言ったのは、警察を信用していないから、というわけではなかった。

加奈が謎《なぞ》の失踪《しっそう》をしていた場合、警察が介入しないほうがスムーズに発見できるというのが理由だ。

つまり、「謎解き」に関しては警察より自分のほうが優秀だという自信が響にはあった。

ダメもとで、インタホンのボタンを押した……返答はない。

もう一度押した……やはり、返答はなかった。

響はメイルボックスのコーナーに移動した。

加奈の部屋番号……八〇五号のメイルボックスを覗《のぞ》いた。

中は、隙間《すきま》がないほど一杯になっていた。

挿入口から指を入れ、取れるだけ引き抜いた。

ピザや蕎麦屋《そばや》のチラシに、宝石専門店からのダイレクトメールが混じっていた。

消印は、昨日のものになっていた。

響は上着のポケットから、割り箸《ばし》と両面テープを取り出した。

割り箸の先端に両面テープを巻きつけ、メイルボックスの挿入口から差し入れた。

両面テープに付着させ郵便物やチラシを次々と取り出した。

一番底にあった光熱費の請求書の日付は一週間前……つまり、加奈は一週間ほど前から自宅に戻ってきていないということを意味する。

響は郵便物とチラシをメイルボックスに戻し、オートロックのパネルのボタン……ソラで覚えていた四桁《けた》の暗証番号を押した。

泥酔したときの加奈は死人同然で意識がなく、部屋の中まで「届ける」のが響の仕事なので暗証番号を教えられていた。

オートロックを通過し、響はエレベータに乗り込んだ。

八階でエレベータを下りた響は、迷うことなく加奈の部屋のドアに足を向けた。

響は、ドアノブとドア付近の床をつぶさに観察した。

ドアノブには埃《ほこり》が溜《た》まり、床にグラデーションができていないことから、しばらくの間ドアが開閉されていないだろうことが推測された。

インタホンを押さず、響は隣の部屋のドアに移動した。

響は、隣の部屋のインタホンを押そうとした指先を止めた。

お前は、なにをやっている？

声がした。

決まってるだろう？　加奈さんの行方《ゆくえ》を追うためだ。

どうして、お前がそんなことをやる必要がある？

声が、咎《とが》める口調で問い詰めてきた。

それは……。

いまなら、まだ間に合う。馬鹿なことに首を突っ込まずに、すぐに引き返せ。

声が、諭《さと》すように言った。

それは……できない。

なぜだ？　なぜできない⁉　お前は警察でも探偵でもない。お前はホストだ。わかってるのか⁉

もちろん、わかっているさ。

だったら、なぜ引き返せない？

自分でも、なぜだかわからない……。

本当は、わかってるんだろう？

声が、響を試すように訊《たず》ねてきた。

なにが？

そう、響にはわかっていた。

わかっていたが、認めたくなかった。

お前に流れる「血」さ。

『はい？』

スピーカーから返ってきた女性の声が、「自問の声」を掻《か》き消した。

「朝早くにすみません。隣室の本宮《もとみや》加奈さんについてお伺いしたいことがあるのですが、少しだけお時間よろしいでしょうか？」

『あの……どちら様ですか？』

女性の声が、怪訝《けげん》なものになった。

「あ、すみません。僕、本宮さんの親戚《しんせき》です」

『少々、お待ちください』

ほどなくして、チェーンロックがかかった状態でドアが開き、三十代と思《おぼ》しき女性が顔を覗かせた。

「すみません、朝のお忙しい時間に」

「本宮さんの親戚の方が、なにか？」

女性の顔には、警戒心が色濃く貼《は》りついていた。

「本宮加奈は僕の叔母《おば》なんですが、ここのところ連絡が取れなくて……それで、なにかご存知ではないかと思いまして」

「また？　失礼ですけど、本当にご親戚の方？」

「そうですけど、なぜです？」

平静を装い、響は訊ね返した。

「本当にご親戚の方ならごめんなさい。ここ数日で、あなた以外に三人が同じように訪ねてきたわ。弟、会社の部下、娘……あなたで四人目よ」

指折り数えながら、女性が言った。

「そうだったんですか。ほかの人のことは知りませんけど、僕は本当に親戚なんです。叔母は、もう、何日くらい戻ってないんですか？」

響は、核心に切り込んだ。

「さあ、私もお隣さんを監視してるわけじゃないから詳しくはわからないんだけど、かれこれ三、四日は姿をみてないかしらね」

「ほかに訪ねてきた人達は、なにか言ってましたか？」

「弟さんと娘さんは、ガラの悪い人達が訪ねてこなかったかを訊《き》いてたわ。部下の人は、本宮さんからなにか預かり物をしていないかを訊いてたわね」

響は、眼を閉じ指先を山型に重ね合わせ親指で顎《あご》を支えた。

熟考するときの、響の癖だった。

……血は争えないな。曽祖父《ひいじい》さんも、推理しているときにそうやって指先を突き合わせていたらしいよ。

笑いながら言う邦彦《くにひこ》を、不意に響は思い出した。

たしかに、映画やドラマで曽祖父……シャーロック・ホームズは、考え事をしているときに指先を山型に合わせるシーンが出てくる場合が多い。

嘘《うそ》を吐《つ》いている……女性の話を聞いて、すぐにわかったことだった。

女性が……ではない。

加奈を訪ねてきたという三人は、響が甥《おい》を名乗っているようにそれぞれ嘘を吐いているに違いない。

——仕事も成功したし、富も得た。離婚はしたけど、一度は幸せな結婚生活も送ったわ。

私の人生で悔いが残るとしたら、子宝に恵まれなかったことね。私がひとりっ子だから、大家族の家庭を作るっていうのが夢だったんだけど、いまからじゃ養子でも取らないと無理ね。

響が、自《じ》嘲《ちょう》気味に笑う加奈から「ポアゾン」で得た情報では、きょうだいも子供もいない。ということは、訪ねてきた弟と娘は偽者だ。

「富王」新宿本店の店長の富樫には自分から報告があるまでは動かないでくれと言ってあるし、彼以外のスタッフは社長の失踪を知らないはずだ。

弟と娘ほどの確信はないが、部下を名乗った人物も偽者である可能性が高い。

「部下」が、預かり物の有無を訊ねたことも引っかかった。

預かり物とは、いったいなんなのだろうか？

純粋な仕事関係の物なのか？

だが、部下ということ自体が嘘ならば、加奈が預け物をするはずがない。

「弟」と「娘」が、ガラの悪い人がこなかったかと訊ねてきたことから、加奈が誰かに追われていると推察できる。

それも、アンダーグラウンドの追っ手に違いない。

「ガラの悪い訪問者の有無」、「預かり物の有無」……このふたつの質問から、加奈がなにかのトラブルに巻き込まれたという可能性が高い。

「本宮さん、借金でもしたのかしらね？」

女性が、興味津々《しんしん》の表情で探りを入れてきた。

「叔母さんは仕事もうまく行ってましたし、それはないと思います」

本音だった。

「富王」グループは年商三十億を超える優良企業だ。

女性には言えないが、「ポアゾン」での加奈の遊びかたは借金でできるレベルではなかった。

「そう。なら、こっちかしら？」

女性が親指を立てた。

失踪の陰に男……借金説よりリアリティはあるが、まだ弱い。

響が知るかぎり、加奈に男の影はなかった。

男がいるならば、彼女の年齢でホスト遊びに嵌《は》まりはしない。

「それも、ないと思います」

「心配ね。警察には、届けるの？」

「ええ、いまから相談に行こうかと思っています。いろいろと、ありがとうございました。

なにかわかりましたら、この番号にご連絡ください」

響は言いながら、携帯番号を書いたメモを女性に渡すと頭を下げてエレベータに向かった。

これ以上、野次馬《やじうま》モードで質問を重ねられたら、ボロが出てしまうかもしれなかったからだ。

一階に下りる間も、響はずっと顎の下で指先を重ね合わせていた。

加奈が何者かに追われていたのは間違いない。

「弟」、「娘」、「部下」が追っ手の一味だろうことも容易に想像できる。

三人は仲間なのか？　それとも敵なのか？

加奈はなにかをやってしまったのか？　それとも巻き込まれてしまったのか？

すべてが、謎だった。

一階に着き、エレベータの扉が開いた。

警察に相談に行くというのは、嘘だった。

一般市民は、警察にたいして大きな思い違いをしている。

警察は事件になって初めて積極的に動く組織であり、事件になっていない物事に関しては消極的なのだ。

たとえば、ストーカーに悩まされていると警察に相談しても、「なにかあったらきてください」というようなスタンスだ。

警察が怠慢なわけでも冷たいわけでもなく、現行犯か被害届が提出された場合にしか動けない組織なのだ。

加奈のケースは失踪したとも誘拐されたとも決まったわけではない。

気紛《きまぐ》れで一週間ほど旅行しているだけのことかもしれない。

警察が本腰を入れなくても仕方のない話だ。

だからといって、響は事件性がないと思っているわけではない。

加奈が、なにかの事件に関わってしまった可能性は十分に考えられた。

あれこれと思惟《しい》を巡らせつつ、響は檻《おり》の中の動物さながらにエントランスをグルグルと歩き回っていた。

自分は、ここでなにをやっているのだろうか？

いまさらながら、疑問が頭を過《よ》ぎった。

加奈とは、ホストと常連客の関係だ。

彼女が失踪しようが誘拐されようが、それは響が気にすることではないし、ましてや、自宅にまで足を運び聞き込みをするのは常軌を逸《いっ》している。

富樫にはああ言ったものの、やはり手を引こう。

警察に捜索願を出すなり探偵事務所に調査を依頼するなり、富樫が好きにすればいい。

事件になってからでなければ警察が本腰を入れないとしても、響には関係ないのだ。

今夜も出勤だし、早く自宅に戻り睡眠を取ろう。

「ちょっと、いい？」

不意に、声をかけられた。

声の主……大きな黒目が印象的な、雪のような白い肌をした女性がエントランスに入ってきた。

まだ若い。響より年下……二十二、三といったところだ。

歩み寄ってきた女性のアイドル顔負けのかわいらしさに、響は視線が釘《くぎ》づけになった。

「なにか？」

「あなた、このマンションの住人なの？」

かわいい顔立ちとは対照的に、女性の物言いは横柄《おうへい》だった。

「いえ、違います。知り合いが住んでて」

「どんな知り合いよ？」

女性は腕を組み、響を見据えた。

教えるのは当然のこと、とでもいうように、女性はふてぶてしく訊ねてきた。

「え……あの、君は誰？」

さすがに、女性の態度に不快感を覚えた響は質問には答えず別の質問で返した。

「質問してるのは私よ。このマンションにどんな知り合いがいるか答えなさい」

あくまでも上からの物言い……女性が、響との距離を詰めてきた。

「あのさ、君、初対面なのに失礼だろう？　君こそ、誰なんだよ？　ここの住人か？」

響は、逆に女性に詰め寄った。

「違うわ。本宮加奈って人に用事があるのよ」

「え？　加奈さんに⁉」

響は、思わず訊ね返した。

「そうよ。あなた知り合い？」

「まあ、知り合いだけど」

この女性が加奈とどういう関係かわからないので、響は加奈の親戚とは口にしなかった。

万が一、彼女が加奈の本物の肉親の場合に墓穴を掘ってしまうからだ。

「彼女とどんな関係か、教えてくれる？」

「あのさ、君は、さっきから失礼じゃないか？」

我慢の限界だった。

「なにが？」

女性が、きょとんとした表情で首を傾《かし》げた。

不覚にも、かわいい、と思ってしまった自分がいた。

「まずはさ、自分が名乗ってから相手のことを訊くものだろ？」

「へぇ〜、チャラい見かけなのに、案外、常識的なことを言うんだね」

響は、しどろもどろになって反論した。

調子を狂わせる女だ。

ビジュアルだけなら間違いなく口説きたくなるタイプだが、この傲慢《ごうまん》で自己中心的な性格は勘弁だ。

「私、檸檬《れもん》よ、よろしく」

女性……檸檬が右手を差し出してきた。

括《くび》れたウエストに突き出た胸……いま初めて気づいたが、タンクトップにスリムデニムという出で立ちの檸檬は抜群のスタイルをしていた。

「僕は響」

響は素《そ》っ気《け》なく言うと、檸檬の右手をそっと握った。

直後に、檸檬が右手に力を入れてきた。

「痛《いて》て……」

「こうみえて、握力五十オーバーなんだ」

檸檬が、ニッと笑った。

「君は、いったい、なんなんだ⁉」

本音だった。

突然に現れて、ズケズケと失礼な言動を繰り返す檸檬という女性は何者なのか？

「明朗快活な少女は仮の姿……私はモナコ公妃よ」

檸檬が、おどけた口調で言った。

「悪いけど、冗談につき合っている暇はないんだ。君のほうから声をかけてきたんだから、自己紹介くらいちゃんとしてくれよ」

「わかったよ。響君ってさ、チャラいくせに冗談通じないんだね」

「あのさ、さっきからチャラいチャラいって、やめてくれるかな？」

「だって、チャラいから仕方ないじゃん」

悪びれたふうもなく、檸檬が言った。

彼女のキャラなのか、不思議と腹は立たなかった。

「まあ、いいや。君は、加奈さんとどんな関係なの？」

響は、本題に引き戻した。

檸檬には調子を狂わされっ放しだが、加奈についての重要な情報を得られる可能性があった。

檸檬が、握った拳《こぶし》を宙に翳《かざ》した。

「ん？」

響は、顔に疑問符を浮かべた。

「ジャンケンやろ？」

「ジャンケン⁉」

響は、素頓狂《すっとんきょう》な声で訊ね返した。

「そう、ジャンケン。負けたほうが、本宮加奈についての情報を先に教えるの」

檸檬が、それまでとは一転した真剣な表情で言った。

「え……？」

響は、まじまじと檸檬の顔を凝《ぎょう》視《し》した。

本宮加奈についての情報……。

この女は何者だ？

情報、という表現が檸檬が素人《しろうと》でないことを証明していた。

「マジに、君は何者だ？」

響は、押し殺した声で訊ねた。

「ジャンケンで勝てば、教えてあげるわ。行くわよ。最初はグー！」

檸檬につられるように、響は右手を出した。

「あー悔しい！」

檸檬が天を仰いだ。

「さあ、約束だ。君と加奈さんは、どういう関係なんだ？」

「お客よ」

「え？　お客？」

「うん。私、『富王』のお客なんだ」

響は、大きなため息を吐いた。

「僕は暇じゃないんだ。そういう芝居は、もういいから。加奈さんの弟、娘、部下……僕がくる前に三人の『偽者』がこのマンションを訪れたらしい。僕が知りたいのは、君と加奈さんの本当の関係だ」

「本当よ。ほら、これ、加奈さんの店で買ったの」

檸檬が、ハートと星をモチーフにしたペンダントを指で摘《つ》まんでみせた。

「だからって、君の言っていることが本当だって証拠にはならない。そのペンダントは『富王』で買われたものじゃないのかもしれないし、買ったとしても君が加奈さんの家を訪ねてくるほど仲のいい常連客だという証拠にはならない」

不意に、檸檬が胸の前で手を叩《たた》いて笑った。

「なにかおかしい？」

響は、不愉快な表情を檸檬に向けた。

「ごめんごめん、なんかさ、推理小説に出てくる探偵みたいでウケると思っちゃって」

「冗談につき合ってる暇は……」

「いつ、『富王』の常連客だとか加奈さんと仲がいいって言った？」

檸檬が、響の言葉を遮《さえぎ》り意味ありげに言った。

「え……？」

「私はさ、『富王』の客だって言っただけだよ」

「ただの客なのに、君のほうこそ探偵みたいなまねをするのはどうして？」

響は、率直な疑問をぶつけた。

檸檬という女性は、すべてが謎だらけだった。

「まねなんかしてないわよ」

「自宅まで訪ねてきたり、僕に加奈さんとの関係を訊いたり、探偵のまね事じゃないか」

「だから、まねじゃなくて、本物なの」

「は？」

響は、怪訝な声を出した。

「私は、探偵よ」

「はい？」

この期《ご》に及んで、檸檬はまだ冗談を言っているのか？

「ほら」

檸檬が、名刺を差し出してきた。

　ＪＨＷ探偵事務所
　調査員　桐島《きりしま》檸檬

「君、マジに探偵なのか⁉」

響は、驚きを隠せなかった。

「うん。意外でしょ？」

「ぶっちゃけ、探偵にはみえないよ」

大袈裟《おおげさ》ではなく、本音だった。

探偵と言われるよりは、檸檬のビジュアルはタレントと言われたほうが素直に受け入れることができる。

「あなたと同じね」

「なにが？」

響は訊ね返した。

「探偵らしくないところよ」

「な……」

予想だにしない檸檬の言葉に、響は絶句した。

彼女は、自分が探偵をやっていたということを知っているのか？

加奈のマンションに現れた目的はもしかして……。

自分が訪れるということを知っての確信犯的行動なのか？

だとしたらなぜ？

なにが目的で、自分を尾行したのか？

「君の目的は、僕なのか？」

「まさか。加奈さんに決まってるじゃん。響君って、その撥《は》ねた毛先みたいにナルシストだね」

「はあ⁉　僕をからかってるのか？　だったらなんで、僕が探偵やっていたなんて知ってるんだよ⁉」

裏返った声で、響は詰め寄った。

「調べたからに決まってるじゃん。いまは『ポアゾン』ってホストクラブで働いてるのも知ってるよ」

言って、檸檬がニッと笑った。

「加奈さんが目的なら、どうして僕のことを調べるのさ⁉」

「彼女が巻き込まれてる事件を追っている過程で、あなたの存在が浮かび上がったのよ。警察ふうに言えば響君は重要参考人だから、調べるのは当然でしょ？」

勝ち誇ったように言う檸檬に、響はムッとした。

半面、加奈が巻き込まれている事件、というフレーズに焦燥感が背筋を這《は》い上がった。

檸檬は、加奈の失踪事件をどこまで掴《つか》んでいるのか？

「いまさらだけど立ち話もなんだから、お茶でも飲みに行かないか？」

明らかに自分より檸檬のほうが情報を持っている。

ここは、彼女の懐《ふところ》に飛び込む必要があった。

「それ、ナンパ？」

「なわけないじゃん！　加奈さんが巻き込まれてる事件のことで、もっと詳しい話を聞きたいだけだよ。君も、僕に訊きたいことあるんだろう？」

駆け引き……イニシアチブは掴んでおきたかった。

いきなり声をかけられてからいままで、終始、檸檬のペースだった。

「わかった。ナンパされてあげる」

「だからナンパじゃ……」

否定しようとする響に背を向け、檸檬が跳ねるようにエントランスを飛び出した。

「あ……ちょっと！」

響は檸檬のあとを追った。

☆　☆

新宿三丁目の閑散とした通り沿いのカフェ……「コロラド」のフロアの最奥の席に響は檸檬と向き合うように座った。

新宿で五、六軒、落ち着いて話せるカフェが響の頭に入っていた。

同伴の際に、ほかの客と鉢合わせにならないように、あまり人に知られていない穴場的なカフェをピックアップしていた。

客同士が店の外で鉢合わせるほど、気まずいものはない。

あの重々しく張り詰めた空気は、確実に寿命を縮める。

最悪、客同士が摑み合いの喧嘩《けんか》になることも珍しくはない。

「へぇ～、新宿にはよくくるけど、こんなところにカフェがあったなんて知らなかった。さすがはホストね。こうやって、いつも女の人連れ込んでるんだ？」

アイスティーをストローで掻き混ぜながら、檸檬がからかうように言った。

「連れ込んでるなんて、人聞き悪いな。ここはラブホじゃないんだからさ」

「キャー、ラブホだって！　純粋な少女の前で、セクハラよ！」

「シーッ、声が大きいって」

黄色い声を上げる檸檬に、響は慌てて唇に指を立てながらウエイトレスをみた。

ほかの客の注文を受けているウエイトレスをみて、響はほっと胸を撫《な》で下ろした。

茶髪にハーフのような彫りの深い顔立ち……今日、初めてみるコだ。

「なに慌ててるの？　あ、もしかして、あのウエイトレスのこと……」

ふたたび、大きな声を出す檸檬の口を響は手で押さえた。

「馬鹿、店にこられなくなるじゃないか！」

「見かけ通り、チャラい男ね」

響が唇から手を離すと、檸檬が呆《あき》れたように言った。

「僕がチャラいかどうかの話をしにきたんじゃない。加奈さんについて……」

「ちょっと待った！」

檸檬が、響の顔前に掌《てのひら》を翳し遮った。

「私は事務所の仕事だけど、あなたはさ、昔は探偵やっててもいまはホストじゃん？　なのにどうして、加奈さんのこと調べてるのよ？」

「そりゃあ、僕の大事なお客さんだからだよ」

「でもあなたはホストでしょ？　加奈さんのことが心配でも、警察にまかせるのが普通じゃない？」

「君さ、探偵のくせに警察を信用してるの⁉」

皮肉ではなく、響は本気で驚いていた。

「なによ。警察を信用したら悪いみたいな言いかたするわね？」

「優秀な探偵なら、組織に縛られ様々なしがらみがある警察より迅速に事件を解決できる自信があるもんだけどね」

熱い口調で、響は言った。

「探偵ならね。もう一度言うわよ。あなたは、探偵じゃなくてホストでしょ？　どうして、調査なんてしてるわけ？」

「どうしてって……」

響は言葉に詰まった。

椅子《いす》の肘掛《ひじかけ》を、落ち着きなく人差し指で叩いた。

先祖の血……シャーロックの血が騒ぐとは言えなかった。

というより、響自身、曽祖父の血に駆り立てられているとは認めていなかった。

「まあ、いいわ。私もなにか情報もらいたいしね。お互いに、手を組もっか？」

「そうだね」

響は、素直に受け入れた。

「呉越同舟《ごえつどうしゅう》」……いまは、あまりにも情報が少な過ぎるので檸檬と手を組むほうが得策だ。

だが、あくまでも檸檬は情報提供者であり推理するのは自分だ。

「じゃあ、私の知ってることから話すわね。ウチの事務所に加奈さんの行方を探してほしいと依頼してきたのは、『富王』新宿本店の店長なの。一昨日のことよ」

「え？　依頼人の店長って、もしかして、富樫って男性？」

「そうよ。富樫さんと、知り合いなの？」

「ああ」

返事をしながら、響は背凭《せもた》れに背を預け天井をぼんやりとみつめた。

周囲からはボーッとしているようにみえるかもしれないが、響の脳内は百倍速の早送りのように凄《すさ》まじいスピードで回転していた。

……もしものことがあると怖いので、なるだけ早く警察に相談したいのですが……。

……とりあえず、明日一日、時間をください。

……わかりました。とりあえず、明日一杯お待ちします。

昨夜の、富樫との電話でのやり取りを響は記憶に呼び起こした。

電話で富樫は、なるだけ早く警察に相談したいと言っていた。

つまり、社長である加奈の捜索に関しては動いていないということだ。

ところが、響との電話の前日に檸檬の勤務する探偵事務所に加奈の捜索依頼をしていたとなれば、話がおかしくなってくる。

檸檬か富樫のどちらかが嘘を吐いている。

もし嘘を吐いているのが富樫だとすれば、なぜなのか？

「富樫さんは、加奈さんのお付きで何度かウチの店にきたことがあるんだ。彼は、加奈さんの失踪に関してなにか思い当たることがあったのかな？」

「ひとり、気になる女性がいるって言ってたわね」

「気になる女性？」

「うん。週に何回か、加奈さんの仕事終わりに迎えにきていた二十代前半の女の人がいたんだって」

「娘がいたなんて話は、聞いてないな」

娘どころか、加奈は独身だ。

「チューしてたのみたことあるから娘じゃないだろうって。加奈さんが、近親相姦《きんしんそうかん》のレズなら話は別だけどね」

檸檬が、茶化《ちゃか》すように言って笑った。

響は、笑えなかった。
響の知っている加奈と、富樫が檸檬に話す加奈はまるで別人だった。
富樫の話が本当なら、加奈はレズビアンということになる。
レズビアンの女性もホストクラブに遊びにくるが、そのほとんどが「恋人」同伴だ。
加奈のようにひとりで通い詰めてホストに入れ揚げたりはしない。
それとも、自分が加奈の本性を見抜けなかったのか？
ただし、富樫の話が本当だったら……だ。
だが、嘘だとしても、富樫という男の本性を見抜けなかったことになる。
どう転んでも、自分の洞察力が甘いという結論に至ってしまう。
屈辱だった。
忌み嫌っていても、歴史的名探偵の子孫でありながら、なんという体《てい》たらく……。
プライドがズタズタに切り裂かれる音が聞こえてくるようだった。
響は重ね合わせた指先の上に顎を載せた。
「そういうところ、そっくりね」
檸檬が、クスクスと笑いながら言った。
「なにが？」
「その仕草……って、言っても、私も生ではみたことないんだけどね」

相変わらず、檸檬はおかしそうに笑っている。

「だから、なにが？」

わけのわからない檸檬の言動は、ただでさえ屈辱感に塗《まみ》れている響のいら立ちに拍車をかけた。

「偉大なる名探偵のＤＮＡを受け継いでいるくせに勘が鈍いのね……響・ホームズ君」

悪戯《いたずら》っぽく言うと、檸檬が響の顔を覗き込んできた。

「えっ……」

響は絶句し、表情を失った。

「私が勤務している探偵事務所の名前、言ってみて」

響は、名刺に視線を落とした。

「『ＪＨＷ探偵事務所』……これが、なんの関係が……」

「ＪＨＷは、ジョン・ヘイミッシュ・ワトスンの略よ」

「き、君は……」

ふたたびの絶句……響は、目尻が裂けんばかりに目を見開き檸檬をみつめた。

「やっと、わかった？　私の曽祖父はあなたの曽祖父、シャーロック・ホームズの盟友、ドクター・ワトスンよ」

響の思考が停止した。

これは、夢に違いない。
それも、とびきりの「悪夢」だ。

第3章　ドクター・ワトスンの曽孫

「き、君の曽祖父《ひいじい》さんが……ド、ド、ドクター……ワトスンだって⁉」

「コロラド」の店内に、響《ひびき》の驚愕《きようがく》の声が響き渡った。

びっくりして眼を見開く客、迷惑そうに眉間《みけん》に縦皺《たてじわ》を刻む客、好奇心に瞳を輝かせる客……客達が、それぞれの感情を貼りつけた顔を響と檸檬《れもん》の席に向けた。

「そうよ。檸檬・ワトスンよ。よろしく！」

屈託のない笑顔で、檸檬が右手を差し出してきた。

響は、あまりの驚きに固まってしまった。

「レディに恥をかかせる気？」

檸檬が、差し出した右手を催促《さいそく》するように上下に揺らした。

「あ、ああ……ごめん」

慌《あわ》てて、響は檸檬の右手に右手を重ねた。

「一世紀以上の時を超えて、ホームズとワトスンの子孫同士が異国の地で歴史的シェイクハンドよ！」

檸檬が、ハイテンションに言った。

「ど、どうして、ワトスンの子孫が日本にいるんだい⁉　ワトスンは、イギリスだろう⁉」

「響君だって、同じでしょう？」

「僕の場合は祖父さんが日本人女性と結婚して父さんが日本に住んで……」

「私も同じよ」

檸檬が、響を遮《さえぎ》り言った。

「私の場合も祖父が日本人女性と結婚して、お父さんが日本に住んで……そのパターンよ」

「なるほど。でもさ、どうして僕のことを知ってるんだい？」

「あ、そんなの簡単だよ。お父さんから、聞いたの」

あっけらかんと、檸檬が言った。

「え⁉　僕は、君のお父さんと会ったこともないけど？」

「会ったことなくても、シャーロック・ホームズの曽孫の噂《うわさ》は耳に入ってくるわよ」

「マジかよ……ありえないんだけど……」

響は、呆《あき》れたように首を振った。

邦彦から、檸檬の父の話を聞いたことがなかった。

「響君のことは、お父さんからいつも聞かされてるよ。伝説の名探偵の子孫としての自覚がないって、響君のお父さんが嘆《なげ》いてるんだって。あ、そうそう、いつか会ったら訊こうってずっと思ってたんだけど、どうしてホストなんかやってんの？　お金を貯めて旅行したいとかなにか買いたいとか目的があるの？」

檸檬が、思い出したように訊《たず》ねてきた。

「いや、旅行もしたくないし買いたいものもないし」

「じゃあ、将来、会社を始めるときの資金作りとか？」

「いや、会社経営なんて、ぜーんぜん、興味ないし」

「ならさ、なんでホストなんてやってんのよ」

檸檬が、怪訝《けげん》そうに眉をひそめた。

「理由聞いても、絶対に引かないって約束できる？」

「うん、どんな理由でも引かないって約束するわ」

檸檬が小指を宙に掲げた。

白く細い彼女の小指に響は小指を絡《から》めた。

「女の子が好きだから、たくさんの女性と出会える仕事を選んだんだ。ホストは、僕の天職さ」

響は、無邪気に白い歯を覗《のぞ》かせた。

「それって、マジに言ってる？」

「うん」

響が頷《うなず》くと、檸檬が顔を歪《ゆが》めて指きりを解いた。

「信じらんない……」

軽蔑《けいべつ》と侮蔑《ぶべつ》のいろが浮かぶ瞳を、檸檬が向けてきた。

「あ、ズルいな、引かないって約束したのに！」

「だって、女好きだからホストになったなんて、最低の男じゃん！」

檸檬が、響の顔に人差し指を突きつけた。

「なんで最低の男なんだよ。男が女を好きになるのは、アダムとイヴが禁断の果実を食べて以来、自然な流れじゃないか？」

「アダムはイヴひとりを愛したでしょ？　響君はさ、不特定多数の女の子とつき合いたいって言ってるようなものじゃん。仮にも、あなたは世紀の名探偵、シャーロック・ホームズの血を受け継ぐ人間よ⁉　ホームズの子孫がさ、女の子をたぶらかすことを生業《なりわい》にしている軽薄な浮気男だなんて世界中のシャーロキアンが知ったら、暴動が起きるわよ⁉」

矢継ぎ早に、檸檬が捲《まく》し立てた。

響は、本音を語ったことを早くも後悔した。

「どこに行くのよ？」

伝票を手に取り立ち上がる響に、檸檬は訊ねた。

「僕は、君と男性観を議論するほど暇じゃない。加奈《かな》さんの行方《ゆくえ》を追わなければならないからね。これから、『富王《とみおう》』新宿《しんじゅく》本店に行って、富樫《とがし》店長に会ってくるよ」

早口で喋《しゃべ》り、響はレジに向かった。

「待って！　私も行く！」

檸檬が、響のあとを追ってきた。

※

靖国《やすくに》通り沿いに建つ城のような建物――金で塗られた瓦《かわら》屋根が、ひと際目立った。

「お世辞にも、あんまりセンスがいいとはいえないわね」

「富王」新宿本店の正面玄関の前に立った檸檬は、苦笑した。

「っていうかさ、どうして、君がここにいるわけ？」

響は、冷めた眼で檸檬をみた。

「新宿三丁目のカフェを出て一緒に歩いてきたの忘れたわけ？　ヤバくない？　若年性《じゃくねんせい》アルツハイマーの疑いが……」

「僕が言っているのは、そういうことじゃない。僕の調査に、どうして君がついてくるのかってこと。因《ちな》みに、一緒に歩いてきたわけではなくて、君が勝手に僕についてきたんだ。君も探偵なら、事実関係を正確に伝えるように」

「富樫店長は、私も知り合いだって言ったじゃん。それに、お互いの持ってる情報をすり合わせながら調査したほうが早いしさ。私と響君の調査目的は、失踪した加奈社長の行方を探すことでしょう？　力を合わせたほうが合理的だって。あ、私も因みに、勝手についてきた云々《うんぬん》は関係なくて、新宿三丁目のカフェを出て靖国通り沿いの『富王』新宿本店まで並んで徒歩できたという事実は間違ってないんだから不正確な情報をあなたに伝えたわけじゃないから。もうひとつつけ加えると、私はあなたの部下じゃないんだから、上から目線で物を言われる筋合いはないわ。以上」

どうだ！　とでも言わんばかりに檸檬が腕組みをし響を見据《みす》えた。

「理屈っぽくて自己中心的で面倒臭い女だな」

「いまの言葉、女の部分を男って替えて響君にそっくり返すわね」

「勝手にしろ」

響は言い残し、「富王」に足を踏み入れた。

「はーい。勝手にしまーす」

おどけた口調で言いながら、檸檬は響の背中を追った。

※

「響さんと桐島《きりしま》さんは、お知り合いだったんですか？　保険をかけるようなまねをしてすみません」

ブランド品が所狭しと陳列されている「富王」のフロアとは対照的なシンプルな空間――店長の富樫が、バツが悪そうに言った。

応接室のソファに浅く腰かけた富樫は、もはや絶滅寸前のアイパーヘアで、薄い紫のサングラスに口髭《くちひげ》をたくわえていた。

ひと言で富樫のビジュアルを表現するなら、地方都市のヤンキーキャラだ。

コワモテのみかけと違い、富樫は虫も殺せないような優しい男だ。

比喩《ひゆ》ではなく、店内にゴキブリが現れても殺さずに虫捕り網で捕まえて外に逃がしてあげるので、スタッフからは非難ごうごうだ。

ヤンキーキャラにしているのは、自衛のためらしい。

歌舞伎町《かぶきちょう》がすぐ近くという場所柄、店には質《たち》の悪い客も少なくなく、ナメられてイチャもんをつけられないようにコワモテにしているというわけだ。

「知り合いっていうのかな……まあ、数時間前からの知り合いですね」

檸檬が喋っている途中で立ち上がった響は、五坪ほどのスクエアな空間を歩き回った。

「どうしてホストに依頼なんてしたんですか？」

「たしかに響さんはホストですけど推理力は半端じゃないですよ。もう、天才的です」

響は、檸檬と富樫の会話をよそに、応接室を歩きながら、スチールデスクの上に並べられたファイルの背表紙、ペン立て、デスクの下、壁、天井にランダムに視線を漂わせた。

富樫は響の様子をうかがいながら、

「そう言えば、響さんってクォーターでしたよね？　こうみえて、俺もハーフなんですよ」

「どこのハーフですか？」

「親父がアメリカ人で、お袋が日本人です。でも、俺が生まれてすぐに離婚しましたけどね」

「お父さんとは、会っていないんですか？」

「たまに、アメリカにブランド品の買い付けに行ったときに会ってます」

響は急に黙って、床に四《よ》つん這《ば》いになり、髪の毛や紙屑《かみくず》を拾った。

「……なにしてんの？　せっかく天才だって褒《ほ》めてもらったのに」

「シッ！　黙って」

唇に人差し指を立てた響は短く鋭く言うと、床を這いずり回った。

「お店でこんなことやられて、店長は平気なんですか？」

「前も、あるちょっとした事件を相談したときに、こんな感じであちこち這いずり回ったりいろんな物の匂《にお》いを嗅《か》いだりしながら推理してましたから」

富樫が、声を潜《ひそ》めて言った。

「推理ねぇ……どうみても、変質者だわ。びっくりしなかったんですか？」

檸檬が呆れたように言った。

集中している響には、誰になにを言われようが関係なかった。

肉食獣が草食動物の気配を感じようとしているときに、もちろん、どんな格好をしているかなど気にしてはいない。

気取ったり体裁《ていさい》を気にするのは、動物でも「ヒト」だけだ。

推理は方程式ではない。

理屈では説明できない直感が事件解決に繋《つな》がることが多い。

だから響は、本能の声を大事にしていた。

いまも、無意識のうちに髪の毛を集めていた。

長い毛髪、短い毛髪、直毛、クセっ毛、黒髪、白髪、茶髪、金髪——様々な毛髪が落ちていた。

男性、女性、幼年、若年、中年、老年……性別違い、年代違い、染めている毛髪、染めていない毛髪。

響は四つん這いのまま、掌に載せたいろいろな毛髪を凝視《ぎょうし》した。

「そりゃ、最初はびっくりしましたよ。でもね、響さんに理由を聞いたら、なるほど！って感じですよ」

「この奇怪な行為に、どんな理由があるんですか？」

「響さんは、いま、社長の過去を、感じてるんだと思います」

「加奈さんの過去を感じてる？」

檸檬が、訝《いぶか》しげな声で訊ねた。

「はい。社長はああみえて凄《すご》い倹約家で、社長室というものを作らず、この応接室を兼用しているんです。事務作業も、商談も、食事も、店にいるときはほとんど応接室にいます。恐らく響さんは、なにかを感じ取ろうとしているんだと思います」

「感じ取るっていっても、ここに手がかりはないんじゃ……」

「店長、彼女から聞いた話によれば、加奈さんには懇意にしてる女性がいたそうですね？」

檸檬を遮り、響は富樫に質問した。

――ひとり、気になる女性がいるって言ってたわね。

――気になる女性？

――うん。週に何回か、加奈さんの仕事終わりに迎えにきていた二十代前半の女の人がいたんだって。

――娘がいたなんて話は、聞いてないな。

――チューしてたのみたことあるから娘じゃないだろうって。加奈さんが、近親相姦《きんしんそうかん》のレズなら話は別だけどね。

響は質問しながら、檸檬との会話を脳裏に蘇《よみがえ》らせていた。

「ああ、悠《ゆう》ちゃんのことですね。悠ちゃんはもともとは社長が通っていたエアロビクススクールのインストラクターだったんです。社長は彼女のことを凄く気に入っていて、エアロビクススクールから引き抜いて専属トレーナーにしたんです」

「加奈さんの仕事終わりに迎えにきていたっていうのは本当ですか？」

「ちょっと、私の言ったこと疑ってるの？」

檸檬が、憮然《ぶぜん》とした表情で口を挟んできた。

「黙ってて」

有無を言わせない口調で響は言った。

「はい。本店には、ほぼ毎日顔を出していましたね」

富樫が、響に叱《しか》られ膨《ふく》れっ面《つら》の檸檬を気にしながら答えた。

「この応接室にも入りましたか？」

「ええ、しょっちゅう入ってました」

「悠さんの髪の毛は、ミルクティーカラー……明るい茶系でしたか？」

矢継ぎ早に、響は質問を重ねた。

「よくわかりますね？　もしかして、落ちていた髪の毛で推理したんですか？」

響は頷き、ティッシュペーパーに拾い集めた頭髪の抜け毛を富樫にみせた。

「だけど響さん、素人《しろうと》目《め》にみても、女性と思《おぼ》しき髪の毛が何人分か混ざってますよね。じっさい、ウチの女性スタッフも立ち入りますしね。どうして、この明るい茶の髪の抜け毛が悠さんのものだと断定できたんですか？　この金髪や黒髪やグレイの可能性もあるわけですよね？」

富樫が、抜け毛を指差しつつ言った。

「そうよ。女の人のものっぽい髪の毛、十人分くらいありそうだわ。どうして、ミルクティーカラーの抜け毛が悠さんのものだって言い切れるの？」

檸檬の瞳の奥に、好奇のいろが見え隠れしていた。

「これが判断材料になりました」

言いながら、響はもう片方の手を檸檬と富樫の前に突き出した。

掌《てのひら》の上には、数十本くらいの抜け毛の束《たば》が載せられていた。

抜け毛の束の色は、ミルクティーカラーだ。

「な、なんですか？　これは……？」

「気持ち悪い……ごっそり抜けてるじゃない」

富樫と檸檬が、抜け毛の束にたいしてそれぞれのリアクションをみせた。

「掃除は、誰がやってるんですか？」

響は訊いた。

「ウチの女性スタッフが毎朝掃除してます」

「その女性スタッフさんは几帳面《きちょうめん》で神経質な方ではないですよね？　よく言えばおおらか、悪く言えば大雑把《おおざっぱ》……違いますか？」

「ええ、もっとマメになれと、いつも注意してます。よくわかりましたね」

「この抜け毛の束は、角のデスクの抽出《ひきだ》しの下に落ちてました。足もとならスペースが空いてるのですぐに発見できたでしょうが、抽出しの下は床に這いつくばって覗くかデスクを動かさなければみえません。大雑把な人は、まずそんな面倒なことはしません」

「女性スタッフが雑なのはわかったけど、なぜ、その抜け毛の束が悠さんのものってわかるのよ」

「通常、こんな束になった状態で毛髪は抜けません。毛根《もうこん》に毛包が付着していることから、鋏《はさみ》で切ったものでなく引き抜かれたものだということがわかります。恐らく、掴《つか》み合いの喧嘩《けんか》で毛髪を鷲《わし》掴みにされたと予想されますね、ここからは推測だったのですが、僕はなにかの理由で加奈さんと悠さんが掴み合いの大喧嘩《おおげんか》になった……若《も》しくは、加奈さんが一方的に悠さんに攻撃を仕掛けたのではないかと考えました。僕が最初に訊ねたミルクティーカラーの毛髪が悠さんの髪の毛だと特定できたときに、推測が確信に変わりました」

「いやあ……さすが、響さんですね。お見事な推理です！」

　富樫が、興奮口調で言って瞳を輝かせた。

　響は、褒められたことに舞い上がらず、それどころか自分の推理に感動している富樫の様子を観察していた。

　富樫の瞳の輝きは偽《いつわ》りではないのか？

　または、悠という女性にたいしての疑いが深まり好都合だと思っているのか？

それか、目の前にみたまま、加奈を心配し、一日でも早く戻ってくることを願っているのかもしれない。

決して先入観を持たず、どんな結論であれ、事実に基づいて導かれた結論に従うこと。

父、邦彦が経営する「ホームズ探偵事務所」の「推理十訓」の、その十を響は記憶から呼び出した。

「推理十訓」は、偉大な曽祖父の言葉を引用して作られたものだ。

そう、響は、犯人像から一番遠いはずの富樫さえ、悠という女性と同じくらい疑っていた。

親が子を、子が親を殺す事件があたりまえのように報道される世の中だ。

失踪した社長が信頼している店長が犯人でも、驚きはない。

「加奈さんが失踪したのは一昨日《おととい》よね？　マンションにも寄りついてないみたいだし……。ふたりの間で大喧嘩があったとしたら……その抜け毛の束が落ちた日は、いつ頃だろう？」

檸檬が、独り言のように呟《つぶや》き腕を組んだ。

「毛根に付着した毛包の乾燥状態と変色具合から察すると最近……ここ一週間以内だと思うよ」

「響さん、天才ですね！」

　富樫が、胸の前で手を叩き破顔《はがん》した。

「どうだい？　ただの軽薄な浮気男じゃないだろう？　少しは見直してくれた？」

　響は、檸檬に問いかけた。

「ふん。調子に乗らないの。ホームズのＤＮＡのカスくらいは受け継いでるんだから、それくらいはあたりまえよ」

「きついなぁ～。君の曽祖父さんは、僕の曽祖父に畏敬《いけい》の念を抱いてくれていたよ。ドクター・ワトスンを、少しは見習えば？」

「曽祖父もパートナーがあなたなら、説教の毎日になるはずよ。ま、でも、ホストの割には推理できたほうじゃない」

　檸檬は素っ気なく言うと、褒め言葉を損したとばかりに横を向いた。

「素直じゃないな。そういうとこ、かわいいけどね」

「ちょっ、やめてよ！　私は、そのへんの尻軽女とは違うんだから、その手には乗らないわよ！　やっぱりあなたは、軽薄な浮気男ね！」

　檸檬が耳朶《みみたぶ》まで朱に染め、響の顔に指を突きつけ罵倒《ばとう》してきた。

「『迷コンビ』になりそうだな」

響は、少年の笑顔で言った。

第4章　モリアーティ教授の孫

新宿《しんじゅく》西口——高層ビルや高級ホテルが建ち並ぶエリアから一歩脇《わき》に足を踏み入れると、雑居ビルが犇《ひしめ》く猥雑《わいざつ》な空間が広がっていた。

響《ひびき》は足を止め、スマホのディスプレイに浮かぶ数字とビル壁面の番地を見比べた。

富樫《とがし》から聞いた、悠《ゆう》がインストラクターをしていたエアロビクススクールは、どうやら目の前のモダンなビルに入っているようだった。

ビルの一階には、「シェイプ道場　ＫＵＢＩＲＥ」の看板がかかっていた。

ガラス越しに、様々な年代の女性達がダンスに励んでいるのが見えた。

「ここみたいね」

檸檬《れもん》は言い終わらないうちに、自動ドアに向かった。

「待って」

響は檸檬の手を取り、ビルの裏手に回った。

「なによ？　どこに行くの？　入り口はこっちよ」

響は答えず、裏口からビルに入った。

「どうして、こそこそ裏から入るの？」

「抜け道はここだけか確認してるのさ」

「抜け道？　どうして、そんなこと確認する必要があるの？　私達はいまから、悠って女性がここにいるかどうか確かめるだけよ」

背後から、檸檬の怪訝《けげん》そうな声が追ってきた。

「わかってないな」

響は、振り返り人差し指を立てた。

「その一。悠さんにとって、僕らが歓迎すべき客とはかぎらない。その二。インストラクターの中に悠さんの内通者がいるかもしれない」

「悠さんは私達から逃げる可能性があるってこと？」

「僕達にかぎらず、消息を追ってくる者すべてからね。つまり、加奈《かな》さん失踪の主犯の可能性があるってこと」

「悠さんが犯人⁉　痴情《ちじょう》の縺《もつ》れとか？」

檸檬が、声を裏返らせながら訊《たず》ねてきた。

「そう考えると、『富王《とみおう》』の応接室に落ちていた悠さんの髪の束《たば》とも辻褄《つじつま》が合う。あくまでも、可能性の範疇《はんちゅう》だけどね」

「加奈さんと悠さんって、レズビアンだったのかしら？」

「さあ。痴話喧嘩《ちわげんか》かもしれないし、ひとりの男性を奪い合ったのかもしれないし、そのどちらでもない理由かもしれない。『決して先入観を持たず、事実に基づいて導かれた結論に従うこと』。曽祖父《そうそふ》の言葉だよ。先入観は、ときとして真実とは違う方向へ導いてしまうからね」

　たとえば、筋骨《きんこつ》隆々《りゅうりゅう》の男性が首を折られて殺されていたとする。ほとんどの者は、犯人を男性だと推測することだろう。だが、大男の首を折ることのできる怪力の女性がいた場合、その推理は根底から覆《くつがえ》されてしまう。

　そんな怪力の女性は滅多にいないかもしれないが、ゼロではない。

　推理は、たとえ一パーセントの確率であっても視野に入れなければならない。

「なるほど。しょっぱい砂糖や甘い塩が存在するかもしれないってことね！」

　檸檬が、声を弾ませた。

「そういうこと。じゃあ、僕は聞き込みに行ってくるから、君はここで見張ってて。もしかしたら、悠さんが出てくるかもしれないからさ」

「ちょっと待ちなさいよ！」

　踵《きびす》を返した響の腕を、檸檬が摑《つか》んだ。

「なに？」

「なにじゃないわよ！　どうして私がここに残らなければならないのよ⁉」

「だから、言ったろう？　僕達の存在に気づいた悠さんが裏口から逃げ出すかもしれないって……」

「私が訊《き》いているのは、どうして聞き込みに行くのがあなたで見張り役を私がやらなければならないのかってことよ！」

　檸檬が腕を組み、厳しい口調で問うてきた。

「なんでって、そりゃ、推理に関しては僕のほうが優れているからさ」

　あっけらかんと言う響の言葉に、檸檬が気色《けしき》ばんだ。

「はぁ⁉　それ、本気で言ってんの？　あなたの推理蘊蓄《うんちく》にちょっとつき合ってあげたからって調子に乗らないで。私はね、探偵事務所の探偵として、正式に富樫店長から加奈さんの調査依頼を受けているの。そもそも、あなたは探偵でもなんでもなくて、チャラくて女好きなホストじゃない！」

　口角沫《こうかくあわ》を飛ばし、檸檬が捲《まく》し立てた。

「たしかに、僕は探偵じゃない。でも、重要なことは、探偵であるかないかじゃなくて、加奈さんの行方を突き止めることだ。その目的を達成することにおいて考えると、君より僕が最適だと思うんだけど？」

「はい〜⁉　もしかして、それって、私より自分のほうが優秀だって言ってるの⁉」

檸檬が、耳に手を当て訊ねてきた。

「推理力という一点においてはね」

響は、涼しい顔で言った。

「まあ、呆《あき》れた……。信じられないほどの自信過剰ぶり、絶句するほどの自己中心ぶり、笑っちゃうほどの傲慢《ごうまん》ぶり……語り継がれるあなたの曽祖父《ひいじい》さんにそっくりね。ドクター・ワトスン……私の曽祖父も、その性格に散々《さんざん》振り回されたって聞いたわ。四代に亘《わた》ってまで、気分屋でかわいげのないビッグベビーのお守りをする気はないから！」

檸檬が、身振り手振り……漫画に出てくる欧米人のような大きなジェスチャーで食ってかかってきた。

彼女の瞳からは、一歩も引かないぞ、という強い決意が窺《うかが》えた。

「僕の曽祖父ちゃんに関する世間的なイメージはさておき、君の曽祖父さんとは歴史が物語るように最高のタッグだった。競走馬と騎手はどっちが優れてる？　車とドライバーはどっちが必要？　僕達の先祖同士と同じで、どっちも優れているし、どっちも必要さ。ただ、役割が違うだけなんだ。互いにないものを補い合い、支え……」

「だから、私の役割は推理すること！　ドクター・ワトスンは脇役としてシャーロック・

ホームズを光らせることに生き甲斐《がい》を感じていたかもしれないけど、私は違うわ。これが推理ドラマなら、主役は私よ！」

　檸檬は、親指で自らの顎《あご》のあたりを指し、薄く微笑《ほほえ》んだ。

　何十時間説得しても、彼女は響の意見を受け入れてくれそうになかった。

「君がドクター・ワトスンの子孫だっていうのは、本当なんだね」

「なによ、改まって？」

「いや、その頑固なところが『血』を証明してると思ってさ」

　響は、肩を竦《すく》めながら言った。

「褒《ほ》め言葉として、受け取るわ」

　檸檬が、ニッと笑った。

「こんなところで議論してても時間の無駄だから、聞き込みはふたりでやろう。ただし、ひとつだけ約束して欲しいことがあるんだ」

「なによ？」

「加奈さんの消息を追い、無事を確認するために力を合わせて最善の方法をその都度選択する。これが、僕達のルールだ。だから、互いを出し抜こうとしたり、得た情報を隠したり、そういう安っぽい刑事ドラマみたいなことはしないってことを約束してくれ」

「響君ってさ、いちいち、カチンとくること言うよね？　君のいまのセリフ自体が、三流の刑事ドラマそのものよ」

檸檬は、子供のようにアカンベーをすると響を追い越し、スクールの出入り口に駆けていった。

「あ、ほら！　そういうの出し抜き！」

響は、檸檬の背中に抗議しながらあとを追った。

※

「十分、休憩にしますね」

二十代半《なか》ばと思われる若い女性インストラクターが、五人の生徒に言い残し、スタジオの前に佇《たたず》む響と檸檬のもとに歩み寄ってきた。

タオルで汗を拭《ふ》く姿が艶《なま》めかしい。

ピンクのレオタード越しの豊満な胸の膨《ふく》らみに、響の視線は吸い寄せられた。

胸だけではなく、スクールの名前に恥じぬ腰の括《くび》れも素晴らしかった。

スタイルも日本人離れしていたが、ルックスも彫りが深くスペインの人気女優、ペネロペ・クルスに似ていた。

「うっ……」

脇腹に激痛が走り、息が詰まった。

すぐに、檸檬の肘鉄《ひじてつ》を食らったことに気づいた。

「なにエロい眼でみてんのよ？　これはナンパじゃなくて仕事だって弁《わきま》えて」

「わ、わかってるって……」

脇腹を押さえ、響は呻《うめ》くように言った。

「お待たせしました。私、当ジムのチーフディレクターをしています中川《なかがわ》と申します」

ペネロペが、響と檸檬に名刺を差し出してきた。

汗をかいているはずなのに、ペネロペからはフローラルな香りが漂《ただよ》ってきた。

「突然、お邪魔してすみません。私、桐島《きりしま》檸檬と言います」

檸檬が、名刺をペネロペに渡した。

「ＪＨＷ探偵事務所……桐島さんは、探偵さんですか？」

「はい。彼はウチの新人です。自己紹介して」

「え⁉」

「早く、自己紹介」

驚きの表情を浮かべる響を檸檬は睨《にら》み、厳しい口調で言った。

「木塚《きづか》響です。よろしくお願いします」

響は空気を読み、檸檬の「部下」を演じることにした。

まさか、ホストの名刺を出すわけにはいかない。

「あまり時間がないので、ここで立ち話でも大丈夫ですか？」

ペネロペが、スタジオの隅で休憩する生徒達に視線を投げながら訊ねてきた。

「私達は、全然平気です」

「そうですか。では、早速ですけど、今日はどういった御用でこちらへ？」

「こちらに、悠さんというインストラクターいらっしゃいませんか？」

「悠？……彼女、なにかやらかしました？」

それまで愛想よく接していたペネロペの表情が、急に険しいものになった。

「いえ、ある女性が行方不明になったんですけど、その女性と悠さんが親しい関係だったんです。悠さんに話を聞けば、なにか手がかりが摑めるかと思いまして」

「私のほうが、訊きたいわ」

ペネロペが、独り言のように吐き捨てた。

「と、いいますと？」

檸檬が、ペネロペを促《うなが》した。

「悠は、一昨日《おととい》から無断欠勤してるんです。電話は止まってて、マンションにも帰ってない。レッスンに穴を空けるなんて……」

ペネロペは言葉を呑《の》み込み、怒りに唇を震わせていた。

一昨日から無断欠勤――加奈と連絡が取れなくなったのと同時期だ。

「無断欠勤は、よくあることなんですか？」

檸檬が質問を続けた。

「いいえ、初めてです。彼女は、仕事にたいしては真面目な女性でした」

「でも、さっき、悠さんの名前を聞いたときすぐに、なにかやらかしました？　と訊ねませんでした？　その言葉を聞いているかぎりでは、悠さんは問題児のように聞こえましたけど？」

檸檬が、首を傾《かし》げ気味に訊ねた。

「真面目だったのは、仕事にたいしてだけです。私生活……とくに、異性関係にだらしない女性で、過去に何度もトラブルを起こしています」

「異性関係⁉　男の人にだらしないってことですか？」

加奈と悠の関係を疑っている檸檬は、訝《いぶか》しそうな顔で質問を繰り返した。

「異性だから、男の人ですよ」

あたりまえじゃないか、とでもいうようにペネロペが言った。

いまのリアクションで、悠がレズビアンであったとしても、少なくともペネロペは気づいていないことがわかった。

「どんなトラブルだったか、差《さ》し支《つか》えなければ教えて頂けませんか？」

「二股《ふたまた》はあたりまえ、ひどいときは三人の男性がスクール前に迎えにきて揉《も》めていました」

ペネロペが、当時の揉め事を思い出しているのだろう、大きなため息を吐《つ》いた。

「悠さんは、モテるんですね」

響は、初めて口を挟んだ。

檸檬が、なに馬鹿なこと言ってるの？　とでもいうような咎《とが》める眼を向けてきた。

だが、興味本位でこんな質問をしたわけではない。

「モテるんじゃなくて、節操《せっそう》がないだけです」

ペネロペが、吐き捨てるように言った。

響の質問にたいしての返答で、ペネロペが悠を快く思っていなかったことが窺えた。

証言者の発言内容をストレートに耳に入れると、ときとして間違った方向に推理が導かれてしまう。

訊ねられている人間を証言者がどう思っているかによって意味合いが変わってくるということを頭に留めて判断しなければならない。

聞き込みしている相手が犯人ということもあるのだ。

そう、響は、ペネロペのことも「犯人候補」と考えていた。

それは、彼女が特別疑わしいとかなにかの勘が働いたから、というわけではない。

誰でも犯人の可能性がある……というのが、響の推理の鉄則だった。

「悠さんは、そんなに男性関係が派手だったんですか？」

響は重ねて質問した。

「派手なんてものじゃなかったですね。生徒の旦那さんとも不倫してトラブルになったり……彼女には、本当に迷惑をかけられ通しです。今度のことも、そちらが探してらっしゃる女性と男がらみで揉めたんだと思いますよ」

ペネロペの予想が当たっているなら、「富王」の応接室でふたりが摑み合いの喧嘩をしたのではないかという響の推理の説得性が増す。

だが、なにかがしっくりこない。

いや、しっくりき過ぎているのだ。

根拠はないが、加奈と悠の間にはもっと屈折したなにかがありそうな気がしてならなかった。

「悠さんがおつき合いしていた男性の連絡先とか、ご存知ないですか？」

「何人かいる中で、ひとりだけならわかりますよ。ウチに教えにきているインストラクターの男の子とも、悠はつき合ってましたから。彼でよかったら、教えましょうか？」

「お顔いします」

「いま、名刺を取ってきますから」

言い残し、ペネロペは事務室のようなところへ行った。

「ねえ、響君、どう思う？」

「セクシーな先生だな。僕も、通ってみようかな」

「そういうことじゃなくてさ。悠さんのことを訊いてんの！」

檸檬が、目尻を吊《つ》り上げた。

「冗談、冗談。かなりのプレイガールみたいだね」

「加奈さんと悠さん、男の人で揉めてたのかな？」

スタジオの隅でこちらの様子を窺っている生徒達に聞こえないよう、檸檬が声を潜《ひそ》めた。

「加奈さんは、そういうタイプじゃないな」

「そんなこと、どうしてわかるのよ？」

「彼女、僕の常連客だったんだけど、ほかの客のテーブルに行ってても文句ひとつ言ったことないからね。僕は売れっ子ホストだから、同時に五、六人からの指名が入るのはザラなんだ。ひとりに十分くらい付いたら次のテーブルって感じで、ゆっくり相手できないから、中には怒り出す客もいてさ。怒らなくても、ほとんどの客は不機嫌になるもんだよ。だけど、加奈さんはいつも笑っててくれて……からっとした人だった。まあ、多少、ポーズもあったかもしれないけど、少なくとも男の奪い合いになって友情に罅《ひび》を入れるタイプじゃないな」

「ふーん。売れっ子ホストねぇ。加奈さんも、こんな男のどこがよかったんだろう」

檸檬が、響を蔑《さげす》んだ眼でみた。

「こんな男って、ずいぶんな言いかただなぁ。僕だって、傷つく心があるんだぞ」

「あなたのチャラいハートはどうだっていいの。じゃあ、ふたりが男性関係で揉めてないなら、加奈さんの失踪に悠さんは関係してないって考えてるの？」

「いや、ふたりの間に、なんらかのトラブルはあったと思う。ただ、それが男の取り合いとは考えづらいってことさ。まあ、断定はできないけどね」

「本当に、加奈さん、どうしちゃったんだろう……」

独りごちながら、檸檬が腕を組んだ。

「無事だといいけど、心配だわ」

檸檬が深いため息を吐いた。

「そういうの、感心しないな」

響は、すかさず言った。

「なにがよ？」

「探偵の仕事は、謎を解き、事件を解決することで感情移入は不必要だよ。いいや、不必要どころか害悪さ」

「害悪⁉　それ、どういう……」

「お待たせしました」

檸檬が気色ばんだ瞬間、ペネロペが戻ってきた。

「これ、私が知るかぎり、悠の一番新しい彼氏です」

言いながら、ペネロペが名刺を檸檬に差し出してきた。

「三村高広《みむらたかひろ》……インナーマッスルトレーナー？」

檸檬は、名刺に書かれた肩書を口にした。

「体幹《たいかん》……つまり、普通の筋肉トレーニングでは鍛《きた》えられない身体《からだ》の中心部の筋肉を強化する方法を指導するトレーナーです。三村先生は、元サッカー選手だったんですよ。二年前までJリーグで活躍していたんですけど、試合中の怪我《けが》が原因で引退したんです。あの怪我がなければ、日本代表としてワールドカップに出場できたかもしれないんです」

「へぇ、さぞかし、モテるんでしょうね」

響はひとり言のように呟《つぶや》き、さりげなくペネロペの様子を窺った。

「ウチのスクールにも、ファンが大勢います。イケメンってだけでなく、教えかたも優しくてわかりやすいんですよね。ウチのスクールの男性インストラクターの中では、断トツの人気ですよ」

ペネロペが、我が事のように誇らしげに言った。

三村のファンは、生徒だけではなさそうだった。

「そんな人気の男性とつき合うっていうことは、悠さんは本当にモテるんですね」

響の言葉に、ペネロペの眉間《みけん》に縦皺《たてじわ》が刻まれた。

「モテるっていうより、落とすのが上手《うま》いんです。とにかく、女子同士のときと男性の前では、声の高さから瞬《まばた》きの回数まで、なにからなにまで違います。インストラクターで飲み会やったときも、たいして酔ってないくせに三村先生にしなだれかかったり……そういう姑息《こそく》なテクニックを使うコなんです」

悠のことを話している間、ペネロペの眉間には皺が刻まれたままだった。

「ここは、彼の職場ですか？」

響は話を変え、名刺に印刷された渋谷《しぶや》区東《ひがし》の住所を指でなぞった。

「はい。東に三村先生が教えているトレーニングジムがあります」

「渋谷区でジムを経営しながら、こちらにも教えにきているんですか？」

「三村先生は雇われトレーナーで、そこのオーナーがウチのスクールも経営……ようするに姉妹店ですね」

「なるほど。あの、悠さんのご家族はどこに住んでるんですか？」

檸檬が、思い出したように言った。

「九州のほうだって聞いた覚えがありますけど、詳しくは知りません。探偵さん。本当は、あのコ、なにかしでかしたんでしょう？　誰にも言わないので、本当のところ教えてもらえませんか？」

ペネロペの瞳に、好奇の色が宿っていた。

彼女の表情をみていると、悠が犯罪を犯していることを期待しているようだ。

「さっきも言いましたが、悠さんは私達が調査している失踪した女性と知り合いという以上は、いまのところなにもありません。調査を始めたばかりで、なにもかもが謎なんです」

檸檬が小さくため息を吐いた。

「よくわかりませんけど、悠がトラブルの原因だと思います。彼女は、疫病神《やくびょうがみ》なんです」

「頭に入れておきますね。お忙しいところ、ご協力ありがとうございました。最後に、悠さんの写真とか、あったら貸して頂けないですか？」

「集合写真なら、あったと思います」

ペネロペがスマートフォンを手に取った。

「あ、あった。これでいいですか？」

ペネロペが差し出してくるスマートフォンのディスプレイには、スタジオに並ぶ十人くらいのインストラクターが映っていた。

「中央の白いウェアをきている色黒の男性が三村先生で、右端の髪をふたつ結びにした女性が悠です」

悠は、想像していたよりも小柄で華奢《きゃしゃ》な女性だった。

肌が雪のように白く、少女漫画に出てくるような大きな瞳をしていた。

想像ではギャル系だと思っていたが、どちらかと言えばロリータ系に近かった。

「かわいいじゃん！」

響は、慌《あわ》てて唇を押さえた——後悔先に立たず。

ペネロペと檸檬の冷ややかな視線が、一斉《いっせい》に響に注がれた。

「十分です。私の名刺のアドレスに、送ってください。長い時間中断させてしまって、すみませんでした。失礼します」

檸檬は、ペネロペと暇そうにしていた生徒達に頭を下げスクールをあとにした。

響も頭を下げたが、最後の「失言」が印象を悪くしたのかペネロペにはそっぽを向かれた。

建物の外に出たときに、急に檸檬が立ち止まり響は背中にぶつかりそうになった。

「あのさ、あなた、加奈さんの行方を追ってるの？　それとも、女の人をナンパするのが目的なの⁉　中川っていうインストラクターのことも、眼を輝かせてみてたしさ。それに、悠さんの写真をみたときも興奮してたし……なんなの⁉　いったい⁉」

振り返った檸檬が、厳しい表情で問い詰めてきた。

「も、もちろん、加奈さんの行方を追ってるに決まってるだろ？」

「そうかしら？　私には、そういうふうにみえないけど⁉」

檸檬が腕を組み、響を鋭い眼で見据《みす》えた。

「さあ、そんなことより、はやく三村先生の渋谷のジムに行かないと！」

響は、檸檬の「千里眼」から逃げるように新宿駅方面に向かって駆けた。

「あ！　逃げる気ね！」

檸檬の高く艶《つや》のある声が、心地よく響を追ってきた。

☆　☆

「三村って人、悠さんとまだつき合ってると思う？　調査するにあたっては、響君はどっちがいい？」

渋谷の場外馬券売り場の裏手を歩きながら、檸檬が訊ねてきた。

ペネロペから聞いた三村がトレーナーとして雇われているトレーニングジムは、もう近いはずだ。

「僕は、別れてくれていたほうがいいな」

「そのほうが、自分にもチャンスがあるなんて思っているんじゃないでしょうね？」

檸檬が、疑わしそうに言った。

「君は、僕をなんだと思ってるんだ？　そんなわけないだろう？」

「女好きの尻軽男《しりがるおとこ》……っていうのはさておき、三村先生と悠さんがつき合っているほうが、リアルタイムの生情報が入るから調査が進みやすくなると思ってさ。元恋人だったら、悠さんについての情報も古くなるじゃない？」

「リアルタイムの情報が入るってことはさ、こっちの情報が相手に伝わるってことを意味する。三村先生も、会ったばかりの探偵より恋人のほうを優先するだろうしね。もし、加奈さんの失踪の黒幕が悠さんだった場合、僕らの動きが筒抜けになるのは非常にまずい」

「たしかに、それは言えるね。悠さん、黒幕なのかな……」

檸檬が、電柱やビルの住所プレイトを確認しながら呟いた。

「もしかして、探偵事務所の方？」

二、三軒先のビルの前に立つ体格のいい男性が、響と檸檬に声をかけてきた。

檸檬が、スマホに保存した三村の写真を響に翳《かざ》してみせた。

「はい。私、ＪＨＷ探偵事務所の桐島檸檬と申します」

檸檬が、三村に駆け寄り名刺を渡した。

「彼は、ウチの新人で木塚君です」

「木塚響です。名刺はいま作成中です」

「僕は、三村高広。中川さんから連絡を貰《もら》ったんで、待ってたよ。よろしく」

三村が、血管の浮いた逞《たくま》しい前腕を檸檬、響の順に差し出してきた。

アメリカのスポーツ選手のようなさわやかで力強い握手、褐色《かっしょく》の肌と見事なコントラストをなす白い歯、百八十はありそうな長身に筋骨隆々の肉体——若くみえるが、三十は超えているのかもしれない。

「とりあえず、そこのカフェに行こうか？　ジムにはスタッフもいるし、ちょっと聞かれたくない話もあるから」

三村が、響と檸檬を促しながら通りを渡った。

ライムグリーンのペンキを塗られた木造の建物——ブリキの看板にポップな書体で書かれた「ペパーミント」の店名。

三村は、アメリカンスタイルのカラフルな内装のカフェに慣れた様子で入っていった。

「ペパーミント」は一九六〇年代のアメリカを意識しているようで、ピンクのジュークボックスが設置してあった。

「今日は休憩早いんですね」

ポニーテイルに水玉模様のミニのワンピース姿のウエイトレスが、弾《はじ》ける笑顔で三村を出迎えた。

会話の内容から、三村はこの店の常連なのだろう。

「うん。彼らと大事なミーティングがあるから、奥の部屋空いてる？」

「はい。空いてます」

店員が、奥の席へ案内した。

「ここは、カフェなのに個室があるんだよ」

三村が振り返り、嬉《うれ》しそうに言った。

フロアの最奥に赤ペンキのドアがあり、開けるとゼリービーンズを零《こぼ》したようなポップな空間が目の前に広がった。

テーブルも椅子も「コカ・コーラ」のデザインなのが、アメリカンなイメージに拍車をかけていた。

壁には、アメリカンポップアートの巨匠、ロイ・リキテンスタインの絵がかけられている。

店内に流れているＢＧＭは、当然のように「オールディーズ」だ。

「僕はクリームソーダで。君達は、なんにする？」

ウエイトレスに注文した三村は、響と檸檬にメニューを差し出してきた。

響はアイスコーヒー、檸檬はアイスティーを注文した。

「六〇年代のアメリカって、僕の父親世代の青春でリアルタイムには知らないんだけど、なんか、懐かしい気分になって落ち着くんだよね。毎日、ジム終わりにきて癒《いや》されてるよ」

三村が、爽《さわ》やかに笑った。

彫りの深い顔立ちや体格だけでなく、フランクな雰囲気も欧米人のようだった。

「あの、早速ですけど、今日お伺《うかが》いしたいのは悠さんのことなんです。私達が調査を頼まれている行方不明の女性と悠さんが親しい仲だったようで、それで、なにか手がかりはないかと思って『ＫＵＢＩＲＥ』を訪ねました」

檸檬が、スマートフォンを取り出した。

メモ代わりに使っているのだろう。

いまは、たいていの役目はスマートフォンで事足りる。

「どうして、僕のところに？」

三村が、不思議そうな顔を向けてきた。

「三村さんと悠さんは、おつき合いしてると中川さんから聞いたので……違うんですか？」

檸檬が、微《かす》かに不安そうな顔になった。

「いいや、つき合ってるのは本当だよ。ただ、恋人かどうかって訊かれたら、よくわからないな」

「つき合ってるのに、恋人かどうかわからないんですか？」

「君達は、つき合ってるの？」

「え……？」

「君と木塚君だよ」

「は⁉　私と響君⁉　ないないないない！」

檸檬が、慌てて顔前で手を振った。

「そんなにムキになるとこみると、逆に怪しいな。彼女は、こう言ってるけどどうなの？」

三村が、悪戯《いたずら》っ子のような顔を響に向けた。

「彼女は、照れ屋なんですよ」

響は、悪乗りにつき合った。

「ちょ……なに言ってるのよ！　いい加減にしないと、怒るわよ！」

檸檬が、修羅《しゅら》の形相《ぎょうそう》で怒声を浴びせてきた。

驚いた顔のウエイトレスがクリームソーダ、アイスコーヒーとアイスティーをテーブルに置いた。

「もう怒ってるじゃん」

追い討ちをかけるように、響は茶化してみた。

横目で、響は三村を盗みみた。

三村は、穏《おだ》やかに笑っていた。

だが、なにかが引っかかる。

「ほんと、そのへんにしておかないと……」

「ごめんごめん、ちょっとからかっただけだよ。ということで、僕と彼女はただの同僚です。でも、三村さんは悠さんと恋人ですよね？　さっき、よくわからないって言った意味を教えてもらえますか？」

響は、檸檬から三村に視線を移し話を戻した。

三村が、話をかわしているような気がしてならなかったのだ。

「悠は、なにをやったんだ？」

三村が、いままでとはまったく違う剣呑《けんのん》な空気を漂わせた。

声のトーンは低くなり、眼つきも鋭くなっていた。

数秒前までの三村とは、別人のようだった。

「僕達も、それがわからないからこうやって聞き込みに回っているんです」

「そんなわけないだろう！」

突然、三村が大声を上げ、拳《こぶし》でテーブルを叩いた。

檸檬が、眼を見開き固まった。

無理もない。爽やかなスポーツマン風の男が、一転して、粗暴《そぼう》になってしまったのだから。

だが、響にはそこまでの驚きはなかった。

三村がわざわざ外で自分達を待っていたときから、響は違和感を覚えていた。

こういう展開になるとわかっていたからこそ、三村は自分達をカフェに案内したに違いない。

「悠がいなくなってから、僕は災難続きだよっ」

「災難続き？」

響は促しながら、手ごたえを感じていた。

「ああ。ヤクザみたいなガラの悪い連中が家に押しかけてきて、悠がどこに行ったか教えろって脅《おど》してくるし、誰かに尾行《びこう》されてる気配もあるし……薄気味悪くてしょうがないよ。あいつは、いったい、なにをやらかしたんだ⁉　質《たち》の悪いサラ金から借金でもしてるのか⁉　守秘義務とやらがあるのかもしれないが、知ってることがあったら教えてくれよ」

響は、必死に訴える三村の充血した眼を見据えた。

三村の逼迫《ひっぱく》ぶりは、演技にはみえなかった。

もちろん、三村が「名優」であるという可能性は否めない。

「そのヤクザみたいな人達に、悠さんとどういう関係か訊かなかったんですか？」

檸檬が、初歩的な質問をぶつけた。

「訊いたけど、自分達のことは一切言わないで悠のことを訊いてくるばかりだよ」

「何人くらい、訪ねてきたんですか？」

檸檬が質問を重ねた。

「昨日だけで、ふたり組と三人組の五人がきたよ。深夜に、大声で喚《わめ》いてさ……」

そのときの恐怖が蘇《よみがえ》ったのか、三村の声は震えていた。

「警察とか、呼ばなかったんですか？」

「悠の身になにかあったらと思うと……それはできない」

三村が俯《うつむ》き、力なく首を横に振った。

檸檬が、響に視線を送ってきた。

視線の意味……どう思う？

三村が真実を隠すために嘘《うそ》を吐いている可能性もある。

「あの、少し話を戻したいんですが、悠さんとは一緒に住んでるんですか？」

今度は、響が質問した。

「住んでるよ。結婚まで、考えている相手だからね。でも……こんなふうになっちゃって、彼女のことがわからなくなったよ」

三村が、節《ふし》くれ立った指で髪を掻《か》き毟《むし》った。

いら立った仕草も、深いため息も、憔悴《しょうすい》した表情も……疑いの眼でみると、三村のなにもかもが芝居がかってみえるようになった。

「共通の知り合いとか、いないんですか？」

「もちろん、電話をかけまくったよ。『ＫＵＢＩＲＥ』の中川さんにもね。でも、誰も心当たりはないって返事ばかりさ。さっきから君達の質問ばかりだ。僕の質問にも答えてくれないか？　探偵なら、なにか摑んでるんだろう？」

三村が、響と檸檬を交互にみながら言った。

カムフラージュで質問してるのか？　それとも、本当になにも知らないのか？

「さっきも言ったように、僕達が調査しているのは『富王』グループの社長で、悠さんじゃないんです。だから、中川さんや三村さんのところに伺っているんです」

「『富王』⁉　あの、大手質屋チェーン⁉」

三村が、身を乗り出した。

「はい、そうです。なにか、心当たりでも？」

「社長は、女だよな？」

「本宮《もとみや》加奈さんという女性です」

響が言うと、やっぱり、と呟き三村が眼を見開いた。

「お知り合いですか？」

「本宮加奈さんは、ウチのジムの会員だよ」

「ジムの会員？」

檸檬が鸚鵡《おうむ》返しに言うと、三村が頷いた。

「もう、三年くらいになるかな。ウチのジムは、ブルー会員、シルバー会員、ゴールド会員、プラチナ会員の四ランクに分かれてるんだけど、本宮さんは最高ランクのプラチナ会員だよ」

「加奈さんは、『ＫＵＢＩＲＥ』の会員でもありましたよね？」

響は思考をめまぐるしく回転させながら訊ねた。

「ウチのジムと『ＫＵＢＩＲＥ』は姉妹店だからさ。悠は『ＫＵＢＩＲＥ』でインストラクターやってて、本宮さんとはウマが合うみたいでよく呑みに行ってたよ。でも、本宮さんが失踪したからってどうして悠までいなくなるのかわからないよ。それに、あのガラの悪い男達とはどんな関係なのか……」

三村が、女性の太腿《ふともも》くらいありそうな太い腕を組み思案顔になった。

「お時間取らせて申し訳ありません。ありがとうございました」

伝票を手にして席を立つ響に、檸檬と三村がびっくりした顔を向けた。

「ちょっと、もう、帰るのか？　まだ、僕のほうは君達から聞きたいことがいろいろとあるんだ」

「すみません。急用を思い出しまして。また、ご連絡します」

響は三村に頭を下げると、伝票を手に取り個室を出た。

「ちょっと、響君！　待って！」

追ってくる檸檬の声に振り返らず、会計を済ませた響は店をあとにした。

「待ってったら！」

響は早足で通りを渡り、「ペパーミント」の斜向《はすむ》かいの雑居ビルの外階段を使い、ひと息に五階まで上った。

「いったい、どういうつもりよ⁉」

あとを追ってきた檸檬が、息を切らしながら咎《とが》めるように言った。

「まだ、これから訊きたいことがあったのに、なんで帰っちゃうのよ⁉」

「あのまま質問を続けても、彼から新しい情報はなにも得られないさ」

「三村さんが嘘を吐いてるってこと？」

「わからない。ただ、ひとつだけ言えるのは、彼が嘘を吐いていたら使える情報は何時間話を聞いても引き出せないし、嘘を吐いていないならあれ以上の情報は持ってないということ」

「だからってさ……」

「僕達が知りたいのは、三村さんが嘘を吐いているか吐いていないかをたしかめることさ」

「外に出てくるのと、なんの関係があるのよ⁉」

檸檬が、怪訝そうな顔で響を見上げた。

「三村さんに疚《やま》しいなにかがあるとしたら、僕達が悠さんの件で訪ねてきたことでなにかの動きがあるはずだ」

「誰かに連絡を取るとか？」

「そうだね。探られたらまずいことがあるなら、僕らの存在は邪魔だろうからね」

「だけどさ、行動起こすにしてもすぐにとはかぎらないでしょう？　それに、電話とかでやり取りしたら私達にはわからないし」

「アメリカの刑事なら、ドーナッツとコーヒーが必要かな」

響は、「ペパーミント」の出入り口を注視しつつ言った。

「え⁉　なに？　もしかして、ここに張り込む気⁉」

檸檬が、頓狂《とんきょう》な声を上げた。

「僕達は日本人だから、あんぱんと牛乳がいいかな？」

「ふざけないで。まじめに訊いてるんだから」

「三村さんが、僕らの敵か味方かはわからない。だけど、重要なカギを握っていると思うんだ」

「根拠があるの？」

「いや。ただの直感だよ」

「はぁ？　そんなあやふやな当て感で張り込む気？　刑事ごっこしてる暇なんてないんだ

からね」

　檸檬が、呆れた顔で言った。

「いやなら、僕ひとりで張り込むからいいよ」

「響君さ、三村さん、なにか隠してると思う？」

「君は、どう思う？」

　響は、質問を質問で返した。

「怪しいに一票！」

「へぇ、どのへんが、一票を投じる決め手になったの？」

「なんか、こんなふうに言ったら悪いけど、嘘っぽいんだよね。爽やかな感じとか、急に口調を変えてきたり……全体的に芝居がかってるっていうかさ。三村さんは悠さんの……」

「待って」

　響は唇に指を立て、視線を眼下に向けた。

「ペパーミント」から、三村が出てきた。

「行こう」

　響は檸檬を促し、階段を駆け下りた。

　雑居ビルのエントランスから、そっと顔を出した。

三村は、ジムに戻るところだった。

「どうやら、あんぱんと牛乳が必要になりそうだね」

「どこで張り込むの？」

「管理人もいないし、ジムの隣だし、ここが一番適してるかな」

「ずっと、エントランスから顔出しているつもり？」

「あそこ……ほら」

響は、斜向かいの「ペパーミント」を指差した。

「なるほど。ウインドウにジムの出入り口が映っているってわけね。だけど、管理人がいないからって、人の出入りがあるビルのエントランスで何時間も張り込むのはきついんじゃない？」

「たしかにそうだけど、同じ人間は何度も出入りしないだろうから、人がくるたびに人待ち顔してやり過ごすしかないな」

「こんなことなら車でくれば……あ、早速、きたわよ」

スーツ姿の三十代と思《おぼ》しき男性ふたりが、エントランスに向かって歩いてきた。

響はスマートフォンを取り出し、いかにも仕事の打ち合わせでもしているかのように檸檬に翳してみせた。

その間も、視線は「ペパーミント」のウインドウから離さなかった。

「じゃあ、週明けに俺のほうから部長には事情を説明しておくよ」

「お願いします。私は明日にでも取引先に伺ってお詫《わ》びしてきます」

会話の内容からして、ふたりの男性は上司と部下に違いない。

仕事上でトラブルがあり対応策を話しているようだ。

ふたりが、響達の脇を通り抜けエレベータに向かった。

「ジムは何時に終わるのかな？」

檸檬が小声で訊ねてきた。

「さあ、夜になるんじゃ……」

響は、言葉を呑み込んだ。

サラリーマンらしきふたりの男性が、エレベータの前から引き返し響達のほうに近づいてきた。

「あの、いいですか？」

上司らしき長身で短髪のほうの男性が、響に声をかけてきた。

「はい？　なにがです？」

響は、警戒しながら訊ね返した。

「お車が、ご用意できましたのでお迎えに参りました」

長身短髪男が、柔和《にゅうわ》な笑顔で言った。

「は？　車なんて、頼んでませんよ。誰かと、お間違えじゃないですか？」

「いいえ。おふたりをお迎えにあがるように言われています」

長身短髪男に代わって、部下らしき小柄でガッチリしたほうの男性が言った。

「いえいえ、僕達は車なんて頼んでないです。どなたをお迎えですか？」

「探偵事務所のおふたりです」

「あなた達は、誰ですか？」

「車に乗ってから、ご説明しますよ」

言いながら、小柄ガッチリ男が右手を差し出してきた。

「あんたら、いったい……」

響は、凍《い》てつく視線を小柄ガッチリ男の右手に握られているナイフに落とした。

「おとなしくしていてくれれば、危害はくわえません。ご案内致します」

長身短髪男が、エントランスの出口へと響と檸檬を促した。

響の背中には、ナイフが突きつけられていた。

「どうして、こんなことをする？　あんたら、誰なんだ？」

「とりあえずは、車に行きましょう」

柔らかな口調とは裏腹に、響の背中に刃物の鋭利な感触が広がった。

☆　☆

エンジン音、車の振動、窓から漏れ聞こえる微《かす》かな喧騒《けんそう》——アイマスクで視界を奪われているので、どこを走っているのかまったくわからなかった。

アイマスクだけでなく、口はガムテープで塞《ふさ》がれ、両手は手錠で拘束されていた。

響の隣に座らされているはずの檸檬も、同じように拘束されている。

ふたりは、いったい、何者なのか？

彼らは自分達が探偵だと知っていた。

だとすれば、誰の指示だ？

中川か？　それとも三村か？

もし、彼らのどちらかが関わっているとして、それはなぜ？

加奈の失踪と関係しているのか？

それとも悠の絡みか？

その両方なのか？

または、まったく別のことか？

予期せぬアクシデントに、なにがどうなっているのかわからなかった。

これから、どこに連れて行かれるのか？

彼らは、自分と檸檬をどうするつもりなのか？

不思議と、恐怖はなかった。

代わりに、悔しさと情けなさが込み上げた。


名探偵気取りでいい気になって、このザマはなんだ？

危険性があることを予期できなかったのか？


調査は常に危険と背中合わせだ。

加奈の失踪に闇《やみ》社会の人間が関わっているという可能性を少しでも想定していたら、こんな結果にはならなかったはずだ。

なにより、檸檬を危険な目にあわせてしまったことを後悔した。

響は、聴覚に意識を集中した。

不意に、耳になにかを当てられた。

ほどなくすると、量販店のアナウンスや信号の音で街の場所を特定しようとする自分の心を見透かしたように、大音量のロックが流れてきた。

無駄のない手際から、彼らがプロであることは容易に想像がついた。

プロ……ヤクザ？　誘拐犯？　殺し屋？

二流のハードボイルド映画のような発想しか浮かばなかった。

確実なのは、彼らが闇社会の住人であるということだ。

めまぐるしく思考の車輪を回転させる響の鼓膜《こまく》を、ロックミュージシャンのシャウトが掻き毟った。

☆　☆

車から降ろされ、響は体感的に十分くらい歩かされた。

アイマスクも手錠も嵌《は》められたままだ。

相変わらず、ヘッドホンからは大音量のロックミュージックが流されている。

視覚も聴覚も奪われているが、皮膚に触れる空気の感じで外を歩いているのではないことがわかった。

立ち止まらされ、内臓が浮遊する不快感に襲われた。

恐らく、エレベータに乗っているに違いない。

だとすれば、目的地はもうすぐだ。

背中を強く押され、ソファであろう柔らかい感触の椅子に座らされた。

音楽が止んだ。

久々の静寂に、鼓膜が浮いているような妙な感じがした。

アイマスクと口に貼られていたガムテープが外された。

暗闇に慣れていた眼が、明るさに対応できずに響は瞼《まぶた》を閉じた。

五秒、十秒……響は、ゆっくり眼を開けた。

ピンクの壁紙、ピンクのデスク、ピンクのソファ、ピンクの絨毯《じゅうたん》——響の視界が、ピンク一色に染められた。

イメージ的に、薄暗い地下室や倉庫のような場所に連れ込まれると想像していたので、目の前の光景は驚きだった。

響の隣で、同じように眩《まぶ》しさに顔をしかめている檸檬があたりに首を巡らせていた。

「探偵さんって聞いてたからもっと老《ふ》けていると思ってたけど、ふたりともフレッシュなピーチって感じね。それも、ハニーピーチ。若いコみてると、ワクワクしちゃう！」

甲高い声——デスクに座っていたピンクのフリルワンピース姿の女性が、胸の前で掌《てのひら》を重ね合わせていた。

前髪の毛先を眉毛の上で水平にカットしたブロンドの髪、カラーコンタクトだろうブルーの瞳、整い過ぎた欧米人並みに高い鼻梁《びりょう》、不自然なほどにくっきりした幅の広い二重《ふたえ》瞼。

女性は若作りをしているが、結構年齢はいっていそうだ。

ファンデーションが罅割れている目尻の皺やホウレイ線の深さから察すると、最低でも四十は超えているだろう。

響は、女性に違和感を覚えた。

彼女のエキセントリックな容姿やファッションのせいなのは間違いない。

ただ、それだけではなかった。

「彼がタロで彼がジロ。私の忠実な下僕《げぼく》であるようにという願いを込めて、『南極物語』の樺太《からふと》犬から名前を取ったの。イケてるでしょ？」

女性が、ウインクした。

十代や二十代の若い女性なら似合う仕草も、若作りの中年女がやると違和感があり過ぎる。

長身短髪男がタロで小柄ガッチリ男がジロらしい。

極寒の地に餌《えさ》もない状態で置き去りにされ一年後に犬係が再救出に訪れるまで生き延びたという忠犬の名前で呼ばれるのは、ふたりにとって幸せか不幸か？

「もうひとり下僕が増えたら、ハチと名づけようかしら！」

女性は、無邪気な少女のようにはしゃいでいた。

箸《はし》が転んでもおかしい年頃……とでもいうように。

女性をみていて響が覚える違和感は、いい年をした中年男が若い世代に受けようとカラオケでラップを歌っているときのそれに似ていた。

「あなたは誰ですか？」

　檸檬が、敵意丸出しに女性に質問した。

「素敵な質問ね。私はラブリー。年齢は永遠の十七歳。好きな食べ物はキャラメルハニーミルフィーユ。趣味はピンクを集めること。特技は人に夢を与えること。理想の男性は『キャンディ・キャンディ』のアンソニーで……」

「ちょっと待って！　私が訊いてるのはそんなことじゃないわ！　第一、ラブリーってなによ⁉　あなた、日本人でしょ⁉」

「たしかに、戸籍上の私は日本人よ。でも、どんな日本人の名前も、私のこのキュートな感じを表現することができないって気づいたの。ウン十万する高価なお椀《わん》だって、和菓子は似合っても洋菓子は似合わないでしょう？　それと同じよ。ねえ、わかる？　かわい過ぎるのもつらいことなのよ？　あなたみたいに中途半端なかわいさなら、つらさより愉《たの》しいことばかりが起こるの。口説《くど》けるレベルのかわいさだから異性がちやほやしてくれるし、嫉妬《しっと》するほどのかわいさでもないから同性は優しくしてくれる。私ほどの異次元のかわいさになるとね、もうそれだけで罪なのがわかる？　いつもファミレスで食事している人に高級フレンチの数万円のディナーの感想を聞いても無駄なのと同じ」

　悪びれたふうもなく、ラブリーが肩を竦めアヒル口をした。

「な、なに……この人……」

檸檬が、言葉を失い響をみた。

無理もない。

アイマスクを取られた瞬間から、響も動転と混乱の連続だった。

ラブリーがイカれた女だとしたら、彼女の言動も納得できる。

だが、まともな男性ふたり……タロとジロが、イカれた女の指示に従い拉致《らち》監禁に手を染めるだろうか？

「ラブリーさん。なぜ、僕らをこんな目に……」

「ノンノンノン！　ラブリーさん、じゃなくて、ラブリーちゃん、って呼んで」

ラブリーが尖《とが》らせた唇の前で立てた人差し指を左右に振り、ふたたびウインクした。

響の肌に、鳥肌が立った。

もちろん、感動ではなく嫌悪のそれだった。

「いい加減にしてよ！　人を誘拐しといてさ、キュートだラブリーだかわい過ぎるのは罪だって、いったい、なんなのよ⁉　おばさんがやってることは、犯罪なの！　知ってた⁉」

堪忍袋《かんにんぶくろ》の緒《お》が切れたのか、檸檬が一気に捲し立てた。

ラブリーのファンデーションで厚塗りされた顔が、みるみる強張《こわば》ってゆく。

どうやら、檸檬は彼女の地雷を踏んだようだ。

「おばさん？　あなた、いま、おばさんって言った？　そうだとしたら、それ……誰に言ったの？　まさか、まさかまさかまさか……この私にじゃないわよね？　花にたとえると恋する可憐《かれん》な少女を彷彿《ほうふつ》とさせるスイートピーみたいな私が、動物でたとえると壊れそうに華奢な少女を彷彿させるティーカッププードルみたいな私が、おばさんですって⁉　なにより許せないのは、私を犯罪者扱いしたことよ！」

ラブリーが、ヒステリックな金切り声で檸檬に咬《か》みついた。

「私達を誘拐したんだから、犯罪じゃない！」

檸檬も、負けじと咬みつき返した。

ヒートするふたりとは対照的に、響の思考は冷静だった。

加奈の失踪とラブリーはどんな関係があるのか？

それとも、加奈ではなく悠との関係か？

そもそも、ラブリーは何者なのか？

小説や映画で主人公がさらわれた場合、行き着く先で待ち構えているのはヤクザか政府関係者と相場が決まっている。

だが、ラブリーはそのどちらにもみえない。

「私は、あなた達の恩人よ！」

「はぁ⁉」

ラブリーの発言に、檸檬が頓狂な声を張り上げた。

「あなた達、探偵ごっこなんてやめなさい。このままだと、命が危ないわよ」

響は、ラブリーの言葉を脳内で反芻《はんすう》した。

本気で忠告しているのか？　単なる恫喝《どうかつ》なのか？

「ごっこじゃなくて、本物の探偵よ！」

檸檬が、すかさず抗議した。

「馬鹿ね。それくらいわかってるわよ。私が言いたいのは、探偵もピンキリっていうこと。モデルだって、読者モデルとパリコレモデルを同じ括《くく》りにはできないでしょう？」

ラブリーが、見下したように言った。

「私が、読者モデルレベルの探偵って言いたいわけ？」

「だったら、本宮加奈と佐々木《ささき》悠の調査を中止することね。頭のいい探偵なら、私の忠告に感謝して即刻手を引く選択をするはずよ」

「従わなかったら、僕達を殺す？」

響は口を挟《はさ》んだ。

加奈と悠の名前が出たということは、ラブリーは自分と檸檬が誰を追っているかを把握している。

口ぶりからして、把握しているどころか、自分達よりも深い事情まで知っている可能性が高い。

　というよりも、加奈失踪の黒幕がラブリーであるかもしれないのだ。

「そんな怖いこと言っちゃ、いやいやいや。ラブリー、そんなことしないもん」

　ラブリーが、頬を膨らませカマトト顔で首を横に振った。

　推定年齢四十八の中年女がやるには、勇気のいる仕草だ。

「じゃあ、従わなかったらどうなる？」

「私達じゃない誰かに殺されちゃうのよぉ。そんなの、ラブリー堪《た》えられないぃ」

　両手を頬に当て上目遣《うわめづか》いでみつめるラブリーに、ふたたび鳥肌が立った。

　もちろん、唇はアヒル口になっている。

「そこまで言うなら、加奈さんを追ったら誰になぜ殺されるか教えてよ！　私達はミステリー小説の読者じゃないんだから、そんなふうに謎めいたこと言われても嬉しくもなんともないんだから！　私達探偵は、真相を突き止めるのが仕事なのっ」

　檸檬が、ラブリーに激しく食ってかかった。

　彼女に、怯《おび》えている様子はない。

　さすがは、ドクター・ワトスンの子孫だ。

「若さだけが取《と》り得《え》の未成熟女はキャンキャンキャンキャンうるさいわね！」

ラブリーが、響にたいしてとは一転して迫力十分の怒声を檸檬に浴びせた。

「み、未成熟女ですって！」

檸檬が気色ばんだ。

「あなた達が本宮加奈と佐々木悠についてこれ以上嗅《か》ぎ回ると身に危険が及ぶことを私は教えてあげた。危害を加えるのは私達ではないことも教えてあげた。これで、十分でしょう？　言わば、私はあなた達の命の恩人よ⁉　感謝されることはあっても、そんなふうに文句を言われる筋合いはないわ！」

「だーかーらー！　私達も調査依頼を受けている以上、理由もわからないまま任務を放棄できないのよっ。依頼人に納得してもらうためにも、おばさんが知ってることを教えてって言ってるの！」

いら立たしげに足を踏み鳴らし、檸檬がラブリーに食ってかかった。

「おばさんはやめなさいっ、未成熟女！」

「そっちも未成熟女って言うのやめてよね！」

不毛な口論――ラブリーは本気なのか？　それとも演技か？

現時点では、素の彼女を窺い知ることはできなかった。

「ラブリーさんの仕事はなに？　それも教えてくれないの？」

ラブリーが、檸檬から響に視線を移した。

「どんな職業にみえるぅ？」

眼をパチパチとさせながら、ラブリーが質問を返してきた。

「完璧なルックスとスタイルから察すると、モデルかな？」

「はぁっ⁉」

檸檬が弾かれたように響をみた。

「さすが響君は、わかってるわねぇ。みんなから、よく言われるんだけど、残念ながら、私はモデルでも女優でもないのぉ」

喜色満面《きしょくまんめん》の笑みで、ラブリーが言った。

「え……違うんだ……。絶対に、自信があったけどな。じゃあ、ほかは見当がつかないや」

響は、驚きの表情で眼を見開きラブリーを凝視《ぎょうし》した。

ホストで培《つちか》った心理術——女性は、みえみえのお世辞《せじ》でも、自信を持って真剣に言い続ければ信じてしまう生き物だ。

ホストクラブに通う客が美青年に入れ揚げるのも、世の主婦連中が韓流《ハンリュウ》スターを追いかけるのも、心のどこかで可能性があると思っているからだ。

これは、男性が金や立場を利用して若い女性を落とそうとする心理とは違う。

男性は、そういった「武器」を使わなければ若いコが自分に興味を持ってくれないだろうということを知っている。

　だが、女性は自分のことを「白馬に乗った王子様」の「お妃《きさき》候補」の権利があると信じて疑わない。

　もちろん、そうでない疑《うたぐ》り深い女性もいる。

　しかし、そんな慎重な女性であっても、「夢見るお姫様」に変わりはないのだった。

「美容関係の仕事よ。幻滅したぁ？」

　唇を尖らせ、小首を傾《かし》げるラブリー。

　ダウンライトの照明で誤魔化されているが、間近でみると五十を超えていそうな感じだった。

「幻滅なんて、とんでもない。美容関係と聞いて、納得だね。だから、そんなに赤ちゃんみたいな肌をしてるんだね」

　響が柔らかな笑みを湛《たた》えながら言うと、檸檬は軽蔑《けいべつ》のいろが浮かぶ瞳を向けてきた。

　檸檬の気持ちはわかるが、響も好きでこんなことを言っているわけではない。

　なにもかもが謎に包まれた現状——響達の置かれている立場は、富士の樹海に迷い込んだようなものだ。

　ラブリーの心理をコントロールし、少しでも糸口を摑みたかった。

「あ、それもよく言われるぅ。ラブたんのほっぺって、つるつるしてるねって」

ラブリーが、瞳を輝かせ口もとを綻《ほころ》ばせた。

「ラ、ラブたん……」

隣で小鼻をヒクつかせる檸檬を、響は睨みつけた。

「ラブたんは、エステティシャンとか似合いそうだね」

響が言うと、檸檬が納豆とブルーチーズのスムージーを飲んだとでもいうように顔を顰《しか》めた。

「ああ、惜しいわ！　エステティシャンじゃなくて美容……」

「ラブリーさん。お話はそのへんで」

彫像のように無言で立ち尽くしていたタロが、ラブリーを窘《たしな》めた。

響は、心で舌を鳴らした。

これ以上はまずいと、判断したに違いない。

「せっかく愉しくお喋《しゃべ》りしてたのに……タロは石頭ね」

ダンスパーティーに行くことを父親に禁止されたアメリカのティーンエイジャーのように、ラブリーは膨れっ面《つら》で横を向いた。

「お名残《なごり》惜しいけど、そろそろお別れね」

気を取り直したようにラブリーが、響に微笑んだ。

「え？　解放してくれるわけ⁉」

檸檬が、驚きに眼を見開いた。

響も、同じだった。

この展開だと、調査をやめると約束しないかぎり監禁されると思っていた。

「そうよ。私達は、誘拐犯じゃないから。あなた達に忠告するために、きてもらっただけよ」

ラブリーが、涼しい顔で言った。

「だったら、わざわざこんなところまで連れてこないで、彼らに忠告させればよかったじゃない⁉　ナイフを突きつけたり目隠しや手錠したりしてさ、それで誘拐犯じゃないなんて言われても納得できないわっ」

怒りがおさまらない檸檬が、激しく抗議した。

「そうでもしなければ、おとなしくついてこないでしょう？　アイマスクをつけたのは、場所を知られないようにするため。あなた達が私の忠告さえ守ってくれれば、今日、ここであったことはお互いに忘れましょう。イケメン君とこれっきりなのは、残念だけどぉ」

ラブリーが、最後に響にウインクした。

「私達が、あなたとの約束を守らなかったら？」

檸檬が、挑戦的に訊ねた。

「さっきも言ったけど、本当の犯罪者達に狙われることになるでしょうね」

あくまでも、自分達は善意の第三者だと言い張るラブリーの言葉を鵜呑《うの》みにはできなかった。

「もし、あなた達が無関係なら、どうして僕達に忠告してくれるんだ？　なんの得もないだろう？」

響は、ずっと気になっていたことを口にした。

加奈と悠を追われることでなんらかの損害を被《こうむ》る立場の人間が忠告するならわかる。

万が一、ラブリーの言うとおり彼女が善意の第三者だとしても、響や檸檬を守ろうとする理由がない。

普通なら、中川という女性インストラクターか三村という男性インストラクターのどちらかがラブリーと通じていて、加奈や悠の身辺を嗅ぎ回っている探偵が現れたと報告を受け、タロとジロを差し向けたと考えるのが普通だ。

「いい質問ねぇ。顔だけじゃなくて、頭もいいのねぇ～。ラブリーをどれだけ胸キュンさせれば気が済むのぉ？」

響にだけカマトト口調に変わるラブリーにたいして、どうしても嫌悪感を拭《ぬぐ》えなかった。

「話を逸《そ》らさないで、質問に答えてくれ」

「あーら、そういうせっかちなところも、曽祖父様の血を受け継いでるのかしらん？」

意味深な笑みを湛えながら、ラブリーが言った。

「なんだって……いま、なんて言った？」

響の口内から、唾液《だえき》が一気に干上がった。

「私の永遠のアイドル……シャーロック・ホームズの子孫、木塚邦彦《くにひこ》と木塚響の身になにかあったら、ラブリー、生きていけなぁ〜い」

ラブリーの声が、凍てつく脳内にこだました。

自分がシャーロック・ホームズの曽孫《ひまご》とはひと言も喋っていない。

なぜ、ラブリーは知っているのか？

しかも、父の名前まで……。

「あんた、何者だ？」

響は、これまでとは一転した低く押し殺した声で訊ねた。

「あら、そんな怖い顔しないでぇ、ラブリーこわ〜い」

ラブリーが、顔を両手で包み鼻声を出した。

「ごまかさずに、答えろ！」

珍しく、響は声を荒らげた。

父……邦彦には逆らってばかりきた。

先祖が伝説の名探偵であっても、関係ない。

自分は自分らしく生きる——己《おのれ》を貫き通してきた。

シャーロック・ホームズのＤＮＡを継いでいるという事実を、誇らしいと思うどころか迷惑にさえ感じていた。

普通の家に生まれたかった。

普通の暮らしがしたかった。

曽祖父が偉大であればあるほど、プレッシャーになった。

誰であろうと、シャーロック・ホームズを侮辱《ぶじょく》させはしない。

「ラブリーが何者かってぇ？」

首を傾げ唇を尖らせたラブリーがデスクチェアから初めて腰を上げ、響と檸檬の前に歩み寄ってきた。

「ラブリーはねぇ……ジェームズ・モリアーティ教授の孫よ」

シャーロック・ホームズ最大のライバル……悪の天才の孫を名乗るラブリーに、響は表情を失った。

第5章　円卓評議会

地面に叩きつけられた衝撃が、背骨を軋《きし》ませた。

遠ざかるエンジン音――響《ひびき》は呻《うめ》き声をあげつつ、アイマスクを外した。

隣に、同じようにアイマスクを外す檸檬《れもん》の姿があった。

響は身を起こし、あたりに首を巡らせた。

生い茂る雑草、転がる空き缶――どこかの、空き地のようだった。

「ここ、どこ？」

檸檬が、腰を擦《さす》りながら訊《たず》ねてきた。

「さあ……新宿じゃないことだけはたしかだね」

「ふざけてる場合じゃないわ。私は、真面目に訊《き》いてるの！」

檸檬が、いらついた口調で言った。

「僕だっていままでこれを嵌《は》められてたんだからさ」

響は、アイマスクを翳《かざ》してみせた。

檸檬は荒々しく息を吐き立ち上がると早足で歩き始めた。

「ちょっと、どこに行くんだよ？」

響は慌てて、檸檬のあとを追った。

舗装されていない道が、延々と続いていた。

どこかの山に、置いてきぼりにされたようだ。

「とりあえず新宿……事務所に戻って、作戦を立て直すわ」

「作戦？　まだ、捜索を続ける気？」

響の言葉に、檸檬が足を止めた。

「あたりまえじゃないっ」

「ラブリーって女に言われたこと、忘れたのか？」

「あんな若作りのおばさんの脅《おど》しを、真に受ける気？」

信じられない、という顔を檸檬が向けた。

「脅しじゃないさ。彼女は本気だ」

「本気でもなんでも、私のやることに変わりはないわ」

ふたたび、檸檬が足を踏み出した。

「あの女は危険だ。現に、いままで、僕らは監禁されてただろ？」

響は、檸檬と並び歩きながら翻意《ほんい》を促《うなが》した。

——本宮《もとみや》加《か》奈《な》と佐々《ささ》木《き》悠《ゆう》の調査を中止することね。頭のいい探偵なら、私の忠告に感謝して即刻手を引く選択をするはずよ。

ラブリーの言葉が、響の脳内に蘇《よみがえ》った。

「あ、コンビニ！」

檸檬が駆け出した。

三十メートルほど先に、「セブン‐イレブン」の看板がみえた。

「無視するなよ」

響は、檸檬を追って「セブン‐イレブン」に入った。

「すみません、ここはどこですか？」

檸檬は、学生風の男性店員に訊ねた。

「あきる野《の》市ですけど」

「知ってる？」

檸檬が響を振り返った。

「逆に、知らないの？　鮎《あゆ》釣りで有名な秋川《あきがわ》渓谷があるとこだよ」

響は、呆《あき》れたように言った。

「釣りしないもん」

「そういう問題じゃなくてさ……探偵なら、普通、知ってるだろ？」

「うるさいわね！　探偵が地理に強いって決めつけるのは、日本人がみんなジュードーやカラテをやっているって外国人がイメージしてるのと同じくらい的《まと》外れなんだから！　あの、駅って、どこが近いですか？」

檸檬は響に屁《へ》理屈を並べ立て、男性店員に視線を移した。

「店を出てすぐの通りをまっすぐ十分ほど下れば、武蔵五日市《むさしいつかいち》駅があります」

「ありがとうございます」

檸檬は礼を言うと店を出た。

「東京まで、どのくらいかかるのよ？」

早足で歩きながら、檸檬が言った。

「ここも東京都内だよ。ＪＲで新宿まで一時間十五分ってところかな」

「意外と近いんだ。じゃあ、いま五時だから、六時ちょいには着きそうね。ね、安心したらお腹減っちゃったから、食べて行かない？」

檸檬が立ち止まり、十メートルほど先のファミリーレストランを指差した。

「ああいう目にあったばかりなのに、よく食えるな？」

「食べなきゃ死んじゃうじゃん。響君って、結構、デリケートなんだね」

「だって、僕ら、へたすりゃ殺されてたかもしれないんだぞ？」

正直、怖くなかったと言えば嘘《うそ》になる。

それも、仕方がない。

人生で、命の危険を感じる体験は初めてだったのだから。

だが、響がラブリーと距離を置きたいのは恐怖だけが理由ではなかった。

「案外、ビビリだね。ま、とりあえず腹ごしらえしよ！」

あっけらかんと言うと、檸檬は跳ねるようにファミリーレストランに駆けた。

「ポジティヴの塊《かたまり》だな」

響は檸檬の弾む背中をみながら、苦笑いを浮かべた。

☆　☆

ハンバーグ、フライドポテト、コーンスープ、パフェ……この細い身体のどこに入るのかと思うほど、檸檬の食欲は旺盛だった。

対照的に、響の目の前のパスタは半分以上残されたままだった。

「食べないならもらうよ？」

言い終わらないうちに、檸檬は響のパスタの皿を手に取った。

「もしかして、大食い選手権に出たことある？」

響は、半分本気で訊ねた。

「え⁉ 私、そんな大食いじゃないよ。ウチのお母さんや妹なんて、朝から牛丼とトーストとラーメン食べてたからね」

「聞いてるだけで、胸焼けしそうだよ」

「話変わるけど、あの、ラブリーって女、どう思う？」

「どう思うって？」

「加奈さんと悠さんと、どんな関係だろうってことよ。本当の悪人から私達のことを守るために忠告してるなんて言ってたけど、ありえないでしょ？」

檸檬が、パスタを食べながら肩を竦《すく》めた。

「さあね」

響はわざと素《そ》っ気《け》ない返事をし、コーヒーカップを口もとに運んだ。

「第一さ、私達を守る理由がないでしょう？ 加奈さん達の失踪の秘密を握っているに違いないわ」

「だろうな」

ふたたび、気のない返事。

響は、コーヒーを飲みながら思考を回転させた。

たいていの事件というものは、単純な動機の上に成り立っている。

事件が異常であればあるほど、注意深く調べてみる価値がある。事件を複雑に見せかけているポイントこそが解決のヒントだ。

曽祖父《そうそふ》の言葉から引用した、父、邦彦《くにひこ》が経営する「ホームズ探偵事務所」の「推理十訓」の一節が脳裏に蘇った。

ラブリーもそうだ。

突然、自分と檸檬を監禁し、エキセントリックな出《い》で立《た》ちで現れ、エキセントリックな言動に終始した。

すべてがミステリアスで、まるで自分が映画かドラマの中の世界に放り込まれたような気分になった。

大きな組織がらみの事件なのかもしれない。

ヤクザ、スパイ、ゲリラ……加奈と悠は、なにか大変な秘密を知ってしまい追われているのかもしれない。

そんなふうに考えてしまいそうなシチュエーションだった。

だが、それら非日常的な出来事のすべてが、自分と檸檬の眼をほかに向けさせるための「演出」だとしたら？

加奈と悠の失踪の原因は、ラブリーが彼女達と金銭関係か男性関係で揉《も》めたのかもしれないし、なにか弱味を摑《つか》まれているのかもしれない。

私怨《しえん》——至極単純なものである可能性があった。

「ラブリーって女、加奈さんと悠さんのどっちを追ってるのかな？　または、両方とか？あなたは、どう思う？」

「どうだろう……」

響の返事と、檸檬がテーブルを叩く衝撃音が重なった。

「なんだよ？　びっくりするじゃないか」

響は、軽く檸檬を睨《にら》みつけた。

「なんだよはこっちのセリフよ！　さあね、だろうね、どうだろう……って、さっきから生返事ばっかりでなんのつもり⁉」

物凄い剣幕で、檸檬が食ってかかってきた。

「態度が悪かったなら、謝るよ」

「感じ悪っ！　加奈さんと悠さんを、探す気あるわけ⁉」

「ないよ」

「は⁉」

即答する響に、檸檬が眼を見開いた。

「ないって、どういう意味よ⁉」

「ふたりを捜索する気はないって意味さ」

響は、努めて無感情に言った。

「どうして？　急に、なにを言い出すの⁉」

「もともと、僕は探偵じゃないしな。ホストの仕事も休めないし」

「なっ……」

素っ気ない口調の響に、檸檬が口をあんぐりと開いた。

「それ、本気で言ってるの⁉」

気色《けしき》ばむ檸檬に、響は涼しい顔で頷《うなず》いた。

「呆れた……よく、いまさらそんなことが言えるわね！　天才的な推理力を持ってるとかなんとか、自分がどれだけ偉そうなことを言ってたか忘れたわけ⁉」

「そうだっけ？」

平然なふうを装っていたが、響はコーヒーの味をまったく感じないほど動揺していた。

「もしかして、ビビってるわけ⁉」

突然、檸檬がニヤニヤしながら響の顔を覗《のぞ》き込んできた。

「ああ、ビビってるよ。あの若作りのおばさん、人を殺すことになんの罪悪感もなさそうだし。まだ、死にたくないしね」

「恥ずかしくないの⁉ 曽《ひい》お祖父《じい》様が天国で泣いてるわよ」

「そんなの、関係ないよ。僕は僕、曽祖父さんは曽祖父さんだ」

「開き直るわけ⁉」

「開き直ってるわけじゃないさ。先祖がモハメド・アリだったら、喧嘩《けんか》に強くなきゃならないのか？ 先祖がマザー・テレサだったら、恵まれない人を必ず助けなきゃならないのか？」

「今度は屁理屈？ あなたを、見損なったわ。もうちょっと、見所のある人だと思った。チャラくて自惚《うぬぼ》れ屋で大ボラ吹きだけど、腐っても伝説の名探偵のＤＮＡを受け継いでいるから、少しは期待してたのに、ガッカリよ」

檸檬の言葉が、鋭利な刃物のように響の胸を貫いた。

「別に、君にどう思われようと構わないさ」

「私にどう思われようと構わなくても、シャーロック・ホームズに一家の面汚《つらよご》しだと思われたら困る……」

響は、檸檬を遮《さえぎ》るように立ち上がった。

「どこに行くのよ⁉」

背中を追ってくる檸檬の声から逃げるように、響は店を出た。

「あんたの名前に泥を塗らないために、臆病になってるのか、僕は……」

響は、空を見上げ呟《つぶや》いた。


――ラブリーはねぇ……ジェームズ・モリアーティ教授の孫よ。


眉毛の上で水平にカットしたブロンドヘア、石灰《せっかい》を塗ったような厚化粧、ブルーのカラーコンタクト、不自然に高く整った鼻梁《びりょう》、やはり不自然なほどに幅の広い二重瞼《ふたえまぶた》、ナイフで切れ目を入れたような目尻の皺《しわ》、くっきりと刻まれたホウレイ線……ラブリーの顔が、頭から離れなかった。

「ちょっと、響、聞いてる⁉」

目の前に、膨《ふく》れっ面の千佳《ちか》がいた。

「あ、ごめんごめん」

「どうしたのよ⁉　さっきからずっと、心ここにあらずって感じだよ」

千佳が、咎《とが》めるように言った。

たしかに、「ポアゾン」がオープンしてからずっと上《うわ》の空だった。

千佳は、新宿にスナックを五軒経営する四十代半《なか》ばの女性実業家で響の「太客《ふときゃく》」の中のひとりだ。

一夜に百万以上落としてくれることも珍しくなく、普段なら彼女の席で上の空などありえないことだ。

「最近、寝不足で体調崩し気味なんだ」

苦しい言い訳――本当のことなど言えるわけなかったし、言っても理解してもらえることではない。

「不規則な仕事なんだから、無理しないようにしないと。栄養バランスとかも、崩れてるんじゃない？　私、毎日、食事を作りに行ってあげようか？」

千佳が、不機嫌モードから一転して女房オーラ全開で響の太腿《ふともも》に手を置いた。

「いや、店にも毎日のようにきてもらってるのに、申し訳ないからいいよ」

響は、千佳の気を悪くしないように言葉を選んだ。

「なに言ってるのよ、水臭いわね。私と響の仲じゃない」

千佳が、響にしなだれかかってきた。

「はい！　五番テーブル遊星《ゆうせい》君に、エマちゃんからドンペリ・ゴールド、ダブルで頂きましたー！」

店長の日向《ひゅうが》が、リングアナウンサーのようにマイクを摑んで絶叫した。

「遊星王子とエマ姫のためにー！　それ！　それ！　それそれそれそれー！」

遊星派のホスト達が五番テーブルを囲み、シャンパンコールを始めた。

「光り輝く黄金色！　エマ姫からの愛の気泡！　飲み干せ！　飲み干せ！　幸せ飲み干せ！　グイ！　グイ！　グイ！　飲み干せ！　飲み干せ！　王子と姫のふたりに乾杯！　王子と姫の愛に乾杯！　お代わり！　お代わり！　グイ！　グイ！　グイ！　グイ！　それ行け！　飲み干せ！」

遊星派番頭の青蘭《せいらん》が、小気味よいテンポでシャンパンコールの音頭を取った。

ホスト達が、青蘭に続いてエマを煽《あお》った。

一秒でも早くボトルを空けさせ、一本でも多く新しいシャンパンを入れさせるために客を煽りまくるのがシャンパンコールの目的だ。

「遊星君に入ったのか……。じゃあ、私も」

千佳がメニューに伸ばした手を響は押さえた。

「ボトルは、入れなくていいよ」

「でも、遊星君ってナンバー2なんでしょう？　ボトル入れないと、売り上げ抜かれちゃうかもよ⁉　遠慮なんてしなくていいから。お金だけは、たんまりあるからさ」

「本当に、大丈夫だから。僕は、ナンバー1にこだわってないから」

強がったわけでも、格好をつけたわけでもない。

もとから、売り上げのためにホストを始めたわけではなかった。

女の子と愉《たの》しく話したいから……ただ、それだけの理由だった。

だが、いまは、どんなに魅力的な女性であってもそういう気になれなかった。

――書物にも残っているが、祖父にとってモリアーティ教授は最強で最凶のライバルだった。唯一無二、祖父を最も苦しめた悪の天才だった。

響が「ホームズ探偵事務所」に入所した夜、邦彦から初めてモリアーティ教授について聞かされた。

――モーなんとか教授って、そんなに凄いの？

――天才的な数学教授の顔とロンドンの暗黒組織の首領の顔を持つ男だ。祖父はモリアーティ教授について、こう語っていたらしい。「彼は犯罪のナポレオンだよ、ワトスン君。この大都会の半分の悪事、ほぼすべての迷宮入り事件が、彼の手によるものだ」と。恐ろしい男だよ。絶対に、関わり合いにはならないほうがいい。

――百年以上も前に死んだ男に、会うわけないよ。

——それが、そうともかぎらないんだよな。噂によれば、モリアーティ教授の子孫も日本にいるらしい。

——ふーん、そうなんだ。でも、僕には関係のないことだからさ。

そう、あのときは、邦彦の言葉を軽く考えていた。

だが、現実にモリアーティ教授の子孫と出会った響は、たとえようもない恐怖に襲われた。

自分が脅されたからではない。

ラブリーを目の前にしたときに、百数十年の歴史が響にのしかかった。

自分では、シャーロック・ホームズの名誉を守ることはできない。

守るどころか、曽祖父の名声のすべてを地に堕《お》としてしまう。

本業はホスト。先祖が伝説の名探偵だろうと関係ない。自分は自分。

いままでは、逃げ道を作っていたから強気でいることができた。

響には、一探偵としてモリアーティ教授の孫と向き合う自信がなかった。

「ふーん、響がいいならいいけどさ。あ、話変わるけど、加奈ババア、あんまり店にきてないんじゃない？」

思い出したように、千佳が訊ねてきた。

千佳は、同じ「太客」の加奈に強烈なライバル意識を持っており、快く思っていない。

「なんで？」

そ知らぬ感じで響は訊ね返したが、全意識を聴覚に集中させていた。

「あのね……やっぱり、チクってるみたいでやめとくわ」

「水臭いな。チクりとか思わないから、教えてよ」

「教えたら、今週の日曜、デートしてくれる？」

千佳が、狡猾《こうかつ》そうな笑みを浮かべた。

「わかったよ。加奈さんが、どうしたの？」

日曜日のデートは気が進まないが、加奈の手掛かりがわかるかもしれないのだ。

加奈の失踪事件から降りると決めたはずなのに、なぜ、そんなことを訊く？

「じつは、私、見ちゃったんだよね。昨日……」

「響、悪いけど、俺がナンバー1になっちゃったみたいだ」

誰かの手が、響の肩に置かれた。

振り返った視線の先には、ニヤついた遊星が立っていた。

「ちょっと、邪魔しないでよっ。それに、ゴールド二本じゃまだ響を抜けないはずよ！」

千佳が、遊星に嚙《か》みついた。

「残念ながら、抜いちゃったんだよな」

遊星が、自分の肩越しに親指で後ろを指した。

「八番テーブル、遊星君に、奈美《なみ》さんからロマネ・コンティ入りました―！」

日向のマイクコールに、千佳の顔が強張《こわば》った。

「いままではマグレだってわかったか？　お前みたいなド素人《しろうと》のチャラ男に、『ポアゾン』のナンバー1は似合わないんだよ」

遊星が響に顔を近づけ嘲《あざけ》りの笑いを片頬に貼りつけると、踵《きびす》を返して立ち去った。

「なによあいつ、調子に乗ってさ。響、あんな奴に負けちゃだめよ！　ボトル入れるわよ！」

千佳が気色ばんだ。

「別に、負けてもいいよ」

「まだそんなこと言ってるわけ⁉　遊星に、ナンバー1取られちゃうんだよ⁉」

千佳が、響の腕を摑み引っ張った。

「だから、ナンバー1はどうでもいいんだって。それより、話の続きは？　昨日、なにをみたの？」

「ああ、そうそう。昨日、加奈ババアが六本木の遊星のお父さんの店にいるのみたんだよね」

「遊星のお父さんの店って、『ハバナクラブ』？」

響は訊ねた。

遊星の父親は、六本木界隈《かいわい》を縄張りにする「中林《ちゅうりん》会」の企業舎弟《しゃてい》で、「ハバナクラブ」はいわゆる裏カジノだ。

「ハバナクラブ」は、政財界、芸能界、スポーツ界の大物が秘密裏に会員になっており、警察が内偵を入れているという噂が絶えない。

「ウチのスナックの常連さんの社長が『ハバナクラブ』のメンバーで、連れて行ってもらったのよ。加奈ババアは女とルーレットやってたわね。似合いもしないくせにさ」

千佳が、馬鹿にしたように鼻で笑った。

「女って、もしかして、ミルクティーカラーの髪の毛の？」

「そうそう。なんでわかったの⁉」

「いや……その……なんとなく」

響は、しどろもどろに言った。

「なんとなくで、ミルクティーカラーとか当てる？」

千佳が、訝《いぶか》しげな眼を向けてきた。

「だから、直感だよ、直感。それより、ふたりはどんな様子だった？」

「どんな様子って？」

「仲がよさそうだったとか、そうでもなかったとかさ」

「ああ、なんか、母娘《おやこ》みたいに仲よかったわよ。もしかして、本当の娘かしら？」

千佳が、思案顔になった。

母娘みたいに仲がいい……母娘でないのなら、アブノーマルな関係なのかもしれない。

「どんな話してました？」

「こっちもギャンブルしに行ってるんだから、そんなの聞いてないわよ。っていうか、加奈ババアのこと、なんでそこまで気にするわけ？　彼女と、なにかあったの？」

千佳が、疑わしそうに響をみた。

「なにもないよ。ただ、最近、店にあんまり顔みせないからどうしたのかなって思って。加奈さんの話はここまでにして、千佳さんの話聞かせてよ」

響は、話題を変えた。

このままだと、「ハバナクラブ」に行ってみたいと言い出してしまいそうだった。

広域暴力団の息がかかるカジノ……危険な匂いがした。

絶対に、ラブリーが絡んでいるに違いない。

これ以上、立ち入らないほうが賢明だ。

もともと、自分は探偵ではなくホストなのだ。

ホストはホストらしく、女性相手に媚《こ》びていればいい。

響は自分に言い聞かせながら、千佳がくわえた煙草に火をつけた。

響は、タンバリンを叩き、合いの手を打った。

千佳は、八〇年代女性アイドルのヒット曲をノリノリで歌っていた。

アフターでカラオケボックスに入ってから、既に三時間が経っていた。

響は最初に一曲歌っただけで、その後は千佳がマイクを握りっ放しだった。

片手に赤ワインの入ったグラスを持ち、小泉今日子《こいずみきょうこ》の「学園天国」を歌っていた。

——そんなチャラチャラした格好で、女性の尻を追いかけ回して……曽祖父さんが天国で泣いてるぞ。

——なあ、響。探偵をやってくれとは言わない。なにをやってもいいが、ホストだけはやめてくれ。

——女性を騙《だま》してお金を一杯使わせて……そんな仕事、恥ずかしくないのか⁉

邦彦は、響の顔をみるたびに嘆きの言葉を口にした。

——僕は僕なんだから、なにをやってもいいだろ？　曽祖父さんがどんだけ凄くても、家康《いえやす》とか信長《のぶなが》とか、俺にとっては歴史上の人物のことを聞かされてるのと同じだよ。

響も、決まってそう反論した。

明け方に、四十代のおばさんがアイドルの曲を歌うのを盛り上げ、一曲終わるごとに褒《ほ》め言葉を口にする。

ときには肩を抱き寄せ、耳もとで甘く囁《ささや》いたり、キスしたりするのも仕事の一環だ。

――恥ずかしくないの⁉　曽お祖父様が天国で泣いてるわよ。

檸檬にも、邦彦と同じようなことを言われた。

どいつもこいつも、曽祖父、曽祖父、曽祖父……人より推理力があれば、そんなに偉いのか⁉

変人でも奇人でも、事件を解決できる能力があれば崇《あが》め奉《たてまつ》られるのか⁉

曽祖父が麻薬をやっていたのは有名な話だ。

麻薬をやる探偵より女癖の悪いホストのほうがどうしようもないというのか？

「どうしたのぉ～？　暗い顔して、つまんないのぉ？」

かなり酒に酔っているのだろう、間奏の途中で千佳がマイク越しに甘えた口調で問いかけてきた。

「え？　あ、いや、千佳さんの歌があんましうまいもんだから、真剣に聴き入っていたんだよ」

響は、笑顔で言った。

心にもない嘘は、相手を傷つけないためには必要なアイテムだ。

「じゃあ、次は明菜《あきな》ちゃん行っちゃうよ！」

千佳の八〇年代アイドルのひとりメドレーが再開した。

響は、そっと腕時計に視線を落とした。

時刻は、まもなく午前七時になろうとしていた。

千佳とのいつものアフターコースでは、あと二時間は「ワンマンショー」が続く。

家に帰って簡単な朝食を摂《と》りシャワーを浴び、ベッドに入る。

そして夕方の四時に起床し、店に出る準備をする。

ほとんどプライベートの時間がない状態だが、いまはそのほうがよかった。

時間があれば、余計なことを考えてしまう——加奈と悠のことを考えてしまう。

推理をする時間もないほど、働きづめの生活を送るのが理想だった。

テーブルの上で、スマートフォンが震えた。

覗き込んだディスプレイに浮く、生意気女、の文字。

生意気女——檸檬。

こんな早朝から、非常識な女だ。

響はバイブレータの音を掻《か》き消すように、タンバリンを鳴らした。

スマホは、執拗《しつよう》に振動していた。

こんな時間に電話をかけてくるのだから、急用なのかもしれない。

どうせ、加奈と悠のことに違いない。

響は震え続けるスマートフォンを無視し、千佳の熱唱に意識を向けた。

電話は一度切れ、間をおかずふたたび振動を始めた。

もしかしたら、トラブルに巻き込まれたのか？

電話に出るだけなら、どうということはない。

「ちょっと、トイレ行ってくるね」

響は中森《なかもり》明菜に成りきり「少女Ａ」を歌う千佳に声をかけ、スマートフォンを手に個室を出た。

本当にトイレに入り、通話ボタンを押した。

『遅いぞ！』

電話に出るなり、檸檬の怒声が鼓膜《こまく》に飛び込んできた。

「家族でも恋人でも友人でも同僚でもない人間が、朝の七時に電話に出ただけでも感謝したほうがいいぞ」

響は、皮肉っぽく言った。

『屁理屈はいいから、すぐにきて』

檸檬が、一方的に命じてきた。

「どこに？」

『六本木』

「なんで？」

『加奈さんの所在がわかったのよ。真っ先に教えてあげたんだから、感謝してよね』

檸檬が、優越感に浸《ひた》った声で言った。

「もしかして、『ハバナクラブ』？」

『なんで知ってんのよ⁉』

怪訝《けげん》そうな声で、檸檬が訊ねてきた。

「ウチのお客さんに、『ハバナクラブ』の会員がいて、偶然、加奈さんをみかけたって教えてくれたんだ。そっちこそ、どうしてわかったんだ？」

響の声は、微《かす》かに強張っていた。

内心、穏《おだ》やかではなかった。

自分は偶然に千佳から聞いて知ったが、檸檬は違う。

自分の足で、耳で……調査した成果として手に入れた情報だ。

つまりは、探偵としての実力だ。

響のスマートフォンを握る手に、力が入った。

『「富王《とみおう》」の富樫《とがし》店長に、彼が知ってるかぎりの加奈さんの出入りしていた店のリストを作って貰《もら》ったのよ。よく行くコンビニ、レストラン、バー、美容室、カラオケボックス、レンタルＤＶＤショップ、アロマ、エステ、本屋……ってふうにね。一軒一軒、虱潰《しらみつぶ》しに電話したわ。コンビニとか店員が客の名前を知らないようなところには加奈さんの特徴を伝えたわ』

やはり、そうだった。

檸檬は、自分のようなラッキーパンチではなく、狙《ねら》い澄ました一発だったのだ。

「でも、なにか事情があった場合、正直に答えないかもしれないだろ？」

『もちろん、相手の言うことを鵜呑《うの》みにしてないわ。対応にクエスチョンがついたところは重要参考店としてチェックするための電話だから』

「『ハバナクラブ』にも、電話したのか？　裏カジノだから、絶対に怪しまれるだろう？」

『まさか。リストの中でも「ハバナクラブ」は要注意項目よ。だって、加奈さんが裏カジノだなんて、違和感ありありでしょう？　昨日の夜から、ウチの調査員と交替で張ってたんだけど、真夜中の二時頃に加奈さんが店に入って行ったの。隣に、誰がいたと思う？』

「悠さんだろ？」

『なんだ。そこまで知ってるなら、どうしてここにこないのよ？』

「なんで僕が？」

『なんでって……加奈さんと悠さんの居所がわかったのよ⁉』

「昨日も言ったように、僕はホストだ。探偵じゃない。だから、そこに行く理由も必要もない」

響は、敢《あ》えて抑揚のない口調で言った。

『いつまで、そんなこと言ってるつもり⁉　いつまで、そうやって逃げてるつもり⁉』

檸檬の怒声が、スマートフォンを軋ませた。

「悪いけど、仕事中だから切るよ」

『現実から眼を逸《そ》らして自分を偽るのがあなたの仕事？』

檸檬の言葉が、砕け散ったガラス片のように響の心に突き刺さった。

彼女は、間違いなく名探偵だ。

少なくとも、自分の深層心理を的確に言い当てるという意味において……。

「君と言い争っている暇はない。じゃあ、お客さんがいるから」

響は突き放すように言うと、一方的に電話を切った。

卑怯《ひきょう》で臆病な男だな。お前は、最低の男だ。

もうひとりの自分が、響を罵倒《ばとう》した。

どれだけ罵倒されても、嘲られても構わなかった。

日本一卑怯な男になろうが……臆病な男になろうが、曽祖父の歴史に泥を塗らなければそれでいい。

「リング」に上らないことをどれだけ罵《ののし》られても、負けることはないのだから。

響は、相変わらずのハイテンションで八〇年代アイドルのヒット曲を熱唱する千佳を虚《うつ》ろな表情でみつめながらタンバリンを叩いた。

「おやおや、珍しい顔がきたな。お前が訪ねてくるなんて、どういう風の吹き回しかな？」

ワインレッドの革張りのデスクチェアに座った邦彦が、驚いた表情で言った。

邦彦の背後の壁に、視線が吸い込まれた。

整髪料で撫《な》でつけられたオールバック、不健康そうな青白い肌、彫刻のような高く尖《とが》った鼻、獲物を狙う猛禽《もうきん》類の眼——顎《あご》の下で手を合わせ鋭い視線で宙をみつめる曽祖父の横顔の肖像画が、事務所内の空気を引き締めていた。

「ちょっと、近くに用事があったから、ついでにね。たまには、いいかなと思ってさ」

響は軽い調子で言いながら、依頼客用のソファに尻を埋《うず》めた。

「ホームズ探偵事務所」を訪れるのは、辞めて以来なので約二年ぶりだ。

「稼ぎはあるだろうから金の無心ではないし、お前にとっては息の詰まる空間だから気紛《きまぐ》れで立ち寄るはずはないし、ましてや、親に顔をみせようなんて思いつくほど孝行息子でもない……となれば、自分で解決できないトラブルの尻拭《ぬぐ》いを頼みにきたんだな？　今度は、どんな女と揉めているんだ？」

曽祖父張りの早口で推論を述べた邦彦が、断定的に訊ねてきた。

「女性と揉めてなんかいないよ」

「では、女性の彼氏と揉めてるのか？」

邦彦がデスクチェアから立ち上がり、響の正面のソファに座った。

「どうしても女性関係のトラブルで泣きついてきたってことにしたいの？　曽祖父さんが聞いたら、先入観を推理に持ち込んではいけないって説教されるよ」

響は、肩を竦めた。

「女じゃなければ？」

響の話など耳に入らないとでもいうように、邦彦が質問を重ねた。

「参ったな……まったく、信用がないらしい」

響は苦笑いした。

「探偵である前に父親だから、お前のことはなんでもわかるよ。なにか相談事があるなら言ってみなさい。たまには、親らしいことをするのも悪くない」

邦彦が、微笑んだ。

――私の永遠のアイドル……シャーロック・ホームズの子孫、木塚《きづか》邦彦と木塚響の身になにかあったら、ラブリー、生きていけなぁ～い。

鼓膜に蘇る声に、胃がキリキリと痛んだ。

「じゃあ、お言葉に甘えて……ラブリーって女性知ってる？」

響は、前振りなく切り込んだ。

「ラブリーだと⁉　お前こそ、彼女を知ってるのか⁉」

邦彦が、血相を変えて訊ねてきた。

「行方不明になった知り合いの女性を捜索してたら、拉致《らち》されたんだ。目隠しされて連れて行かれた場所に、金髪おかっぱの若作りしたおばさんがいてさ」

「金髪おかっぱの若作りしたおばさん……姿、形にはいろいろな説があるが、ラブリーの名を騙《かた》るような命知らずはいない……彼女に間違いないだろう」

邦彦の顔は貧血さながらに白っぽくなり、唇が震えていた。

「やっぱり、本当だったんだ。ラブリーが、モリアーティ教授の孫だってこと……」

「約束しろ！」

突然、邦彦が響の腕を摑み身を乗り出した。

「二度と、ラブリーには関わるんじゃないっ」

邦彦が声を荒らげるのは、珍しいことだった。

逆にそれが、ラブリーの存在を際立たせた。

「父さんとラブリーって、どんな関係なのさ？」

「『ホームズ探偵事務所』を開業してから、いろんな組織からの妨害があった。ヤクザ、政治家、公安、チャイニーズマフィア、コリアンマフィア、右翼、左翼……うまくいかなかったことのすべてに、ラブリーが絡んでいる。そして、ピンチのときにいつも助けてくれたのがラブリーだ」

「表から裏の組織にまで顔が利《き》くなんて、あの女は何者？」

響は、率直な疑問を口にした。

悪の天才と畏怖《いふ》されていたジェームズ・モリアーティの孫だからといって、現代日本において政治家やヤクザを押さえ込めるほどの影響力があるとは思えない。

「ラブリーは、『円卓評議会』の日本支部長だ」

「『円卓評議会』って？」

「簡単に言えば、世界の政治を実質的に動かしている闇政府だ。噂によれば『円卓評議会』の本部はホワイトハウスの地下にあるらしい。歴代の米国大統領も、すべて彼らの言いなりだ。歴史上の戦争及び内紛の一切は、裏で『円卓評議会』が仕掛けているそうだ」

「まるで、スパイ映画みたいな話だね。僕は、ちょっと信じられないな」

「信じる信じないはお前の勝手だが、ラブリーが強大な権力を持つ危険な存在であることは事実だ」

　邦彦が、淡々とした口調で言った。

「ラブリーがモリアーティ教授の子孫だから父さんの仕事を邪魔するのはわかるけど、助けたのはなぜ？　彼女にとって父さんは仇《かたき》の孫……潰れたほうが好都合のはずでしょう？」

「だからこそさ」

「どういう意味？」

「自分の獲物をほかに横取りさせたくないんだよ」

「止《とど》めは、自分の手で刺すってことか……」

「そういうことだ。さっきも言ったが、ラブリーは表も裏も動かせる。お前の知人とやらがどれだけ大事か知らないが、ラブリーに関わるのはやめろっ。あの女だけは絶対にだめだ！」

邦彦が、掌《てのひら》でテーブルを叩いた。

そんなこと、言われなくてもわかっている。

わかっているから、卑怯者になることを甘んじて受け入れたのだ。

「参考までに聞いておきたいんだけど、どうしてだめなの？」

「どうしてって、そんなの決まってるだろう。私でさえ太刀《たち》打ちできないのに、お前なんて赤子同然だ。私達は、シャーロック・ホームズの残した偉大なる功績を発展させることはできない。凡庸《ぼんよう》な私達の最低限の務めは、祖父の功績を維持することだ。私達が、ホームズ家の伝統を失墜させるわけにはいかない。わかるな？」

「つまり、僕がラブリーに目茶目茶にやられたら曽祖父さんの面子《メンツ》が潰れるってことだよね？」

「わかってるなら、それでいい」

「お断りします」

間髪《かんはつ》いれずに、響は言った。

「いま、なんて言ったんだ？」

邦彦の表情が険しくなった。

「ラブリーから逃げるのはごめんだね」

ホームズ四世

新堂冬樹

手にシャンパン、胸に推理十訓――ホームズの曾孫は歌舞伎町ナンバーワン・ホストで相棒はワトスンの血を引く美少女!? 三百億円ダイヤ争奪戦の果ては?

●990円

開化の殺人

大正文豪ミステリ事始

中央公論新社編

佐藤、芥川、里見に久米。乱歩が耽読した幻のミステリ特集が、一〇四年の時を超えて甦る!「犯罪と怪奇への情熱」に彩られた全九篇。〈解説〉北村 薫

●924円

ふらふら日記

中小実昌

自身のルーツである教会を探すも辿り着けなくて――。目の前に来た列車に飛び乗り、海外でもバスでふらふら。気ままな旅はつづく。〈巻末エッセイ〉末井 昭

●946円

「お前、自分でなにを言ってるのか、わかっているのか⁉」

まったくだ。いきなり、なにを言いだす気だ？　今回の一件からは、手を引くんじゃなかったのか？

「ああ、わかってるよ。若作りのおばさんから逃げたくないと言ったのさ」

「響。私の話を聞いてなかったのか？　ラブリーとは関わるなと言ったはずだ」

邦彦が、厳しい口調で言いながら響を見据《みす》えた。

「ようするに、ラブリーに負けなきゃいいんだろ？」

「お前、正気か？　ラブリーは、ＩＱが高過ぎて測定不能と言われるほどの知能を持つ悪の天才だ。お前が太刀打ちできるわけないだろ……」

「僕は父さんとは違う！」

響は邦彦を遮り、ソファから立ち上がった。

「どういう意味だ⁉」

「最強の敵だか悪の天才だか知らないけど、僕には関係ない。ホームズとモリアーティの宿命も関係ない。僕は僕……あの気色《きしょく》の悪い若作りババアの鼻を明かしてやるよ」

響は、己《おのれ》を鼓舞するように言った。

モリアーティの名前を過大評価していた。

ホームズの名前を汚すまいと臆病になり過ぎていた。

時は十九世紀末のベイカー街ではなく、二十一世紀の東京なのだ。

「もう一度言う。ラブリーと関わるのはやめなさい。これは、忠告ではなく命令だ」

「今回の事件には、僕の友人も関わっている。手強《てごわ》い敵ならなおさら……危険であるならなおさら、彼女ひとりにしておけないよ。だから、行かなきゃ」

響は言い残し、出口に向かった。

「待ちなさいっ、響！」

ドアノブに手をかけたまま、響は振り返り邦彦の瞳を射貫《いぬ》くようにみつめた。

「大丈夫。曽祖父さんや祖父さんの顔に……もちろん父さんの顔にも、泥を塗るようなことはしないよ。僕を信じて」

響は力強く言うと、ドアを開け事務所をあとにした。

今は、曽祖父の名を汚す、汚さないにこだわっている場合ではない。僕は加奈さんを救い、檸檬を守らなければならないのだ。

☆　☆

「遅いじゃん！　走れ走れ！」

六本木の「アマンド」の前で、檸檬が飛び跳ねながら手招きしていた。

「目立つことするなよ」

渋面《じゅうめん》で言いながら、響は檸檬に駆け寄った。

「ラブリーの仲間がどこにいるかわからないんだぞ？」

「堂々としてるほうが目立たないものなんだから。そんなことより、急いで！」

檸檬が身を翻《ひるがえ》し、「アマンド」の横の道に入った。

「『ハバナクラブ』は、近いのか？」

檸檬のあとに続きながら、響は訊ねた。

「着いたわ」

僅《わず》か十数メートルほど歩いただけで、檸檬が足を止めた。

「着いたって、カジノはどこにあるんだよ？」

響は、首を巡らせた。

コンビニエンスストア、古びた雑居ビル、酒屋、煙草屋……高級会員制のカジノが入っているような建物は見当たらない。

「誰が、カジノに行くって言った？」

檸檬が、涼しい顔で言った。

「え……だって、『ハバナクラブ』を張ってるって言わなかった？」

「張ってたらさ、加奈さんと悠さんと男の人が出てきて、あのビルに移動してきたのよ」

檸檬の指先を視線で追った。

「もしかして、赤いスクーターが停まっているビル？」

十メートルほど先に建つ、排気ガスで黒ずみいまにも倒壊しそうな大型マンションを響は指差し訊ねた。

「そうよ。一時間くらい前に、三人はあのマンションに入って行ったの」

「え⁉　まさか、こんなボロボロの幽霊マンションに住んでるわけじゃないよね？」

響は、「幽霊マンション」を見上げた。

「知るわけないじゃん。それを調べるために、こうやって張ってるんだからさ」

言いながら、檸檬はマンションの対面に停車してあるバンに視線を投げた。

バンには、「老人介護　デイリーサービス」と書いてあった。

運転席には、白い作業着を着た若い女性が乗っていた。

「あれなら、長時間停まってても疑われないでしょ？　紹介するからきて」

響は、バンに促された。

バンに近づくと、音もなくスライドドアが開いた——響はミドルシートに乗り込んだ。

「紹介するわ。ウチの探偵事務所で私がかわいがっている後輩よ。花《はな》ちゃんっていうの」

檸檬は響の隣に座ると、運転席の少女を紹介した。

「はじめまして。西川《にしかわ》花と言います。よろしくお願いします！」

ポニーテイルに丸眼鏡《まるめがね》の少女……花が、潑剌《はつらつ》とした笑顔で頭を下げた。

眼鏡の奥のくっきりとした円《つぶ》らな瞳が印象的な少女だった。

「木塚響と言います。よろしく」

響は右手を差し出し、花の手を握った。

「ねえ、君、それって伊達《だて》眼鏡？」

「いえ、視力が悪いんです」

「かわいいんだから、コンタクトにしなよ」

「え……？」

戸惑う花の頬がほんのりと赤らんだ。

背中に衝撃——激痛に、響は叫び声を上げた。

「ちょっと！　ウチのコにちょっかい出すのやめてよ！」

檸檬が般若《はんにゃ》の形相《ぎょうそう》で響を睨みつけてきた。

「ちょっかいとかじゃなくて、アドバイスを……」

ふたたび、背中に衝撃——もう、叫び声を出すこともできなかった。

「なにがアドバイスよ！　あなた、どこまでチャラい軽薄男なの！　花ちゃん、気をつけてね。こういう女誑《たら》しは口がうまいからさ」

「もしかして、妬《や》いてんの……あぅ……」

三発目の衝撃——金を払ってまでＳＭクラブで女王様に鞭《むち》で打たれたい変態の気持ちは一生わかりそうになかった。

「あなたみたいな浮気男、地球上の男性がひとりになっても好きにならないわよ！　ところで花ちゃん、なにか動きあった？」

檸檬は響に吐き捨て、花に顔を向けた。

「いいえ、誰も出入りありませんでした。檸檬さんがいない間に、この界隈の不動産屋に探りの電話を入れたら、あのマンション、『グランドカーサ六本木』は来年初めに取り壊しが決まってて、現在は誰も住んでないそうなんです。なかなか、機転が利くでしょ？」

花が得意げな顔で檸檬に言った。

「うん。なかなかのファインプレイよ。ってことは、あのマンションは廃墟ってことだよね？　三人は、中でなにをしてるんだろう？」

檸檬が腕を組み、思案顔になった。

「電気も水道も通ってないでしょうしね」

花が首を傾《かし》げ檸檬の言葉に続けた。

「足もつかないし家賃もかからない。考えようによっちゃ、秘密裏になにかをやるには絶好の場所だよな」

響は、廃墟マンションを眺めながら思考をフル回転させた。

「加奈さんと悠さんと一緒にカジノから出てきた男って、どんな特徴だった？」

響は、眼を閉じ指先を重ね合わせ親指で顎《あご》を支えた。

響が、集中して推理しているときの証《あかし》だ。

「年齢は三十代くらい、身長は百八十以上ありそうでプロレスラーみたいにガタイがよかったわ。ベストに蝶《ちょう》ネクタイを締めてたから、カジノのスタッフだと思う」

檸檬の言葉から、響は脳内で男性をイメージした。

「会話とかは？　加奈さんと悠さんは親しそうだった？　怖がってた？　どちらでもなかった？　それとも、どのパターンにも当てはまらない雰囲気だった？」

響は、矢継ぎ早に檸檬に質問した。

「親しくはなさそうだった。でも、怖がってる雰囲気でもないし……たとえるなら、不動産会社の社員と物件を案内して貰ってるお客さんみたいな距離感かな」

檸檬からの情報をインストールした。

本当は不仲でも、芸能人の仮面夫婦のように周囲の眼を意識して仲良さそうにしているだけなのかもしれない。

「車内で何十時間話しても推理の範疇《はんちゅう》を超えることはできない。百聞は一見にしかず、だよ」

「どこに行く気⁉」

スライドドアを開けようとした響の手を、檸檬が押さえた。

「決まってるだろ？　とりあえず、手がかりを探ってみるのさ」

「だめよ！　みつかったら、どうするの⁉　見張りとか、いるかもしれないし」

「慎重にいけば平気さ。三人がビルから出てきたら、部屋を突き止めるのも一苦労だぞ？　ざっとみても、五十世帯はありそうな大型マンションだからな」

「待ってったら！」

ふたたび、スライドドアを引こうとした響の手を檸檬が強く押さえた。

「まさか、監禁されたこと忘れたわけじゃないでしょう⁉　男が、ラブリーっておばさんの手下だったらどうする気⁉」

檸檬が、強い口調で訴えてきた。

「忘れるわけないさ……忘れてないから、行くのさ」

響は檸檬の手を振り払い、スライドドアを開けた――バンから飛び下り足音を殺しながら廃墟マンションへと駆けた。

「待って！　私も行くから！」

　マンションのエントランス前で響は振り返り、檸檬の唇に立てた人差し指を押しつけた。

「ついてくるのは構わないけど、ボリュームには気をつけてくれ」

「あ……ごめん。でも、なんか、きりっとして腹立つ感じ。僕はできる男です、みたいな？　この前まで調査から降りるって言ってた人とは別人みたいになっちゃって……頭でも打った？　それとも、悪い物食べたとか？」

　別人……そう、自分は生まれ変わった。

　シャーロック・ホームズの歴史を汚さないため……逃げるという道を選ぶのではなく、「リング」に上がり命を懸けて戦う道を歩むことを誓った。いや、たとえ歴史を汚したとしても、加奈さんを救い出し、檸檬を守るのだ。

「腰抜けとかビビりとか恥ずかしくないのかとか、さんざん僕をこけにしていたくせに。勝手な女だな。きりっとできる男になって、嬉しいだろ？　もしかして、僕に惚《ほ》れそうで怖いってか？」

　響は、ニヤニヤしながら言った。

「ば、馬鹿じゃないの⁉　あなたなんか、好きになるわけないじゃん！　悪いけど、少女漫画やドラマにあるみたいに、図星で照れて言ってるんじゃないからね！　私は、愛する人しか瞳に入らないような一途な男性が好きなの。あなたみたいに軽薄と好色の間に生まれてきたような人を好きになったりするわけ……」

マシンガンの勢いで否定する檸檬の声に、ガラスの破損音がリンクした。

響は天を仰いだ。

陽光に煌《きら》めくガラス片とともに、黒い影が空から降ってきた。

反射的に響は跳んだ。

檸檬を抱き締め、路面に転がった。

コンマ数秒後に、物凄い地響きが起こった。

アスファルト上で抱き合う響と檸檬の数十センチ横に、マネキン人形が転がっていた。

どうして、マネキン人形が？

誰かが、響と檸檬を怪我《けが》させるために故意に落としたのか？

響の手を、生温かく赤黒い液体が濡らした。

血……。

なぜ、血が？

檸檬を助けたときに、どこか怪我をしてしまったのか？

それとも、檸檬が怪我を？

混乱する思考の糸を解《ほぐ》しながら、アスファルトに広がる血の源を視線で追った。

血は、自分と檸檬の横たわる場所とは別のところから流れてきていた。

血の源——マネキン人形……。

いや、上空から落ちてきたのはマネキン人形ではなく……。

「うっ……」

響は口を掌で押さえた。

波打つ背中——胃袋が伸縮し、熱い液体が食道を逆流した。

仰向けに倒れているのは、生身の女性だった。

女性は血塗《ちまみ》れで、手足はおかしな方向に曲がり、後頭部から黄白色のウニのような物質が飛び散っていた。

「悠さん……いやーっ！」

檸檬の絶叫が、何事もなかったように澄み渡る碧空《あおぞら》に吸い込まれた。

第6章　六本木「ハバナクラブ」

「証拠になってしまうから、絶対に地面に吐いたらだめだぞ」

廃墟マンションのエントランス——響《ひびき》は、檸檬《れもん》にコンビニエンスストアのポリ袋を渡しながら言った。

ビールやジュースの空き缶、ペットボトル、週刊誌、スポーツ新聞、煙草《たばこ》の吸い殻、衣類、コンドーム……エントランスは床がみえないほどにゴミで埋め尽くされていたが、吐《と》瀉物《しゃぶつ》をＤＮＡ鑑定されたら侵入したことがバレてしまう。

警察に容疑者として特定されてしまえば、調査がやりづらくなってしまう。

「いま、悠《ゆう》さんの死体をみたばかりなのに、よくそんなに冷静でいられるわね……」

響のあとをついてくる檸檬が、蒼白《そうはく》な顔で言った。

「とにかく急ごう。警察がくる前に、加奈《かな》さんを押さえなきゃ」

響は階段を駆け上がった。

悠が落とされたのは五階だった。

エレベータは作動しておらず、非常階段は封鎖されているので、マンションに出入りするにはこの階段を使わなければならない。

響の手には警棒型のスタンガンが握られていた。

調査に危険はつきものだ。

以前、「ホームズ探偵事務所」で働いていたときに支給されていた、スタンガンや催涙《さいるい》スプレーなどの護身用品を持ってきたのだ。

檸檬には、通常タイプのスタンガンを渡していた。

「加奈さん、無事かしら……」

檸檬が呟《つぶや》いた。

「先入観はだめだ」

響は四階手前の踊り場で足を止め、振り返った。

「え……？」

檸檬が怪訝《けげん》そうに眉をひそめた。

「加奈さんが、犯人サイドってこともありうるだろう？」

「まさか……」

「一緒にいた男が犯人かもしれないし、別の犯人がいるかもしれない。どっちにしても、危険な相手なのは間違いない。五階にはまず僕が行くから、君はここで待っててくれ」

「なに言ってるの？　私が女だからって、甘くみないで」

「もしなにかがあったら、僕は自分ひとりを守るので精一杯だ。正直、君が一緒だと足手《あしで》纏《まと》いになる」

　本音だった。

　犯人は拳銃や刃物を持っているかもしれない。

　それに、ひとりとはかぎらないのだ。

「馬鹿にしないでっ。私だって、ドクター・ワトスンの子孫なのよ！　伝説のＤＮＡを受け継いでいるのは、あなただけじゃないんですからね！」

　檸檬が響を押し退《の》け、階段を駆け上がった。

「おい、ちょっと待て！」

　響の制止を無視して、檸檬は悠が落とされた部屋——半開きのドアに体当たりしながら飛び込んだ。

「馬鹿！　勝手なことを！」

　檸檬に続き、響も室内に突入した。

　壁も床も剝《は》がされコンクリートと配線が剝《む》き出しのスクエアな空間を、檸檬が呆然《ぼうぜん》と見渡していた。

「どこに行ったの……？」

檸檬が、狐《きつね》に抓《つま》まれたような顔で訊《たず》ねてきた。

響は部屋を飛び出した——五階フロアのほかの部屋のドアを次々に開けた。

全八室のすべてが、無人だった。

「ほかの階に行ったかもしれない。みてくるからここで待ってて……」

「待って！　これはなに⁉」

階段に向かいかけた響を、檸檬の叫び声が引き止めた。

「どうした⁉」

部屋に引き返した響は、声を辿《たど》ってフロアの奥に向かった。

割れた便器と貯水タンク——トイレだった場所に、檸檬が立ち尽くしていた。

「これをみて」

檸檬の指の先——崩壊した壁に、人間ひとりが通れるくらいの楕円《だえん》形の穴が空いていた。

自然にできたものか、それとも人為《じんい》的に作られたものかはわからないが、穴は外に続いている気配があった。

「ここから逃げたのかしら？」

遠くから、パトカーのサイレンの音が聞こえてきた。

「わからないが、ここに入る選択肢しかなさそうだ」

言い終わらないうちに響は、檸檬の手を引き穴に足を踏み入れた。

この穴が本当に外に続いているかはわからない。途中で倒壊《とうかい》する危険性もある。

いや、外に続いていたとしても、包囲している警察の前に出る可能性があった。

だが、あくまで可能性だ。

階段を使えば、確実に警察に捕まってしまう。

穴の中は湿っぽく、黴臭《かびくさ》かった。

砕けたコンクリートの欠片《かけら》で足場は最悪だった。

「足を挫《くじ》かないように気をつけて」

響は、檸檬の手を強く握り締めた。

足もとを、黒い影が過《よ》ぎった。

悲鳴を上げて、檸檬が響に抱きついてきた。

「ネズミだよ」

響は、苦笑いしながら言った。

「抱きついたのは、びっくりしただけだから。勘違いしないで」

慌てて離れた檸檬の頬《ほお》はほんのりと赤らんでいた。

「わかってるよ。それより、行こう」

檸檬を促《うなが》し、響は歩を踏み出した。

天井が低いので、身を屈《かが》めながら進んだ。

通路はゆるやかな螺旋《らせん》状の下り坂になった。

進めば進むほど、闇が増していった。

蜘蛛《くも》の巣が顔を撫《な》で、垂《た》れ落ちてきた水滴が不快に首筋を濡らした。

空気も、かなり埃《ほこり》っぽくなってきた。

「このまま下れば、外に続いてそうね。加奈さん達も、ここから抜け出したのかな？」

後ろから、檸檬が訊ねてきた。

「さあな。とにかく、はやくこの建物から出なきゃ警察が追ってくる。急ごう」

響は、歩みの速度を上げた。

さっきまで微《かす》かに聞こえていた、通りを行き交う車の排気音がまったく聞こえなくなった。

「でもさ、出口が警察のいるところだったらどうするわけ？」

檸檬は、いらついているようだった。

「どっちにしても、僕らは進むしかない。最悪、警察に捕まったとしてもなにもしてないんだし、開き直るしかないさ」

視界がほとんど闇に覆われたので、歩みを遅くした。

気を抜けば、なにかに足を取られ躓《つまず》きそうだった。

「いま大地震が起きたら、私達、生き埋めになっちゃうね」

「意外と、ネガティヴだな」

「心配性って言ってくれる？　やっぱりマンションに入らないで、車で張っていたほうがよかったわ」

「それは結果論だろう？　マンションに入ったからこそ、加奈さん達が消えたことも、抜け穴があることもわかった」

「偶然でしょう？　私はあなたみたいに行き当たりばったりの人生送ってないから」

檸檬が、皮肉っぽい口調で言った。

「いま、僕らは喧嘩《けんか》してる場合じゃ……」

響は歩を止めた。床に、ぽっかりと穴が空いていた。

「なにかしら？」

檸檬が、響の背後から覗《のぞ》き込んできた。

穴の中は漆黒《しっこく》の闇が広がり、深さがわからなかった。

「下水道に続いてるみたいだ。行ってみよう」

「え⁉　どこに続いているかわからないのよ？」

「このままここにいて、警官とパトカーでドライブする気か？」

響は、スマートフォンの液晶のライトを闇に翳《かざ》した。

深さは、二、三メートルといったところだ。

響は、慎重に穴に両足を入れた。

もう一度、スマートフォンのライトで底を照らして危険物がないかを確認し、踊り場にジャンプした。

踊り場の下を流れる下水の幅は二メートルほどで、その両脇に人ひとりが通れるくらいの足場があった。

「受け止めるから、きて」

響は、穴の上から不安げな顔でみている檸檬を促した。

「変なとこ触らないでよ！」

檸檬は、憎まれ口を叩きながら恐る恐る穴に下半身を入れた。

「ビビリの癖に、口だけは達者だな。生憎《あいにく》、君を女性としてみてないから」

響も憎まれ口を返しつつ、檸檬の太腿《ふともも》を抱きかかえた。

「安定しないから僕の首に摑《つか》まって」

響は背筋を伸ばしたまま、力士の蹲踞《そんきょ》のような体勢で腰を落とした。

息を止め、ゆっくりと、ゆっくりと腰を沈めた。

華奢《きゃしゃ》な女性といっても、四十キロ以上の重さは響の下半身にかなりの負担を与えた。

腰と太腿がパンクしそうだった。

檸檬の足が踊り場に着地した瞬間、響は尻餅《しりもち》をついた。

「男のくせに、体力ないわねぇ」

馬鹿にしたように、檸檬が言った。

「男らしく受け止めてやったのに、その言いかたはないだろう」

響は荒い息を吐き腰を上げた。

「ほら、グズグズしてないではやく行くわよ」

檸檬が、さっきまでの弱気ぶりが嘘《うそ》のように下水の脇を積極的に歩き始めた。

「まったく、どの口が言ってるんだよ」

響はぶつぶつ言いながら檸檬のあとに続いた。

「公共下水道だから、マンホールから外に出られるわね」

「臆病風《おくびょうかぜ》に吹かれていたくせに、急にどうしたんだよ？」

「臆病風に吹かれていたんじゃなくて、慎重なだけだって！　ちょっと主導権渡すとそんなふうにえらそうにするから腹が立つのよ！」

「ほんと、負けず嫌いな女だな」

「さっき、女としてみてないって言ったくせに！」

「減らず口……」

「あ！」

急に、檸檬が立ち止まり頭上を指差した。

檸檬の指の先には、マンホールの蓋《ふた》があった。

「はい」

響は、檸檬の横で屈んだ。

「なによ？」

「肩車してやるから、乗って」

「え⁉　なんでよ⁉」

「僕の身長じゃ届かないから、蓋を開けられないだろ？」

「あなたの肩に跨《またが》るなんてやだよっ」

「じゃあ、君が僕を肩車するか？」

響が言うと、檸檬がしかめっ面《つら》で顔を横に振った。

「ほんと、ムカつく男」

「冗談だよ、冗談」

渋々と響に跨ろうとした檸檬に言った。

「え？」

「肩車なんてしなくても、地上に続く把手《とって》があるから。それに、マンホールの蓋って五十キロくらいあるから女の子の力じゃ無理だよ」

「こんなときに、冗談なんかよく言えるわね？」

檸檬が、呆《あき》れたように言った。

「こんなときだから、冗談を言うのさ。悪い想像で頭を一杯にしてたら、悪い結果を引き寄せちゃうだろ？　ポジティヴ、ポジティヴ」

「っていうか、能天気《のうてんき》なだけじゃん」

響は檸檬にウインクし、把手を上った。

把手の最上段をしっかりと握り締めた響は、マンホールの蓋に頭をつけた。

眼を閉じ、深呼吸を繰り返し、意識を集中した。

重いものを動かすには、瞬発力が重要だ。

三、二、一……響は、頸椎《けいつい》にすべてのエネルギーを集中させ、伸び上がった。

首に物凄い重圧——歯を食い縛った。

「ちょっと、大丈夫⁉　首の骨折れちゃうよ？」

奥歯が軋《きし》んだ——こめかみと首筋の血管が怒張《どちょう》した。

響は唸《うな》り声を発し、頭を突き上げた。

濁音《だくおん》混《ま》じりの耳障《みみざわ》りな音を立て、マンホールの蓋が浮いた。

網膜《もうまく》を焼く太陽光が、響には神の後光《ごこう》に思えた。

グランドハイアットの地下駐車場に、ポルシェ・カイエンが滑り込んだ。

「月に百万落とす太客《ふときゃく》を三人回すって約束、守るんだろうな？」

ステアリングを握った遊星《ゆうせい》が振り返り、後部座席の響に訊ねた。

「何度も同じことをしつこいな」

響は、うんざりした口調で言った。

「あたりまえだろ？　俺だって親父に頼みごとなんてしてないっつーのにさ。お前のせいで、どんだけ借りができると思ってるんだよ」

「万年ナンバー２のお前が三日天下じゃなくて万年ナンバー１になれるんだ。悪い話じゃないだろ？」

「なんか、ムカつく言いかただな」

遊星が舌を鳴らした。

——昨日、加奈ババアが六本木《ろっぽんぎ》の遊星のお父さんの店にいるのみたんだよね。

——遊星のお父さんの店って、『ハバナクラブ』？

響は「ポアゾン」での、常連客——千佳《ちか》との会話を思い出していた。

遊星の父に訊《き》けば、加奈の手がかりがなにか摑めるかもしれないと考え、響は「商談」を持ちかけたのだった。

「あんた達さ、お客さんを、そんな物みたいな扱いしていいわけ？」

檸檬が、響と遊星に抗議の口調で言った。

「君は黙って……」

「このお嬢ちゃん、面白いコだな。顔もかわいいし」

遊星が、響を遮《さえぎ》り檸檬に視線を移した。

「ねえ、君、いくつ？」

「なんで、あんたにそんなこと言わなきゃならないのよ」

檸檬が、怪訝な顔で言った。

「なあ、響。太客ふたりでいいからさ、代わりに彼女をくれよ」

「はあ⁉」

突然の遊星の申し出に、檸檬が眼を見開いた。

「あんた、なに言ってるの⁉　私は、物じゃないんだからね！」

「その鼻っ柱強いところもいいね！　俺がいままでつき合ったことのないタイプだ。なあ、響、いいだろ？」

「類は友を呼ぶっていうけど、響君に似てミーハーでチャラい男ね」

檸檬が、軽蔑《けいべつ》の眼差《まなざ》しを響に向けた。

「僕は彼女の恋人じゃないから、そんな約束できないよ」

「お！　なら、お前に遠慮なしで彼女をクドいていいんだな？」

遊星がニヤリと笑った。

「彼女に変な気を起こしたら、許さないからな！」

響は、自分でもびっくりするような大声を出した。

檸檬も、驚いたように響をみた。

「なんだよ？　恋人じゃないならいいだろ？　なんで、そんなに怒るんだよ？」

遊星が、訝《いぶか》しげに言った。

「お、怒ってなんか……いないさ。彼女は大事なビジネスパートナーだから……とにかく、彼女はだめだ」

不思議そうにみつめる檸檬から、響は視線を逸《そ》らした。

「ま、いいや。それよりさ、親父になにを訊きたいわけ？　探偵ごっこは構わないけど、内容によったらヤバいぜ？　知ってると思うけど、親父は『ハバナクラブ』の経営者であると同時に、六本木を仕切る『中林《ちゅうりん》会』の企業舎弟《しゃてい》だからな。俺だってあとからどやされるんだから、内容くらい教えろよ」

遊星が、不安げな表情で言った。

「加奈さんのことだよ」

「加奈さんって、『富王《とみおう》』の？」

響は頷《うなず》いた。

「親父に、加奈さんのなにを訊きたいんだよ？」

「加奈さんが失踪したんだ」

「え？　マジで⁉　でも、それと親父がなんの関係があるのさ？」

「僕の常連客の千佳さんが、『ハバナクラブ』で加奈さんをみたって教えてくれたんだ。それで、加奈さんの件でなにか知っていることがあったら教えてもらおうと思ってさ」

檸檬と「ハバナクラブ」を張っていたこと、加奈が悠と男性と三人で「グランドカーサ六本木」に入って行ったこと、悠が窓から落ちてきて死んだことは伏せた。

「ふーん。でもさ、探偵なんて雇わないで警察に捜索願出せばいいだろ？」

「『富王』の店長からの依頼だから……ん？　なに？」

唐突に、スマートフォンの液晶でテレビを観ていた檸檬がイヤホンの片方を響の耳に捩《ね》じ込んできた。

液晶には、「グランドカーサ六本木」の前の道路が映し出されていた。

黄色地の「立ち入り禁止テープ」が張られた現場は、野次馬《やじうま》でごった返していた。

『……悠さんの自宅からは遺書が発見されており、六本木署では自殺と断定しました』

「嘘だろ⁉」

　イヤホンから聞こえてくるキャスターの声に、響は思わず叫んだ。

「なんだ？　どうしたんだよ⁉」

　ドライバーズシートから、遊星が身を乗り出し液晶を覗き込もうとした。

「さあ、そろそろ行かなきゃ」

　響はテレビを消すと、ドアを開け檸檬を促し車を降りた。

「おい、響」

　遊星の呼びかけに、響は足を止めた。

「わかってると思うけど、親父を怒らせるなよ。お前らが追い込みかけられんのは勝手だけど、俺まで半殺しの目にあうなんてことになったら冗談じゃねえぞ」

「いくらヤクザでも、父子《おやこ》だろう？」

「馬鹿。わかってないな。ウチの親父は、猛獣みたいな男なんだよ。逆上したら、敵も味方も区別がつかなくなるようなタイプだから、質問のしかたとかマジで気をつけろよ。あたかも親父が事件に関わっているかのような疑う感じになったらシャレにならないからな」

「事件に関係なければ問題ないから安心しろ」

　響の言葉に、遊星の顔色が変わった。

「お前、それ、どういう意味だよ⁉ 親父を怒らせるようなことを言うなってのを聞いてなかったのか⁉」

「聞いてたさ。だけど、もし、事件に関係しているとしたなら見過ごせはしない」

「響、お前……」

遊星を遮るように背を向けた響は、グランドハイアットのロビーに向かった。

「あなたのこと、誤解してたかも」

歩きながら、檸檬が感心したように言った。

「なにが？」

「チャラくて軽薄な無責任男だと思ってたけど、意外と正義感あるじゃん。マンションでも、勇気あったしさ」

「いま頃、僕の魅力がわかったか？ 補欠でいいなら、彼女にしてやってもいいぞ？」

「ちょっと、調子に乗らないでくれる？ さっき、遊星って人が私をクドいたときに焼きもちやいてたくせに」

「な、なんで、僕が遊星に焼きもちをやくんだよ！」

響は、ムキになって言った。

「じゃあ、遊星君と会ってもいいのね？」

「あいつはとんでもない女誑《たら》しでろくでなしだからだめだ！」

響の大声に、ベルボーイが驚いて振り返った。

「別に、あなたの彼女でも妹でもないんだから、女誑しとつき合おうがろくでなしとつき合おうが関係ないでしょう？」

「とにかく、だめなものはだめ！　はいっ、終わり！」

響は一方的に話を終わらせ、ロビーを駆け出した。

「あ、そうやって逃げる！」

檸檬が、全速力で追いかけた。

☆　☆

カフェラウンジに足を踏み入れた響は、客に視線を巡らせた。

最奥のテーブルに座るピンストライプのスーツを着たオールバックの中年男性で、視線を留めた。

響は檸檬を振り返り頷くと、最奥のテーブルに足を向けた。

「あの、失礼ですけど、遊星君の……」

「探偵か？　座れ」

中年男性——遊星の父が、横柄《おうへい》な物言いで目の前の席を指差した。

遊星の言うように、短気で気性が激しそうな男だ。

左腕には文字盤にダイヤがちりばめられたピアジェが巻かれていた。

「お忙しいところ、すみません。私、『ＪＨＷ探偵事務所』の桐島《きりしま》と申します」

檸檬が、遊星の父に名刺を差し出した。

「お前は？」

遊星の父が、響を鋭い眼光で睨《にら》みつけた。

「僕は、遊星君と同じ職場で働いています」

「ホストが、なんで探偵みたいなまねをしてるんだ？」

「僕の常連客が、行方不明になったんです。本宮《もとみや》加奈さんをご存知ですよね？」

響は、遊星の父に訊ねた。

「本宮加奈？」

遊星の父が首を捻《ひね》った。

「大手質屋チェーン『富王』の社長と言えば、わかりますか？」

「おお！　加奈社長か！　もちろん、知ってるとも。行方不明になった常連客っていうのは……？」

「ええ、加奈さんのことです」

響は、遊星の父の表情を窺《うかが》った。

「行方不明って、蒸発でもしたのか？」

演技なのか？ それとも本当に知らないのか？

表情からは、どちらか判別がつかなかった。

「社長と加奈さんは、どういったご関係なんですか？」

「半年くらい前に、パーティーで知り合った」

「どんなパーティーなんですか？」

「なんで、お前にそんなことまで言わなきゃならねえんだ？」

遊星の父の顔が、険《けわ》しくなった。

「もしかしたら、加奈さんの身に危険が迫っているかもしれなくて……だから、どんな些《さ》細《さい》なことでも手がかりがほしいんです」

怯《ひる》まず、響は言った。

「だから、なんだ？ 加奈社長が行方不明だからって、俺になんの関係があるんだよ？」

「僕のお客さんが『ハバナクラブ』に出入りしていて、加奈さんと女の人がいるのをみたんです」

「だからっ、それがどうしたっつうんだ⁉ おお⁉ 加奈社長がカジノに遊びにきてる客のひとりってだけのことだろうが⁉」

遊星の父が、怒声を浴びせてきた。

なにか、触れられたくないことでもあるのだろうか？

「私、今日、加奈さんが『ハバナクラブ』からベストに蝶ネクタイを締めた男の人と悠さんっていう女性と一緒に出てきたのをみました。店の前で、張っていたんです」

それまで黙って話を聞いていた檸檬が、初めて口を開いた。

「それがどうした？」

「その後、三人はすぐ近くに建つ『グランドカーサ六本木』という取り壊し前のマンションに入って行き、しばらくすると窓から悠さんが落ちてきたんです。社長のところに、警察が行ってませんか？」

「なんで、ウチに警察がくるんだ」

遊星の父が、憮然《ぶぜん》とした表情で言った。

「加奈さんと悠さんと一緒に出てきた男性は、『ハバナクラブ』のスタッフじゃないんですか？」

「ウチのスタッフのわけないだろうが！」

「社長はその男性をみていらっしゃらないのに、どうしてスタッフじゃないと言い切れるんですか？」

すかさず、檸檬が遊星の父に切り込んだ。

「『ハバナクラブ』のスタッフは黒いスーツを着ている。お前はさっき、ベストに蝶ネクタイを締めた男って言ったよな？」

遊星の父が、勝ち誇ったように言った。

「社長さんの部下は、ホールスタッフ以外にもいますよね？」

檸檬の代わりに、響が口を挟んだ。

完全に怒らせてしまうかもしれないが、あとには退《ひ》けない。

遊星の父は、なにかを知っている。

ラブリーの仲間かどうかはわからないが、彼が加奈の失踪になんらかの形で関わっているのは間違いない。

根拠や確証があるわけではないが。

——推理において直感は最大の武器である。

曽祖父《ひいじい》さんは、ことあるごとにそう言っていたらしい。考えれば考えるほど、真実から遠ざかる。それは、主観が入ってしまうからだ。主観は、無意識に自分がそうなってほしいという理想に思考を導いてゆく。その考えが正しいと証明するために、あれやこれやと理由をくっつける。そうやって、どんどん真実とは懸け離れた推理に引っ張られ、見当違いの結末に行きつくのさ。

「ホームズ探偵事務所」に入所した初日に邦彦《くにひこ》から言われた言葉が脳裏に蘇《よみがえ》った。

「おい、くそガキ……てめえ、俺を疑ってんのか⁉ おお！」

こめかみと首筋の皮膚が破れそうな太い血管を浮かせた遊星の父が、拳《こぶし》をテーブルに打ちつけた。

周囲の客が、驚愕《きょうがく》と好奇の視線を向けてきた。

「お気を悪くされたら謝ります。僕らは、真実を知りたいだけなんです」

「だから、俺は関係ないって言ってるだろうが！ たいがいにしないと、ガキでも容赦しねえぞっ。こら！」

野太い怒声が、響の下腹を震わせた。

「人がひとり、殺されてるんですっ。このままだと、加奈さんも危険に巻き込まれるかもしれません」

「殺されたって？ 自殺だろうがっ」

「あれ？ 悠さんの事件、知らないんじゃなかったんですか？」

響は、すかさず突っ込みを入れた。

「だ、誰が知らないって言った？ お、俺は、知ってるとも知らないとも言っとらん！」

遊星の父は動揺し、嚙《か》み気味に言った。

響は椅子から立ち上がると、遊星の父の足もとに跪《ひざまず》いた。

「響君！」

檸檬が、驚いた顔で叫んだ。

「お願いします。この通りです。どうか……どうか、僕達に協力をお願いします！」

響は、床に額を押しつけた。

ほかの客達が、ざわめき始めた。

スタッフは、戸惑った顔で立ち尽くし遠巻きにみていた。

「お前、なんなんだ⁉　加奈社長は、大勢いる客の中のひとりだろう？　どうして、そんなに拘《こだわ》る⁉　あのババアがどうなろうが、お前の知ったことじゃないだろうが⁉　それとも、なにか弱みでも握られてんのか⁉　金でも借りて……」

「一度でもいいから、男になりたいんです」

響は顔を上げ、遊星の父の言葉を遮った。

「は⁉　なにを言ってるんだ？」

「女好きで、臆病者で、軽薄で……僕の人生は、将来、子供ができても語れるものがなにひとつありません。ひとつくらいは、自分を誇れるものがほしいんです」

「響君……」

檸檬が、潤《うる》む瞳で響をみつめた。

「馬鹿馬鹿しいっ。俺は、そんなくだらない戯言《たわごと》につき合っている暇はない！」

憤然《ふんぜん》と遊星の父が立ち上がり、怒声を浴びせてきた。

「待ってくだ……」

「お前の無礼な態度は、今回だけは許してやる。ただし、条件がある。今後二度と、ババアの件で俺のもとに現れるんじゃねえぞっ。俺は、警告したからな。万が一、警告を無視したら、日本全国一万五千人の『中林会』の構成員がお前を的《まと》にかけることを忘れるな」

遊星の父は吐き捨て、ラウンジをあとにした。

「響君、大丈夫？」

檸檬が、心配そうに声をかけてきた。

「ああ」

響は席に戻り、力なく言った。

「あの人、なんか怪しいと思わない？」

檸檬が身を乗り出し、顔を近づけ囁《ささや》いた。

「うん」

「なに？　どうしたの？　さっきから生返事ばかりでさ」

「あ、ごめん、ちょっと、考え事しててさ」

響は、慌てて口に弧を描いた。

考え事——嘘ではない。

檸檬の言うように、恐らく遊星の父はなにかを知っている。

心配なのは、この調査を進めることで檸檬に降りかかる危険だ。

ラブリーだけでも危険だというのに、遊星の父が関わっていた場合、ヤクザを敵に回してしまうことになる。

「なにを考え事してた……」

「ここからはさ、僕ひとりでやるよ」

響は切り出し、すっかり冷めたコーヒーを喉《のど》に流し込んだ。

「え？　ひとりでって、どういう意味？」

檸檬が怪訝な表情で首を傾《かし》げた。

「正直、足手纏いになりそうだからさ」

響は、迷惑そうに眉をひそめた。

「足手纏い⁉　私が⁉　それ、どういうことよ！」

檸檬が気色《けしき》ばんだ。

「そのままの意味さ。僕ひとりのほうがスムーズに行く」

「それは、私のセリフよっ。私は、プロの探偵よ⁉　ホストに、そんなこと言われたくないわ！」

「プロの探偵でも女は女だ。ヤクザに襲われたらどうするつもりだ⁉　君をこれ以上、危険な目に遭わせたくないんだよ！」

零《こぼ》れ出す本音——言ったあとに後悔した。

「女は女でも、プロの探偵よ。命を落とす危険があるのは承知の上で、この世界に入ったのよっ。私が侮辱《ぶじょく》されることは……曽祖父さんを侮辱されたのと同じよ。ジョン・ヘイミッシュ・ワトスンの血を甘くみないで！」

檸檬が、涙に潤む眼で睨みつけてきた。

響の胸は、鷲摑《わしづか》みにされたように苦しくなった。

響には、檸檬の気持ちがわが事のようにわかった。

気遣いの言葉を、響は呑み込んだ。

「とにかく、ここからは僕ひとりで動くから」

響は五千円札をテーブルに置き、席を立った。

「待ちなさいよ！」

追い縋《すが》る檸檬の声を振り切るように、響は早足でラウンジを出た。

薄暗くひんやりした雑居ビルのエントランスで響は、スマートフォンのデジタル時計に視線をやった。

22：42。響が張り込みを始めて、既に二時間が過ぎた。

響は液晶から、通りを挟んだ近代的なガラス張りのビルのエントランスに視線を移した。

ガラス張りのビルの五階には、「中林観光」の事務所があった。

「中林観光」は「ハバナクラブ」の本社であり、「中林会」のフロント企業だ。

遊星の父……武山総一《たけやまそういち》は、必ず動くはずだ。

響には、確信があった。

武山が加奈の失踪に関わっているのなら、響と檸檬が訪ねてきたことで不安に駆られているに違いない。

武山の危惧《きぐ》と焦燥が、響に手がかりを与えてくれる可能性は高かった。

いや、確信がなくても手がかりが少ないいま、武山を張るしかなかった。

――私が侮辱されることは……曽祖父さんを侮辱されたのと同じよ。ジョン・ヘイミッシュ・ワトスンの血を甘くみないで！

不意に、瞳に涙を溜《た》めた檸檬の顔が脳裏に蘇った。

響の口から、大きなため息が零れ出た。

彼女を、深く傷つけてしまったのかもしれない。

もちろん、檸檬を侮辱したわけでも甘くみたわけでもなかった。

むしろ、逆だった。

檸檬が甘くないからこそ……探偵として優秀過ぎるからこそ、響は彼女の安否《あんぴ》を懸念《けねん》した。

檸檬の危険を回避するためなら、自分がどれだけ恨《うら》まれても構わなかった。

スマートフォンの着信音が鳴った。

無視した。

執拗《しつよう》に鳴り続ける着信音——液晶に浮かぶ非通知の文字が、響の気を変えた。

「もしもし？」

『桐島檸檬さんの保護者の方ですか？』

電話の主は、聞き覚えのない甲高《かんだか》い声の女性だった。

「いえ……保護者ではないですけど、桐島さんとは知り合いです。どういった、ご用でしょう？」

響は、胸騒ぎを覚えた。

『保護者の方じゃないんですか……』

女性の落胆した声が、響の胸騒ぎに拍車をかけた。

「彼女に、なにかあったんですか？」

『桐島さんは……』

女性が言い淀《よど》んだ。

「教えてくださいっ。いったい、なにが……」

『うふん。ムキになっちゃって。相変わらず、キュートねぇ』

どこかで、聞き覚えのある声——猛烈に、嫌な予感がした。

ピンクのフリルワンピース、前髪の毛先を眉毛の上で水平にカットしたブロンドヘア、人工的なブルーの瞳、不自然に高い鼻梁《びりょう》……不自然にくっきりした幅の広い二重瞼《ふたえまぶた》、ファンデーションに罅《ひび》が入った目尻の皺《しわ》とホウレイ線。

背中に氷を詰め込まれたような悪寒が走った。

「あ、あんた……もしかして？」

響の声帯から、凍てついた声が剝がれ落ちた。

『あ〜ら！　やっと気づいてくれたの〜ん？　そうよ。私は、響ちゃんが大好きなラブリーよん』

眼の前が、漆黒の闇に染まった。

なぜ、ラブリーが⁉

なぜ⁉　なぜ⁉　なぜだ⁉

氷結した脳内に浮かぶのは、疑問符ばかりだった。

「僕に、なんの用だ⁉」

『ノン！　ノン！　ノン！　あなたのためを思って電話した顔も心も美しい私に、そんな失礼なこと言っちゃだめよ〜ん。檸檬ちゃんのこと、気にならないのかしら？』

ラブリーが、思わせぶりに言った。

「彼女に、なにをした⁉」

『やーねぇ。ラブリーを悪者みたいに言わないでぇ。檸檬ちゃんを預かってあげてるんだからぁ』

相変わらずラブリーは、人を小馬鹿にしたような受け答えだった。

「預かってるだと……檸檬はどこだ⁉」

『ノン！　ノン！　せっかちはモテないわよ。いま、迎えが行くから』

「迎えって……」

響が訊ねようとしたときに、一方的に電話を切られた。

ほどなくすると、張っていたビルのエントランスから武山が出てきた。

タイミングを見計らったように、黒塗りのメルセデスが武山の前に停まった。

武山が乗り込んだメルセデスは十メートルほど進んだところでUターンし、響の前で急停車した。

「おいっ、ホスト探偵。乗れ」

後部座席のドアが開き、武山が高圧的に命じた。

「なんで、乗らなきゃならないんです？」

「姫から、電話があっただろう？」

「姫？」

響は、首を傾げた。

「もしかして……」

響の脳内に、ある女性の顔が浮かんだ。

「姫って、ラブリーのことですか？」

「ああ、そうだ。姫のところに行くから、早く乗れ」

「僕には、会いに行く理由が……」

――ラブリーを悪者みたいに言わないでぇ。檸檬ちゃんを預かってあげてるんだからあ。

記憶に蘇る声に、響は言葉を呑み込んだ。

「女探偵が、どうなってもいいのか？」

武山が、ドスの利いた濁声《だみごえ》で言うと片側の口角《こうかく》を吊《つ》り上げた。

響は、無言で後部シートに乗り込んだ。

「出せ」

武山が、茶髪を短く刈り込んだ若くガタイのいい運転手に命じた。

「あなたとラブリーは、グルだったんですか？　加奈さんの失踪と悠さんの殺害にも関係して……」

「姫は俺のボスであり、恩人だ。それがすべてだ」

響を遮り、武山が言った。

「どうして加奈さんをさらったんですか⁉　どうして悠さんを殺したんですか⁉」

響は、武山の腕を掴み問い詰めた。

「勘違いするな。てめえは質問できる立場じゃねえ。女探偵と自分がどうなるかの心配をしたほうがいい」

武山が、響の手を振り払いながら言った。

「僕達を……どうするつもりですか？」

「心配しねえでも、お前は今回は大丈夫だ」

「僕は……って、どういう意味ですか⁉　彼女はどうなるんですか⁉」

響は、胸騒ぎに襲われた。

「姫は、保険をかけるタイプだ。いまからでも、遅くはねえ。事件から手を引けば、お前は命拾いする」

「檸檬に、指一本触れるんじゃない！」

響が怒鳴ると、武山が鼻を鳴らした。

「だから、俺は警告しただろう？　これ以上、事件に首を突っ込むなって。お前が言うことをきかねえから、こんなことになるんだ。かわいそうに。あのお嬢ちゃん、まだ、二十歳そこそこだろう？　姫は、怖いお方だ。前に、警告を無視した女がいてな。姫はその女の手足を手錠で拘束《こうそく》し数十匹のキングコブラを放った部屋に監禁した。ひどいもんだ。女はコブラに咬《か》まれ、神経毒に呼吸器系がマヒさせられ窒息死した。また別の警告を無視した男は、ワニがうようよしているプールに全裸で縛られた状態で放り込まれ、全身バラバラにされて死んだ。姫は、サディストでな。普通の殺しかたじゃ満足しない。あの女探偵はどういう殺されかたを……」

「やめろ！」

耐え切れず、響は武山を止めた。

「わかった……手を引くから、彼女を解放してくれ！」

事件を投げ出せば、曽祖父《そうそふ》……シャーロック・ホームズの看板に泥を塗ることになる。

同じ状況でも、彼なら犯人に挑み続けたに違いない。

相手が凶悪であればあるほど、手強《てごわ》ければ手強いほど、曽祖父は立ち向かっていった。

悪に決して背を向けることなく、鋭く明晰《めいせき》な頭脳で追い詰め壊滅させた。

悪の天才……モリアーティ教授をそうしたように。

だが、百年の時を超え、シャーロックの子孫はモリアーティ教授の子孫の前に屈しようとしている。

自分は、伝説の名探偵の栄光に傷をつけようとしていた。

だが、檸檬の命には代えられなかった。

檸檬を救い出すためなら響は、卑怯者《ひきょうもの》になることも厭《いと》わない。

「それは、無理な相談だな」

「え⁉ どうして⁉ もう、加奈さんの失踪事件を追わないって……」

「遅いんだよ！ お前達は、深くを知り過ぎてしまった。女探偵の命は諦《あきら》めて、姫に忠誠を誓えばお前は助かる」

「頼む……なんだってする！ どんなことでも言う通りにするから、彼女を助けてくれ！」

響は、武山をみつめ懇願した。

「本当に、なんでもするか？」

響は即座に頷いた。

「なら、受け取れ」

武山が、タオルを響の膝《ひざ》の上に載せた。

「これは？」

ずしりと重いタオルを手に取り、響は訊ねた。

「開けてみろ」

武山に促されタオルを開いた響は、息を呑んだ。

「これは……」

響は、鈍い光を放つ黒塊をみて絶句した。

「モデルガンじゃねえぞ。チャカは、撃ったことあるか？」

「あ、あるわけないじゃないか……こんなものを僕に渡して、どうする気だ？」

喉が干上《ひあ》がり、膝が震えた。

「ひとり、殺してほしい奴がいる」

「こ、殺す⁉　じょ……冗談じゃない！」

裏返った声で、響は叫んだ。

「俺の命令を断るなら、女探偵が死ぬだけだ」

「そ、そんな……」

心臓が爆発しそうだった——冬でもないのに、奥歯が鳴った。

「人を殺すか？　女探偵が殺されるのを指をくわえてみてるか？　さあ、どっちにするか好きなほうを選べ」

武山が、シートに背を預け足を組みながら愉《たの》しそうに笑った。

「万が一……僕が命令に従うとして……いったい、誰を……誰を殺せっていうんだ？」

凍てついた響の声は、別人のようだった。

「姫だよ」

「誰だって⁉」

思わず、響は訊ね返した。

「ラブリーだよ！」

吐き捨てるように、武山が言った。

「えっ⁉　なっ……だって……なん……」

響は、言葉にならない言葉を発した。

ラブリーは武山の仲間のはず……。

だから、自分と檸檬が嗅《か》ぎ回っている件をラブリーに伝えたのではないのか？

思考の糸が縺《もつ》れた——武山の考えが、わからなかった。

「いいか？　あの、若作り妖怪ババアの厚化粧に鉛弾《なまりだま》をぶち込んでやれ！」

武山の声が、響の耳からフェードアウトした。

第7章　絶体絶命

六本木《ろっぽんぎ》でメルセデスに乗せられて、三十分近くが経《た》っていた。

途中からアイマスクをつけられてしまったので、どこを走っているのかわからない。

以前にラブリーのところに連れて行かれたときも、同じようにアイマスクをつけられていた。

だが、いまの響《ひびき》には、どこに向かっているかということより、別のことで頭が一杯だった。

「妖怪ババアのところに着くまで、あと十五分くらいだ。それまでに、どうするかを決めるんだな」

武山《たけやま》の声が鼓膜《こまく》に響いた。

「僕がラブリーを撃たないと言ったら？」

ひさしぶりに、響は口を開いた。

「女探偵が死ぬと言ったろう？」

「どうして、彼女が殺されなきゃならないんだ⁉　彼女が、なにをしたっていうんだ！」

「お前も女探偵も、深くを知り過ぎた。前にも、妖怪ババアに捕まって手を引けと警告されたんだろう？　おとなしく言うことを聞いてりゃいいのによ。馬鹿な野郎だ」

武山が、吐き捨てた。

さっきまでラブリーのことを姫と呼んでいたのに、いつの間にか妖怪ババアになっていた。

響は、ぐちゃぐちゃになっている頭の中を整理した。

武山はラブリーの配下だ。

加奈《かな》と悠《ゆう》が拉致《らち》され、悠が殺された事件の実行犯の可能性が高い。

ふたりの失踪の件で、響と檸檬《れもん》は武山に会った。

武山はラブリーにそのことを報告し、まずは檸檬が誘拐された。

そして、カジノ「ハバナクラブ」の本社である「中林《ちゅうりん》観光」のビルを張っているときにラブリーから連絡が入り、武山のメルセデスに乗るはめになった。

ここまではわかる。

不可思議なのは、武山がラブリーの殺害を響に持ちかけたことだ。

単なる仲間割れか？

それとも、ラブリーを殺すことで武山になにかの利益が発生するのか？

「あんたとラブリーは仲間だろう？　なぜ、殺そうとするんだ？」

響は、無駄を承知で訊《たず》ねた。

とにかく、少しでも糸口がほしかった。

加奈の失踪に纏《まつ》わる事件は、あまりにも情報量が少なかった。

「そんなこと知ったことか……と言いたいところだが、お前にゃあの妖怪ババアを殺して貰《もら》わなきゃならねえから、特別に教えてやる。お前が探してる加奈社長は、俺とあるビジネスをしてた。詳しくは言えねえが、ウン百億が動くヤマだった。そこへ、妖怪ババアが横入りしてきやがった。俺は『中林会』の二次団体の組長だ。妖怪ババアは、本家の会長の古くからの友人でな。だから俺も、少々の無理は聞き入れて従ってきた。だが、ウチの若い衆が殺しを命じられたことで、俺は悟った。このままじゃ、いいように利用されておいしいとこは全部持っていかれて、俺らはポイ捨てされるってな。殺《や》られる前に殺れってやつだ」

「あんたんとこの若い衆が殺したのは……悠さんなのか？」

「一応、探偵のことだけはあるな」

武山が、乾いた笑い声を上げた。

「どうして、悠さんを殺す必要があったんだ⁉」

響は、一番の疑問を口にした。

「怖気《おじけ》づいたんだろう、途中でヤマを降りると言い出した。放っておけば、サツに垂《た》れ込《こ》む可能性があった」

「だからって、殺すことないじゃないか⁉　脅して口止めするなりお金を渡すなり、いくらでも方法はあったはずだ」

「加奈社長と悠って女の関係がこじれてな。あのふたりが特別な関係だったのは、お前も知ってるだろう？」

響は頷《うなず》いた。

「愛情っていうのはうまくいってるうちはいいが、一度壊れると憎しみに変わるから厄介《やっかい》だ。なにが原因かは知らないが、ふたりの仲が修復不能になってな。加奈社長への愛憎に支配されていたあの女には、金も脅しも通用しなかった。まあ、妖怪ババアにとっちゃ人殺しなんて糞《くそ》するようなもんだからな」

自分達が殺した人間の話をしているというのに、武山の口調は他人事《ひとごと》だった。

「加奈さんは、悠さんが殺されて平気なのか？」

新たな疑問――調査を進めるほどに、矛盾《むじゅん》が出てきた。

「さあ、どうだろうな。ただ、ひとつだけはっきりしてんのは、加奈社長は『恋人』よりビジネスを選んだってことだ」

「そもそも、加奈社長とはどうやって知り合ったんだ？」

「おい、お前、調子に乗って質問ばかりしてるが、妖怪ババアを殺すってことが前提なんだろうな？」

武山が、剣呑《けんのん》な声音《こわね》で言った。

「もちろんだ。ラブリーを殺すにしても、ある程度の事情は知っておかないとな」

躊躇《ちゅうちょ》せず、嘘《うそ》を吐《つ》いた。

相手がどんなに悪人だろうと、人殺しはしない。

だが、檸檬を救い加奈の事件を解決するには、武山の懐《ふところ》に飛び込んだふりをしなければならなかった。

「信じたことにしようじゃねえか。どっちにしても、俺を裏切ったらお前も女探偵も死ぬんだからよ。前にも言ったが、加奈社長は『ハバナクラブ』の常連客だった。あることで、俺が加奈社長を妖怪ババアに紹介した。それが三人の出会いだ。これ以上は、言えねえな」

「加奈社長のほうから、ラブリーを紹介してほしいと言ってきたのか？」

「これ以上は言えねえって言っただろうが？　へたにペラペラ喋《しゃべ》ったらよ、俺の命がヤバくなる。妖怪ババアが死んだら、教えてやってもいいがな」

万が一、加奈のほうからラブリーに接触したとなれば根本から推理が覆《くつがえ》されてしまう。

はじめは、加奈は拉致された可能性が高いという前提で調査を進めていた。

しかし、加奈とラブリーがビジネスパートナーだとすれば話は違ってくる。

が、それはそれで矛盾点が出てくる。

ふたりがビジネスパートナーならば、なぜ、加奈が姿を消さなければならなかったのか？

なにかのトラブルが起き、加奈がラブリーの逆鱗《げきりん》に触れてしまったのか？

どちらにしても、主導権をラブリーが握っているのは間違いない。

数百億円の利益を生む「ヤマ」とはなんなのか？

それがわかれば、事件解決へと一気に進むかもしれない。

「さあ、もうすぐ着くぞ」

武山の声を合図に、メルセデスがスローダウンした。

「いいか？　妖怪ババアに疑われねえようにしろよ。俺がタイミングをみて、お前にチャ力を渡すから至近距離でぶっ放すんだ」

「僕は、拳銃《けんじゅう》なんて撃つどころかみるのも触るのも初めてだ。映画じゃないんだから、そんなにうまくいかないよ」

撃つ気はないので射撃の腕は関係ないが、考える時間がほしかった。

武山の命令に従えば殺人者になり、背けば檸檬の命が危ない。

どちらを選択しても、待っているのは生き地獄だ。

だからといって、逃げ出すわけにはいかない。

第三の選択肢……殺人者にはならずに檸檬を助け出す道を探さなければならない。

「俺がサポートしてやるから安心しろ。妖怪ババアの一メートル以内の距離に近づくことは俺がいれば簡単だ。油断させることもできるし、気を逸《そ》らすこともできる。その至近距離なら、小学生が撃っても命中する。さあ、どうする？　妖怪ババアを撃ち殺すか、女探偵を見殺しにするか？」

「やるよ」

響は即答した。

とにもかくにも、檸檬が捕らえられている場所に行くのが先決だ。

「もう一度言う。妖怪ババアを殺さなければ女探偵が死ぬ。わかったな？」

「ああ。わかってるから、いい加減、目隠しを取ってくれ」

「建物の中に入ってからだ」

武山の声に続いて、ドアの開く音がした。

牧羊犬《ぼくようけん》に追い立てられる羊のように、響は背中を押された。

☆　☆

アイマスクを取られた響の視界に、薄暗い空間が広がった。

前に連れてこられた煌《きら》びやかな部屋とは違い、二十坪はありそうな倉庫のような場所だった。

壁際には小型のコンテナケースが山積していた。

目の前には武山が、隣には車を運転していた短く刈り込んだ髪を茶に染めたガタイのいい男がいた。

運転手の手には、拳銃が握られていた。

「彼は西條《さいじょう》といってな、元は自衛隊員だ。昔は国を、いまは悪を護《まも》っているってわけだ」

武山の笑い声が、倉庫内に響き渡った。

「そんなことより、彼女はどこだ？」

響はにこりともせず、周囲に視線を巡らせつつ武山に訊ねた。

「そう焦《あせ》るな。もうすぐ、別の若い衆が連れてくる。ここは一棟《とう》まるまる『中林会』所有の建物で、妖怪ババアのいくつかあるアジトのうちのひとつだ。妖怪ババアと女探偵は別の部屋にいる。いいか？　妖怪ババアはそこに座るからよ」

武山が指差す先――室内の中央には、薄暗く陰気な空間に不似合いな鋲留《びょうど》めの白革張りのクラシカルソファが置かれていた。

「そして、お前はここだ」

今度はクラシカルソファの正面の床を指差した武山が、西條に目顔で合図した。

西條が響の首根っこを摑《つか》み、床に座らせた。

「妖怪ババアは、まずは女探偵を殺し、次にお前を殺す予定だ。女探偵を殺すのはこれからくる若い衆で、お前を殺すのは西條だ。いまから、俺の計画を話す。若い衆……津川《つがわ》って奴なんだが、津川はお前にみせつけるように女探偵の頭にチャカを突きつける。妖怪ババアは、女探偵の脳みそが吹き飛ぶ瞬間に意識が集中してるから、お前から気が逸れている。その隙《すき》に、西條がチャカを渡すから、妖怪ババアの心臓に鉛弾《なまりだま》をぶち込んでやれ」

「あんたの言う通りにしたとして、桐島《きりしま》さんを解放するって保証は？」

響は、一番気になる疑問をぶつけた。

武山が本当のことを言うとは思っていない。

彼の言い回しで、腹の内を探るつもりだった。

もうひとつは、時間稼ぎ――武山のシナリオ通りに進めば、ラブリーが現れてほどなくすると西條から拳銃を渡される。

問題は、そのあとだ。

ラブリーを撃つわけにはいかないし、檸檬を見殺しにもできない。

絶体絶命の窮地《きゅうち》をどう切り抜けるかを考える時間がほしかった。

「自分のことよりまずは女の身を案じるとは、純愛じゃねえか？　恋は盲目《もうもく》ってやつだな。お前、そんなにあの女探偵のことが好きなのか？」

武山が、片側の口角《こうかく》を捩《ね》じ曲《ま》げ、下卑《げび》た笑いを浮かべた。

「な……」

予期せぬ言葉に、響は絶句した。

自分が、檸檬を……？

考えてもみなかった。

彼女のことは、ビジネスパートナーとしてみていた。

檸檬が女性としての魅力に欠けるというわけではなかった。

むしろ、逆だった。

黒目がちの瞳、透きとおるような白い肌……檸檬は、アイドルをやっているといっても十分に通用するビジュアルだ。

男勝りの気性で癪《しゃく》に障《さわ》ることばかり言ってくるので、檸檬をそういう眼でみたことがなかった。

「彼女は仕事仲間だ。それより、僕の質問に答えてくれ」

響は、自分の中に芽生《めば》えそうな新たな感情を打ち消すように、素《そ》っ気《け》なく言った。

「妖怪ババアが死にさえすれば、お前らには興味はない。ふたりで、どこに行くなり好きにすればいい」

「僕らが警察に駆け込んだらどうする？」

「そのときお前は殺人犯だから、警察には行かない……いや、行けないさ」

「事情を全部話して、あんたに脅迫され仕方なくやったと言えば？」

「脅迫されようがなんだろうが、お前が殺人犯であることに変わりはない」

「でも、彼女は違う」

響は、質問をするたびに武山の表情を窺《うかが》った。

年季の入った強面《こわもて》からは、いかなる感情も読み取れなかった。

「いや、同じだ。女探偵は、お前を売るような真似はしない」

「だけど、あんたにとっては僕らを消すのが一番安全なはずだ」

響は核心に切り込んだ——最も危惧《きぐ》していることを口にした。

「たしかに、死人に口なしって言うからな。だが、お前はわかっちゃいない。人を殺すのは簡単でも、殺したあとが大変なんだ。死体が発見されないように処理するっていうのは、映画や小説みてえに楽には運ばない。金も手間もかかるんだ。それでも、どうしても消さなきゃならねえ奴はいるが、お前らはそこまでじゃねえ」

武山の話は、説得力があるように聞こえる。

しかし、響が捨て身になり警察に駆け込むという可能性はゼロではなかった。

リスクが一パーセントでもあるかぎり、武山が見逃すとは思えなかった。

「俺の言葉を信用するかどうかは、お前の勝手だ。逆を言えば、信用しようがしまいが、妖怪ババアを殺すしかここから脱する道は……」

ドアノブが回される音に、武山が口を噤《つぐ》んだ。

西條が、慌てて響の後頭部に銃口を押し当てた。

「あら～ん、おひさしぶりぃ～」

ドアが開き、フリフリのピンクのドレスを着たラブリーが現れ、響の頬《ほお》にキスをした。

「せっかくこの前見逃してあげたのにぃ、そんなにラブリーに会いたかったのぉ？　ノンノンノン！　いけない子ちゃんねぇ」

ブロンドのおかっぱ頭にブルーのカラーコンタクト、舞妓《まいこ》顔負けの白塗りの厚化粧、整形丸出しの不自然に幅の広い二重瞼《ふたえまぶた》に高く整い過ぎた鼻梁《びりょう》……ラブリーが、響の顔前で立てた人差し指を左右に振った。

甘ったるい香水の香りが、鼻の粘膜《ねんまく》を刺激した。

「どう？　おニューの甘ロリなの。スカートのフリルがかわいいでしょう？」

ラブリーが少女のようにはしゃぎ、一回転してスカートをひるがえした。

「桐島さんは、どこにいる⁉」

「ラブリーがいるのに、ほかの女のことを気にしちゃいやいや！」

顎《あご》の下に両の拳《こぶし》を当てたラブリーが、顔を左右に振った。

コスプレした中年女の常軌《じょうき》を逸《いっ》したカマトトな仕草《しぐさ》に、響は吐《は》き気《け》を催した。

「ふざけてないで、僕の質問に答えろ！」

「やだ……響ちゃんって、オラオラな一面もあるのね……。ラブリー、キュン死しちゃう！」

心臓のあたりを押さえ首を傾《かし》げるラブリーの背後で、武山が苦虫《にがむし》を嚙《か》み潰《つぶ》したような顔をしていた。

「姫。こちらへ」

みるに堪《た》えなくなったのか、武山がラブリーをクラシカルソファに促《うなが》した。

「邪魔が入っちゃったわね」

ラブリーがウインクし、クラシカルソファに腰を下ろすなりフラメンコのように手を叩いた。

ほどなくして、口を粘着テープで塞《ふさ》がれ、ロープで拘束された檸檬が、スキンヘッドの大男に引《ひ》き摺《ず》られるように現れた。

「ほら、檸檬ちゃん、感動のご対面よ」

ラブリーは檸檬を足もとに座らせ、粘着テープを口から剝《は》がした。

「大丈夫か⁉」

「うん……あなたのほうこそ大丈夫？」

かなりやつれた様子の檸檬が、逆に自分のことを気遣ってきた。

「ストップ、ストーップ！　ラブラブしちゃだーめ！」

ラブリーが、頰を膨《ふく》らませた。

彼女のエキセントリックな言動に騙《だま》されてはいけない。

こうやって相手を油断させるのが、ラブリーの手口だ。

「悪の天才」と言われたジェームズ・モリアーティ教授の狡猾《こうかつ》で残虐なＤＮＡはしっかりと受け継がれているに違いない。

それは、悠をビルから突き落とすという殺害方法でも証明されていた。

「彼女は無関係だ。今回の事件は、そもそも加奈さんが僕の店の常連客で……」

「それなら、私だって加奈さんとは知り合いだったわ。それに、私は正真正銘の探偵で加奈さんの失踪事件の依頼を受けた立場だけど、あなたの本業はホストでしょう？　素人《しろうと》が首を突っ込むことじゃないから、さっさと帰って」

「残念ながら、加奈さんが経営している『富王《とみおう》』の店長から先に依頼を受けたのは僕のほうだ。君こそ、しゃしゃり出ないで、別の依頼客のための調査をしたほうがいい」

「ノンノンノンノン！　庇《かば》い合ってるのがみえみえ！　ラブリー、騙されないからね」

ラブリーが、響と檸檬を拗《す》ねた眼で見据《みす》えた。

「庇ってなんていないさ。そもそも、あんたの狙いは、宿敵、シャーロック・ホームズの子孫の僕だろう？　青臭い探偵もどきなんて……」

「ちょっと！　誰が青臭い探偵もどきよ！」

檸檬が、激しい口調で抗議してきた。

「だいたいね、シャーロック・ホームズの子孫なんて言ってるけど、チャラいホストでしょ⁉」

「はいはいはいはい、こーこーまーでーよ！　そんな小学生の学芸会みたいな幼稚な芝居をしても無駄なんだから。ラブリーねぇ、あなた達ふたりを殺すって、もう決めてるの」

ラブリーが、歌うように言った。

「もう一度、チャンスをくれないか？　加奈さんの事件から手を引くって約束するよ」

響は、ラブリーに懇願《こんがん》した。

もちろん、演技だった。

自分と檸檬に拳銃を突きつけている西條とスキンヘッドは、武山の配下だ。

武山が謀反《むほん》を企《くわだ》てているとは、ラブリーは夢にも思っていないだろう。

「もう一度チャンスをあげる気にさせるために、あなたはなにをしてくれるのかしらん？」

ラブリーが、響を試すように言った。

「だから、加奈さんの件から手を引くって……」

「いまさら、遅いのよね～。あなた達はね～、ラブリーの秘密を知り過ぎちゃったのよん」

「あんたと加奈さんがどんな関係なのか、詳しくは知らない」

「ざーんねん。ラブリーと加奈ちんに関係があるって知っちゃっただけでＮＧなの」

ラブリーが、顔の前でバッテン印を作った。

「どうすれば、チャンスをくれるんだ？」

「そうね～。響パパがやってる『ホームズ探偵事務所』と檸檬パパがやってる『ＪＨＷ探偵事務所』の経営権をラブリーに譲ってくれるなら、考えてもいいわ」

「なんですって⁉」

檸檬の血相《けっそう》が変わった。

「モリアーティ教授の孫《まご》が、シャーロック・ホームズとジョン・ヘイミッシュ・ワトスンの冠《かんむり》のついた探偵事務所を経営するなんて、素敵じゃない？」

　ラブリーが、ワクワクした表情で言った。

「じょ……冗談じゃないわ！」

「あんたは黙ってなさい！」

　抗議する檸檬を、ラブリーが鬼の形相《ぎょうそう》で一喝《いっかつ》した。

「響ちゃんは、どう思う？」

　檸檬に対してとは対照的な甘えた声音で、ラブリーが訊ねてきた。

「もし、僕らがいいと言ったところで、親が納得しないよ」

「ちょっと！　響君、それじゃまるで、お父さん達がオーケーすればあなたは受け入れるみたいに聞こえるわっ」

「君は、黙っててくれないか？」

　檸檬は武山の企《たくら》みを知らないので、駆け引き抜きで感情をストレートにぶつけてくる。

「なによ！　それ！」

「代わりに、僕から別の提案があるから聞いてほしい」

　響は、熱《いき》り立《た》つ檸檬をスルーしてラブリーに言った。

　絶体絶命の窮地から脱出できるかどうか……一か八《ばち》かの賭《か》けに出た。

「まあ、なにかしら？　聞かせて聞かせて！」

ラブリーが、無邪気な少女のように瞳を輝かせた。

「彼女を解放してくれるなら、僕はあんたのもとで働いてもいいと思っている」

「え！　なに言ってんのよ！」

檸檬が、素頓狂《すっとんきょう》な声を上げ響を睨《にら》みつけてきた。

武山も、鬼の形相を向けていた。

「あらあらあら！　サプライズなこと言ってくれるわねぇ～。どういう風の吹き回しかしら？」

ラブリーが、驚きに眼を大きく見開いた。

「だから、桐島さんを解放することを条件に、僕があんたの部下になってもいいと言ってるんだ」

「響君、自分がなにを言ってるのかわかってるの！」

檸檬の憤《いきどお》りと驚愕《きょうがく》は、痛いほどわかる。

シャーロック・ホームズの子孫がモリアーティ教授の子孫の手足となって働くことが、どれだけ、曽祖父《そうそふ》の伝説に傷をつけることになるのかは……。

だが、この桎梏《しっこく》の状況を打破するには、火中に飛び込むしかなかった。

たとえ、どんなに憎まれても、軽蔑《けいべつ》されても……檸檬を救うためなら、最低最悪の男になることも厭《いと》わなかった。

「響ちゃん、私にはこの世で許せないものが三つあるの。ひとつは、醜《みにく》いビジュアルを持つ生き物、ひとつは、美しい心を持つ生き物、そして最後に、ラブリーを騙そうとする生き物よ。もし、その場凌《しの》ぎで嘘を吐いたなら、あなたの大事な大事な檸檬ちゃんを探し出して殺すくらいわけないのよ？」

ラブリーの瞳が、暗鬱《あんうつ》に翳《かげ》った。

「あんたを騙そうなんて、考えてもいないさ。僕は、彼女を巻き込みたくないだけだ」

「勝手なことばかり言わないでよ！　誰が、私を助けてなんて頼んだ⁉　このおばさんの部下になるなんて、頭がどうかしちゃったの⁉　犯罪者に協力する代わりに助けられて、私が喜ぶと思うの⁉」

怒り、哀しみ、もどかしさに、檸檬の顔が歪《ゆが》んだ。

「あ〜ら、ずいぶんな言《い》い草《ぐさ》ねぇ。ラブリーだけじゃなく、人間はみーんな罪深き悪魔よ。ガチョウさんに無理矢理餌《えさ》を食べさせて肥大した肝臓に舌鼓《したつづみ》を打ったり、ウサギさんやキツネさんの毛を無理矢理引き抜いて何百万もする毛皮にして着たり、ワニさんやヘビさんの皮を無理矢理剝がしてバッグや靴にして身につけたり……あなたと同じ生き物達がやってることとって、残酷だと思わない？　そんな人達に、ラブリーを非難する資格があると思って？」

ラブリーが、小馬鹿にしたように肩を竦《すく》めた。

「そんなの詭弁《きべん》よ！　あなたのやった罪の重さと一緒にできるわけないでしょ⁉」

「ラブリーの罪の重さ⁉　どんな罪⁉　裏切ろうとした小娘をビルから突き落として殺したこと？　その程度を罪だというなら、ラブリーは百回以上の罪を犯してるわ」

「百回……」

　檸檬が、表情を失った。

「そうよ。つまり、百人以上、殺してきたってことよ。それが、どうかした？　人間のファッションやグルメのために殺されたガチョウさんやウサギさんやキツネさんやワニさんやヘビさんの数は、ゼロが五つは多いはずよ。ラブリーが殺した人間達は、自分の欲のためにパートナーを裏切った悪人ばかり。だけど、檸檬ちゃん達と同種の生き物が殺した動物達は、なーんにも悪いことをしてないのよ？　そんな動物達を自分の嗜好《しこう》を満たすために殺させる檸檬ちゃんと同じ生き物達より、私利私欲のために人を平気で裏切る人間を殺すラブリーのほうが罪だというの？　檸檬ちゃんの言ってることのほうこそ、詭弁だわ」

　涼しい顔で言うと、ラブリーがストローのように細い煙草《たばこ》をくわえ火をつけた。

「そんなめちゃくちゃな論理は……」

「もう、いいんだ！」

　檸檬の言葉を、響は遮《さえぎ》った。

　これ以上、ラブリーを怒らせるのは危険だった。

「ラブリーの仕事に協力すると、僕は決めたんだ。君は、余計な口出しをせずにここから出て行ってくれ」

たしかに、檸檬を助けるために屈辱の選択をした。

だが、それだけではなかった。

ラブリーの懐に飛び込めば、加奈と接触できるチャンスがあるはず――虎穴《こけつ》に入《い》らずんば虎子《こじ》を得ず、だ。

ただし、虎穴に足を踏み入れるのは自分だけでいい。

「じゃあ、シャーロック・ホームズの血を継ぐあなたが、モリアーティ教授の軍門に降《くだ》るということね？」

ラブリーが、嬉々《きき》とした表情で訊ねてきた。

内臓を火で炙《あぶ》られたように身体《からだ》が熱くなった。

響は、膝《ひざ》の上で拳を握り締めた。

奥歯が砕《くだ》けるほど、きつく嚙み締めた。

「あら〜返事がないわねぇ〜。やっぱり、檸檬ちゃんの脳みそを、ばきゅ〜んって撃ったほうがいいのかなぁ？　こんなにかわいらしい美少女の頭蓋骨《ずがいこつ》が砕けるなんて、ラブリーこわぁ〜い」

サディスティックな微笑《ほほえ》みを浮かべながら、ラブリーがおどけてみせた。

「……そういうことだ」

絞《しぼ》り出すような声で、響は言った。

「はい？　はい？　はい～？　それじゃなにを言ってるかわからないから、ちゃんと言葉にしてちょーだい。シャーロック・ホームズの子孫である僕は、ジェームズ・モリアーティ教授の伝説を命を懸けてお守りします、ってね」

ラブリーが耳に手を当てたポーズで、響を茶化すように言った。

響は、唇を噛んだ。

耳にするだけで、屈辱だった。

自分の情けなさが、曽祖父の歴史を汚してしまった。

自分の軽率さが、曽祖父の名誉を貶《おとし》めてしまった。

――お前の意志にかかわらず、その双肩《そうけん》にホームズ家の看板を担《にな》っていることを忘れるな。

父、邦彦《くにひこ》の言葉が響の胸に爪《つめ》を立てた。

「響君、絶対にだめよ！　口が裂けても、そんなこと言っちゃだめ！」

「津川ちゃん、これから私が五つ数えるうちに響ちゃんが言わなきゃ、彼女の脳みそ撒《ま》き散らしちゃって」

買い出しでも頼むような軽い口調で、ラブリーがスキンヘッドの大男……津川に命じた。

「響ちゃん、始めるわよ〜。ファーイブ！　フォー！　スリー！　トゥ……」

「……シャーロック・ホームズの子孫である僕は……ジェームズ・モリアーティ教授の伝説を命を懸けて……お守り……します」

涙が、目尻《めじり》から頬に伝った。

両膝に置かれた十指《じっし》が、皮膚に食い込み血が滲《にじ》んだ。

「響君……」

檸檬の大きな瞳にも、涙が溢《あふ》れていた。

「この役立たずが！」

武山の怒声とともに、靴先が飛んできた。

顎に衝撃——視界が揺れた。

「妖怪ババアをぶち殺せ！」

武山に命じられた西條が、銃口を響の後頭部から離しラブリーに向けた。

「撃て！」

西條の銃口が、ラブリーから九十度横に移動した。

「お、お前……」

武山が表情と言葉を失った。

「加齢臭《かれいしゅう》ゴリラを、撃っちゃって〜」

ラブリーの声に、銃声が重なった。

武山のワイシャツの突き出した腹部に、赤いシミが広がった。

「う……裏切りやがったな……」

腹を押さえ膝を突いた武山が、苦悶《くもん》の表情で西條を睨みつけた。

「あ〜ら〜先に裏切ったのは、あなたのほうでしょう？」

ラブリーが立ち上がり、微笑みながら武山に歩み寄った。

「もう〜ラブリーを殺そうとするなんて悪い子ちゃんね〜」

西條から拳銃を受け取ったラブリーは瞳をきらきらと輝かせ、武山の右の太腿《ふともも》を撃ち抜いた。

武山が、悲鳴を上げ仰向《あおむ》けに倒れた。

「誰が妖怪ババアですってぇ〜？」

ラブリーが、いま撃ち抜いたばかりの武山の太腿をヒールで踏みにじりつつ訊ねた。

口もとは笑っているが、瞳は笑っていなかった。

「痛《いて》てて……や……やめて……」

銃声が、武山の声を掻《か》き消した。

今度は、左の太腿から鮮血が噴き出した。

腹部と両足からの出血がひどく、武山は、もう悲鳴を上げることもできずに力なく両手で宙を掻いていた。

「馬鹿なゴリラねぇ～。まさか本当に、この子達が自分の味方についたと思ったの？」

ラブリーが、嘲《あざけ》りの視線で武山を見下ろした。

「こ……こいつらは……お……俺の舎弟《しゃてい》……だ……」

息も絶《た》え絶《だ》えに、武山が言った。

「二次団体の組長やってるくらいで、天下を獲《と》ったつもり？　ラブリーはねぇ、あなたが尻尾《しっぽ》を振ってる本家の会長よりえらいんだから～。そんなことも見通せないお目々なら、潰しちゃえ！」

無邪気な声音で言いながら、ラブリーがハイヒールの踵《かかと》で武山の右眼を踏みつけた。

武山が、獣《けもの》のような咆哮《ほうこう》を上げた。

ヒールに串刺《くしざ》しにされた眼窩《がんか》から、巨大な蛙《かえる》の卵さながらの眼球が溢れ出た。

檸檬が口を押さえ、背中を波打たせた。

「こっちも、潰しちゃえ！」

ラブリーは右眼同様に、左の眼窩にヒールを突き刺した。

武山は、殺虫剤をかけられた瀕死《ひんし》のハエのように手足を痙攣《けいれん》させていた。

「弱ってきたから、もう飽きちゃった。殺しちゃって」

ラブリーは西條に拳銃を渡し、クラシカルソファに腰を戻した。

鼓膜を聾《ろう》する撃発音——左胸を銃弾に貫《つらぬ》かれた武山の身体がバウンドした。

響は、虚《うつ》ろな瞳で動かなくなった武山をみつめた。

これは、現実なのか？

脚色された犯罪映画でも観ているような気分で、リアリティがなかった。

ラブリーは、田舎《いなか》の子供が蛙やトカゲを弄《もてあそ》ぶ感覚で武山を殺した。

鼻唄でも歌い出しそうな雰囲気さえあった。

「ごめんねぇ〜内輪揉《うちわも》めなんてみせちゃって」

ラブリーが、首を竦め舌を出した。

「ラブリーが殺さなきゃ、私を撃ってた？」

唐突に、ラブリーが訊ねてきた。

「知ってたのか？」

「そうよ。この子が、加齢臭ゴリラと響ちゃんの車内でのやり取りを内通してくれたの」

ラブリーが、西條に視線をやった。

「でも、彼はここにくるまで電話をしている気配はなかった」

「もう、早とちりさんね〜。誰が、電話って言った？」

意味深《いみしん》に言いながら、ラブリーが煙草のパッケージほどのレコーダーを宙に翳《かざ》した。

「行くわよ〜」

ラブリーが、レコーダーのスイッチを押した。

『お前にゃあの妖怪ババアを殺して貰わなきゃならねえから、特別に教えてやる。お前が探してる加奈社長は、俺とあるビジネスをしてた。詳しくは言えねえが、ウン百億が動くヤマだった。そこへ、妖怪ババアが横入りしてきやがった。俺は『中林会』の二次団体の組長だ。妖怪ババアは、本家の会長の古くからの友人でな。だから俺も、少々の無理は聞き入れて従ってきた。だが、ウチの若い衆が殺しを命じられたことで、俺は悟った。このままじゃ、いいように利用されておいしいとこは全部持っていかれて、俺らはポイ捨てされるってな。殺られる前に殺れってやつだ』

レコーダーからは、武山の声が流れてきた。

『俺がサポートしてやるから安心しろ。妖怪ババアの一メートル以内の距離に近づくことは俺がいれば簡単だ。油断させることもできるし、気を逸らすこともできる。その至近距離なら、小学生が撃っても命中する。さあ、どうする？　妖怪ババアを撃ち殺すか、女探偵を見殺しにするか？』

「これは……」

響は二の句が継げなかった。

「加齢臭ゴリラの車には、盗聴器をつけてあったのよ～。類人猿とは、ここが違うのよ」

ウキウキした表情で言いながら、ラブリーが自分の頭を指差した。

「ということは……ほかの会話も？」

響は、恐る恐る訊ねた。

「もちろん！　ラブリーと加奈ちゃんがビジネスパートナーとか、ペラペラペラペラ喋ってたよね～。まあ、加齢臭ゴリラに脅されてやったことだから、響ちゃんの命は助けてあげるわ。ただし、檸檬ちゃんを解放するって話は撤回よ。彼女にも、ラブリーの部下として働いてもらうわ」

新しい煙草に火をつけたラブリーが、窄《すぼ》めた唇から糸のような紫煙を吐き出した。

「冗談じゃないわ！　誰があんたみたいな殺人鬼の部下になんかなるもんですか！」

檸檬が、血相を変えてラブリーに食ってかかった。

「もちろん、あなたが決めていいことよ。ラブリーは無理強《むりじ》いはしないわ。でも、ラブリーのもとで働いたほうがいいと思うけどな～」

ラブリーが檸檬の顔をみつめ、思わせぶりな言い回しをした。

「たとえ死んでも嫌よ！　どうせ、脅して従わせようとするんでしょ⁉　だったら、さっさと殺しなさいよ！」

檸檬は、ラブリーを睨みつけた。

「まあ、たいした度胸ね！」

ラブリーが、甲高《かんだか》い声で高笑いした。

「だーけーどー、檸檬ちゃんは私の部下になって働くと思うわ」

相変わらず、ラブリーは思わせぶりな言い回しをした。

「だから、死んでも嫌……」

「これでも嫌って言えるかな～。電気を消してちょうだい」

ラブリーが檸檬を遮りなにかのリモコンを手に取ると、西條に命じた。

室内が闇《やみ》に包まれた。

「スイッチオ～ン！」

ラブリーの声に続き、モーター音が響き渡った。

数秒後、ラブリーの背後の壁が青白い光で照らされた。

古いシネマフィルムの始まりのように、③、②、①の数字が流れた。

次の瞬間、壁に映し出された映像に響の視線は凍《こお》りついた。

ふたつ並んだ十字架に磔《はりつけ》にされたふたりの男……。

「嘘だろ……」

響は絶句した。

全身の血液が氷結《ひょうけつ》し、思考が停止した——心臓も、止まりそうだった。

「父さん……」

響の口から、干涸《ひから》びた声が零《こぼ》れ出た。

全裸で磔にされている男のひとりは、邦彦だった。

「お父さん……お父さん！　お父さんになにしたの！」

檸檬の絶叫が、響の胸を掻き毟《むし》った。

一糸《いっし》纏《まと》わず磔にされているふたりは、ぐったりとして動かなかった。

「うっとりするコラボレーションね。この夢の共演は、そうそうみられないわよん」

顎の下で掌《てのひら》を重ね合わせたお得意のカマトトポーズ——ラブリーが響と檸檬の顔を交互に見て、小馬鹿にしたように言った。

「こ……これは、なんのまねだ⁉　ふたりに、なにをした⁉」

響は、押し殺した声で訊ねた。

喉《のど》が張りつき、膝が震えていた。

心臓が、胸壁《きょうへき》を突き破りそうな勢いで暴れていた。

西條に拳銃を突きつけられていたときも、眼の前で武山が殺されたときもこんなふうにはならなかった。

「ちゃんと生きてるから、心配しないでも大丈夫よん！　覚醒剤《かくせいざい》も打ってるけど、微量だから大丈夫よん！」

「覚醒剤……お父さんに、覚醒剤を打ったって言うの⁉」

気色《けしき》ばみラブリーに突っかかろうとした檸檬を、津川が羽交《はが》い締めにした。

「乱暴するんじゃ……」

「動くんじゃねえ！」

立ち上がりかけた響の後頭部に、硬く冷たい物が押しつけられた。

「ノンノンノン！　ふたりとも、クールダウンしてちょうだい。いま手がけているビッグビジネスでラブリーのために尽くしてくれたら、愛するパパ達は解放してあげるわ」

「お父さんは関係ないでしょ！　あんたに、いったいなにをしたって……」

「シャラーップ！」

ラブリーが腰を上げ、それまでとは想像もつかない太く荒々しい怒声で檸檬を遮った。

目尻は吊《つ》り上がり、白眼が充血して赤く罅割《ひびわ》れているようにみえる。

カマトトぶっていた中年女が、般若《はんにゃ》の如《ごと》き形相へと豹変《ひょうへん》した。

「大ありよ！　シャーロック・ホームズとジョン・ヘイミッシュ・ワトスンの孫ってだけで、ラブリーにとっては死刑に値する重罪よ！　本当は、いますぐ全身を切り刻んでサメのいる水槽に放り込んでやりたいくらいだわ！　いい⁉　これから、ラブリーを一秒でも失望させたら、あんたらふたりのクソ親を、世界の殺人史上最高に残酷で無残な方法で殺すことを約束してあげるから！」

ラブリーの狂気の宿る瞳は、彼女の宣言がブラフではないことを物語っていた。

第8章　呪いの宝石

どこにでもありそうなワンルームタイプの洋間には、ソファ、テレビ、二段ベッド、冷蔵庫が置いてあった。

女子大生のひとり暮らしの部屋だといっても、誰も疑わないだろう。

ただし、普通と違うのは、部屋には窓がないということ、ドアが内側から開かないようになっていること……そして、ドアの外に見張りがいることだ。

ふたりともスマートフォンを奪われているので外部に連絡を取ることができなかった。

「本気で、あんなこと言ったの？」

ソファに座っている檸檬《れもん》が、不機嫌な声音《こわね》で訊《たず》ねてきた。

「あんなことって？」

二段ベッドの下段に仰向《あおむ》けになったまま、響《ひびき》は質問を返した。

「ラブリーの部下になるって言ったことよ！」

檸檬が、ミネラルウォーターの空のペットボトルを苛立《いらだ》たしげに潰《つぶ》した。

「ああ、本当だよ」

「どうして⁉　たしかにあなたはチャラくて女好きなホストだけど、シャーロック・ホームズにとってのモリアーティ教授が宿敵だってことくらい知ってるでしょ⁉　それなのに、モリアーティ教授の子孫の子分にシャーロックの子孫がなるなんて……曽祖父《ひいじい》様の築いた伝説に泥を塗ることになるってわからないの⁉」

檸檬が響を指差し激しく非難した。

「僕と君のお父さんが囚《とら》われてるのを、みただろう？」

全裸で十字架に磔《はりつけ》にされた邦彦《くにひこ》と檸檬の父が脳裏に蘇《よみがえ》り、響は奥歯を嚙み締めた。檸檬も瞳を潤《うる》ませ、膝の上で拳《こぶし》を握り締めていた。

「お父さんは、どこに……」

響は上体を起こしベッドから下りると、檸檬の隣に身体《からだ》を密着させて座った。

「き、気持ち悪いわね！　離れなさい……」

「盗聴器があるかもしれないから、耳もとで会話しよう」

響は、檸檬の耳に唇《くちびる》を近づけ囁《ささや》いた。

「く……くすぐったい！」

檸檬が大声を出しながら身体をくねらせた。

「我慢して」

響は檸檬の肩を抱き寄せた。

「ちょっと……」

「監視カメラがあるかもしれないだろ？　もしモニターで監視されてても、恋人を装《よそお》って会話すれば、密着して囁き合っても疑われないからさ」

「そんなこと言って、私に触りたい口実じゃないの？　一ミリでも変なとこ触ったら許さないからね」

憎まれ口を叩きながら、檸檬は身体を預け囁き返してきた。

「僕も一応、誰でもいいってわけじゃないから」

「まあ……失礼な奴ね」

檸檬が、素知《そし》らぬ顔で足を踏んできた。

響は、痛みを堪《こら》え表情を変えなかった。

「父さん達を救出して加奈《かな》さんをみつけ出すには、ラブリーの懐《ふところ》に飛び込むのが近道だろ？」

「だからって、ラブリーの手下になるなんて……」

「公安だってＣＩＡだって、巨悪を倒すために潜入捜査をするじゃないか？　それと同じだよ。曽祖父さん達の伝説を守ることも大切かもしれないけど、まずは父さん達を守らないと。だろ？」

諭《さと》すように言う響に、檸檬が小さく顎《あご》を引いた。

「でも、どこにいるんだろう？　場所がわからなければ、助けようがないし……」

「わからないの？」

「なによ、それ？　まるで、場所がわかっているような口ぶりじゃない？」

「大体の見当はついてるよ」

「え⁉　本当に⁉」

さらりと言ってのける響に、檸檬が思わず頓狂《とんきょう》な声を上げた。

「大きな声を出さないで」

「どこよ、お父さんは、どこにいるの？」

「恐らく、同じ建物だと思う」

「同じ建物⁉　どうしてわかるの？」

「画面の隅に映ってたドアの端《はし》が、僕らが連れ込まれた部屋のドアと似てる材質だったんだ」

「ドアの端……自分の親が十字架に磔にされているっていうのに、よくそんなとこに眼が行く余裕があったわね」

感心と驚き、そして微《かす》かな非難が入り混じったような声で檸檬が言った。

「ホストって仕事柄、何組ものお客さんの状態を同時に観察するテクニックが身についたんだよ。まあ、ドアの材質が似てるだけで同じ建物とは断定できないけど、管理や移動の労力を考えると近場であればあるほど楽だから。僕がラブリーの立場なら、そうするね」

響は、淡々とした口調で推理を口にした。

「やっぱり、名探偵の曽孫《ひまご》ね。あなたのこと、誤解してたかも。ねえ、これから、どうするつもり？」

「とりあえずは、アクションを待つしかない。囚われの身では、どうしようもないからさ。ラブリーからなにかの指示が出たときに、どう動くかがポイントだと思う」

檸檬にそうは言ったものの、直面している状況は厳しいものだった。

この建物には武装した見張りが何人いるかもわからない。ラブリーがなにをやらせようとしているのかもわからない。わかっているのは、厳しい監視態勢の中、逃げ出すのは至難の業《わざ》で、失敗したら虫けらのように殺されるだろうということだ。

微かな希望は建物の外に出たときだが、ラブリーがそう易々《やすやす》と隙《すき》を作るとは思えない。

奇跡的に逃亡に成功しても、邦彦と檸檬の父を救えず、加奈の居所を突き止めることもできない。なにより、加奈の居所を突き止めることに意味があるのか？

最初は、事件に巻き込まれたものとばかり思っていた。

だが、加奈は自らの意志で消えた可能性が高くなった。

しかも、ラブリーと共犯という最悪の展開になりそうだった。

「そんなに悠長にしてられないわ。私達がこうしている間にも、お父さん達の命が……」

檸檬が蒼褪《あおざ》め、声を詰まらせた。

「父さん達はラブリーの切り札だから、いまの段階でへたなことはしないはずだ」

「はずだって……そんな他人事《ひとごと》みたいに言って、あなたは平気なの？　お父さん達が、あんな目にあってるのよ⁉」

「平気なわけないだろ？　いまはジタバタしてもしようがないってことを言ってるだけさ。いや、しょうがないどころか、僕らの迂闊《うかつ》な行動が父さん達をより危地に追い込むことになるから慎重にいかなきゃならない」

檸檬に心配させないように気休めを言ったわけではない。

邦彦達は、響と檸檬を従順な僕《しもべ》にするための人質だ。命令に背《そむ》いたり逃げたりしないかぎり、これ以上の危害を加えられることはないはずだ。ただ、それはあくまでも響の予想であり絶対ではない。

檸檬の危惧《きぐ》通り、最悪の結果にならないともかぎらないのだ。

——二次団体の組長やってるくらいで、天下を獲《と》ったつもり？　ラブリーはねぇ、あなたが尻尾を振ってる本家の会長よりえらいんだから～。そんなことも見通せないお目々なら、潰しちゃえ！

無邪気に言いながら武山《たけやま》の右眼をハイヒールの踵《かかと》で踏みつけるラブリーの姿が脳裏に蘇った。

――弱ってきたから、もう飽きちゃった。殺しちゃって。

使い古したおもちゃに興味を失った幼児のように、配下に武山の殺害を命じる悪逆非道なラブリーなら、邦彦と檸檬の父親を気分で殺す可能性も皆無《かいむ》ではなかった。

解錠する金属音――背筋に緊張が走った。

ドアが開き、短髪を茶に染めたガタイのいい男……西條《さいじょう》が入ってきた。すぐあとからは、スキンヘッドの大男……津川《つがわ》も現れた。

ふたりの手には、拳銃が握られていた。

「姫がお呼びだ」

抑揚《よくよう》のない声で西條に促《うなが》され、響と檸檬は立ち上がった。

恋仲を装うために、檸檬の肩に腕を回したままにしていた。

前の西條と後ろの津川にサンドイッチにされ、響と檸檬は部屋を出た。コンクリート床の廊下の両側には、いくつもドアがあった。そのうちのひとつの、ピンクのペンキで塗られたドアを西條が開けた。

毛足の長い絨毯《じゅうたん》、壁紙、ソファ……室内は、目の覚めるようなショッキングピンクで統一されていた。

「どう？ ゆっくり休めたかしらん？」

マフィア映画のボスが座るような特大のアームチェアに座ったラブリーが、響と檸檬をソファに促した。

ラブリーは、室内と同じに鮮やかなピンクのかつらを被《かぶ》っていた。西條と津川が、響と檸檬の肩を上から押さえつけソファに座らせた。

「お父さんはどこ⁉」

ソファに座るなり、檸檬がラブリーに訊ねた。

「あらあら、せっかちな小娘ねぇ。そんなこと訊いて、どうするつもり？ 場所がわかっても、無力なあんたにはどうすることもできないのよん？ それとも、ラブリーを出し抜いてジャンヌ・ダルク気取ってパパりんを助けようと思ってる？ だとしたら、あんたはどうしようもない、お・ば・か・さ・ん！」

顔の横に立てた人差し指を左右に振りながら、ラブリーが言った。

「お父さんはどこなの⁉」

「ほ～んとに、生意気な小娘ねぇ」

言いながら、ラブリーがアームチェアから腰を上げ檸檬の前に歩み寄ると眼にも留まらぬ早さで左右の頰に平手を浴びせた。

「やめろ！」

腰を上げかけた響の肩を、西條が万力《まんりき》さながらの握力で摑《つか》んで座らせた。

「あら～ん。響ちゃんは、この小娘のことがしゅきなのぉ？　浮気しちゃ、いやいやいやや！」

ラブリーが顎の下に両の拳を当て、頰を膨《ふく》らませ顔を左右に振った。胸焼けと胃もたれが競うように響を襲った。

「若い女なんて、硬くて酸っぱいピーチだから、ぜーんぜん美味《おい》しくないわよん。それに引き換えラブリーはねぇ、じゅくじゅくに熟した甘～いピーチだから、食べたら蕩《とろ》けちゃうわよん。試食してみるぅ？」

ラブリーが響の耳もとで囁き、息を吹きかけた。

嫌悪《けんお》と不快の鳥肌に、肌が埋めつくされた。

「僕を口説《くど》くために監禁してるんじゃないだろ？　早く本題に入ってくれよ」

響はラブリーから顔を遠ざけ、事務的に言った。

「口説くなんて、面倒なことしないわ。ラブリーはねぇ、欲しいものは口説く前に食べちゃう主義なのぉ」

股間に伸びてきたラブリーの手を、響は摑んだ。

「早く、仕事の話を」

今度は、語気を強めて言った。

「もう、ラブリーを焦《じ》らす気ぃ？　ま、いいでしょう。響ちゃん、新宿の『富王《とみおう》』の近くに『アマン』ってラブホテルがあるの知ってるぅ？」

アームチェアに戻ったラブリーが訊ねた。

「ああ、知ってるよ」

「ラブホテルに詳しいんだね」

檸檬が軽蔑《けいべつ》の眼を響に向けた。

「嫌味《いやみ》言うなよ。歌舞伎町《かぶきちょう》のホストクラブで働いてるんだから、出勤するときにみかけるんだ……」

「響ちゃん、どうして言い訳するのぉ？　『アマン』で女とエッチしまくってること、そんなに小娘にバレたくないわけぇ？　そんなに小娘にＬＯＶＥなのぉ？　ラブリー、妬《や》けちゃう！」

唇を尖《とが》らせるラブリーのホウレイ線あたりのファンデーションが罅割《ひびわ》れた。

「で、その『アマン』がどうしたんだ？」

響は、ラブリーを相手にせず横道に逸《そ》れた話を引き戻した。

「んん〜もう〜ノリが悪いんだからぁ。『アマン』に裏切り者を監禁してるの〜」

「裏切り者って？」

「響ちゃん達が探してる加奈ちんよ」

「えっ……」

「なっ……」

響と檸檬は、揃《そろ》って声を上げた。

「サプライズでしょう？」

ラブリーが眼を三日月形に細めた。

「加奈さんが裏切り者って、どういうことなんだ？」

「その話はあとでねん。まず、あなた達にやってほしいことは、監禁されてる加奈ちんを逃がしてほしいの」

「え⁉　監禁してるのに、どうして逃がすのよ⁉」

檸檬が、驚き声で疑問をぶつけた。

「うるさいわね！　黙って聞いてなさい！」

ラブリーがヒステリックに一喝《いっかつ》した。

一貫して、檸檬にたいしてだけは厳しい態度だ。

「『富王』の店長に依頼されたふたりは失踪した加奈ちんの居場所を突き止め、彼女に接触した。そして、ふたりは加奈ちんを自由の身にするのよ」

「監禁してる加奈さんを、わざわざ逃がすわけ⁉」

「だ〜か〜ら〜、黙って聞いてなさいって言ってるでしょ！」

ラブリーが、ふたたび檸檬を一喝した。

「ここからが、重要なところよ。加奈ちんを逃がしたら、バレないように尾行して」

「尾行して、どうするんだ？」

「もう、せっかちちゃんねぇ。いま説明するから待ってねん」

檸檬のときとは打って変わって、響にたいしてのラブリーの口調は優しかった。

「加奈ちんは、必ずある物を隠している場所に行くわ。あなた達の仕事は、そのある物を加奈ちんから奪ってくることよ」

「ある物って？」

「『呪《のろ》いの宝石』よ」

「『呪いの宝石』？」

響が鸚鵡《おうむ》返しにすると、ラブリーが頷《うなず》いた。

「呪いの歴史を説明してあげてちょうだい」

ラブリーは、西條に命じた。

「通称ホープダイヤモンドと呼ばれているブルーダイヤモンドで、推定価格は三百億。ホープダイヤが『呪いの宝石』と呼ばれている所以《ゆえん》は、持ち主が次々と非業《ひごう》の死を遂げているところからきている。ホープダイヤは、九世紀にインドのデカン高原の川で農夫に発見された。第一の持ち主の農夫は、ペルシャ軍にダイヤを持った腕もろとも切り落とされて強奪《ごうだつ》されてしまう。十七世紀にタヴェルニエというフランス人がインドの寺院の彫像に埋め込まれたホープダイヤを盗み、ルイ十四世に売却する。と、その後、ホープダイヤはルイ十五世、十六世とフランス王室に代々受け継がれてゆく。ルイ十六世も王妃のマリー・アントワネットも、フランス革命で処刑された。革命のどさくさに紛《まぎ》れてホープダイヤは窃盗団《せっとうだん》に盗まれ、オランダの彫金師の手に渡った。彫金師は息子にダイヤを強奪され殺された。それから間もなく息子も盗賊に襲われ、命を落とした。十九世紀に入り、イギリスの銀行家、ヘンリー・ホープがオークションに出品されていたホープダイヤを落札した。ホープの呼称がつけられたのは、ここからだ。ヘンリー・ホープは大富豪だったが、彼の死亡後ホープ家は破産し、ホープダイヤを売却した。それから、ロシア、フランス、ギリシャ、アメリカと転々としたが、その国々の所有者は自殺、他殺、事故死、病死など、次々と死んでいった。一九四九年、ニューヨークの宝石商、ハリー・ウィンストンの手に渡ったホープダイヤは、一九五八年にスミソニアン博物館に寄贈《きぞう》された。これが、『呪いの宝石』、ホープダイヤモンドの伝説だ」

西條が、表情ひとつ変えずに語り終えた。

「つけ加えれば、二〇一三年、一流宝飾ブランドのハリー・ウィンストンはスイスのスウォッチ社に買収されちゃったのよん。これも、呪いかもよ～」

ラブリーが、冗談めかして言った。

「呪いが本当かどうかは知らないけど、ホープダイヤをどうして加奈さんが持ってるんだ？　スミソニアン博物館に寄贈されたんじゃないのか？」

響は、率直な疑問を口にした。

映画「ナイトミュージアム２」の撮影地にもなった有名な博物館に展示されていた秘宝を、一介の大手質屋チェーンの社長が所有しているとは俄《にわか》には信じ難かった。たとえるなら、日本の四畳半ひと間に住むフリーターがハリウッドスターの女優と同棲《どうせい》していると聞かされるくらいの違和感があった。

「ヨーロッパの世界的窃盗団がホープダイヤを盗み出したはいいけど、何世紀にも亘《わた》って語り継がれてきた曰《いわ》くつきの宝石だから、高値で買い取ってくれる人物が現れなくてほとほと困ったらしいの。で、苦肉の策で親交のあった香港《ホンコン》マフィアに委託したってわけ。香港マフィアは、盗品を現金化する人脈の広さでは世界一だから。香港マフィアと利益が折《せっ》半《ぱん》になったとしても、手もとに置いて売り捌《さば》けないよりはましだって判断したんじゃないの？　で、その香港マフィアのボスはラブリーの古くからの仕事仲間で、話が持ち込まれたのよ。ラブリーって、顔が広いでしょう？　褒《ほ》めてニャン？」

ラブリーが、甘えた声で首を傾《かし》げた。

「あんたが、ホープダイヤを買い取るってことか？」

響は、カマトトぶるラブリーを無視して質問した。

「そうよ、五十億で話はついたわ」

「五十億？　ホープダイヤは三百億じゃないの⁉」

檸檬が口を挟むと、ラブリーが気色《けしき》ばんだ。

「浅はかな尻軽《しりがる》女は黙ってなさい！」

「だ、誰が尻軽……」

食ってかかろうとする檸檬を、響は制した。

「三百億って価格は正規のルートで売買したときのもので、足がつかないように売り捌《さば》く闇《やみ》ルートでは、言い値で決まるのが常識よ。同じ宝飾品でもピアジェみたいなポピュラーブランドなら正規価格より高く売り捌けるときもあるけど、ホープダイヤみたいな秘宝は表に出せないから、危険を冒してまで高値で買い取ろうなんて物好きは現れないのよ」

いつの間にか、ラブリーはまともな口調になっていた。

まるで二重人格のようだが、こちらが本当の彼女に違いない。

すべては、己《おのれ》の野心を満たすための狡猾《こうかつ》な演技に過ぎない。

口調だけではなく、奇抜な髪形や服装も敵を欺《あざむ》くためのカムフラージュの可能性があった。とにかく、「悪の天才」と畏怖《いふ》されたモリアーティ教授の子孫だけあり、ラブリーは気の抜けない女だ。

「その話でいけば、ホープダイヤを六分の一の価格で手に入れても、買い手がいなければ利益を出せないじゃないか？」

「ノンノンノン！ ラブリーが、そんな無計画な女にみえる？ 買い手は、もう決まってるわ」

ラブリーが、自慢げに小鼻を膨《ふく》らませた。

「誰だ？」

「スミソニアン博物館よ」

「え⁉ 盗まれたところが買うわけないだろ⁉」

「スミソニアン博物館は、セキュリティシステムの甘さが世間に知れ渡るのを恐れて、ホープダイヤが盗まれたことは伏せているの。盗難事件が報道されれば、スミソニアン博物館の名声は地に堕《お》ち、貴重な宝飾品や美術品を寄贈しようという人間がいなくなっていう最悪の展開になるわ。だから、博物館側は偽《にせ》のホープダイヤを展示して、極秘裏に犯人を探していたの」

「なんで、あんたがアメリカの博物館の裏事情を知ってるのよ？　響君、騙《だま》されちゃだめよ。この女は、私達にでたらめを吹き込んでなにかを企《たくら》んでるわ」

檸檬が、ラブリーを睨《にら》みつけた。

「あらあらあら、この小娘、とんでもないことを言うよね～。世界各国に散らばってるラブリー犬から得た情報よ」

「ラブリー犬？」

檸檬が、怪訝《けげん》に眉をひそめた。

「『モリアーティ財団』に所属してる諜報員《ちょうほういん》よ。まあ、ようするにスパイね。私のために忠誠を尽くしてくれているから、親しみを込めてラブリー犬って呼んでるの。ラブリー犬は、世界に三千匹はいるかしら」

「そんなハリウッドのスパイ映画みたいな話、信じられないわ」

「作り物の映画を基準にするだなんて、発想が浅くて貧弱ね。『００７』、『ミッション：インポッシブル』、有名なスパイ映画は、みな、実在する組織をモデルにした創作物よ。オーストラリアのＡＳＩＳ、インドのＲＡＷ、フランスのＤＧＳＥ、ロシアのＦＳＢ、ドイツのＢＮＤ、中国のＭＳＳ、イスラエルのモサド、パキスタンのＩＳＩ、イギリスのＭＩ６、アメリカのＣＩＡ……世界の諜報機関のすべてに、モリアーティ財団の諜報員が潜入してるの。ようするに、スパイ映画のほうがラブリーの真似をしてるってわけ。おわかり？　探偵だなんだって言っても、三流ね。やっぱりシャーロックの腰巾着《こしぎんちゃく》のＤＮＡを受け継いでるだけあるわ～」

ラブリーが、嘲《あざけ》るように言った。

「曽祖父様を馬鹿にするのは許さないから！」

檸檬が立ち上がりラブリーに詰め寄ると、巨体に似合わぬ俊敏な動きで津川が後頭部に銃口を押しつけた。

「馬鹿になんてしてないわ～。シャーロックがステーキならワトスンはポテト、シャーロックがお寿司ならワトスンはガリ、シャーロックがラーメンならワトスンはメンマ……ラブリーは、あなたの尊敬する曽祖父様が永遠のコバンザメだってことを思い出させてあげただーけ！　ラブリーは、あなたの尊敬する曽祖父様がシャーロックがいなければひとりでは餌にもありつけないってことを思い出させてあげただーけ！」

ラブリーが、アマゾンに棲《す》む珍獣のように奇声を発した……いいや、笑った。

「曽祖父様を侮辱するのはいい加減に……」

「たしかに、ワトスン博士は主役じゃなかったかもしれない」

熱《いき》り立つ檸檬を、響は遮《さえぎ》った。

「でも、ジョン・ヘイミッシュ・ワトスンという脇《わき》役がいなければ、シャーロック・ホームズという主役は生まれなかった。ワトスン博士は曽祖父をコントロールし、サポートし……ただの脇役じゃなくて、優《すぐ》れた名トレーナーでもあったよ」

檸檬の気を静めるための、お世辞《せじ》ではなかった。

本心からの言葉だった。

「響君……」

「席に戻って」

涙に潤む瞳を向ける檸檬に、響は諭すように言った。

これ以上、ラブリーに楯《たて》つくのは危険だった。

おとなしくソファに座る檸檬に、響は安堵《あんど》した。

「安っぽい恋愛ドラマはそこまで！　話を戻すわよ！」

ラブリーが手を叩き、ヒステリックに叫んだ。

「ラブリー犬からの情報を得た私は、売り手の香港マフィアには内緒で水面下でスミソニアン博物館の館長と交渉したの。国民にバレないうちにホープダイヤを取り戻さなければならない館長は、ラブリーの言いなりだったわ。正規取引価格の三百億と口止め料の二百億の合計五百億の条件を呑んだわ。五十億が十倍……おいしい商売だと思わない？」

ラブリーが満面に笑みを湛《たた》え、響と檸檬を交互にみた。

「ホープダイヤを密輸入するために、加奈社長の『富王』の輸入ルートを利用したってわけか？」

「さすがに、勘《かん》がいいわね。でも、利用っていうのは聞こえが悪いわ。彼女には報酬を与えてるんだから、立派なビジネスよ。成功報酬は売買価格の一パーセント……つまり五億が加奈ちんの取りぶん。だけど、欲深い人間はだめね。ホープダイヤを手にした加奈ちんは、五億じゃ満足できなくなってラブリーを裏切って、ダイヤをどこかに隠して逃げたの。もちろん、すぐに捕まえたわ。ネズミ一匹でも、ラブリーから逃げ切るのは不可能だから」

ラブリーがウインクすると、眼尻《めじり》のファンデーションが皺《しわ》の数だけ亀裂を作った。

「加奈さんが、ホープダイヤの隠し場所に行かなかったら？」

「行くまで、根気よく加奈ちんの尾行を続けるのよ。でも、時間はかからないわ。真っ先にお宝に飛んで行くはずだから」

「ダイヤを隠してるなら、協力者がいるんじゃないのか？」

「そうね。いないとは言い切れないわね」

「ヤクザとか絡《から》んでたらどうするんだ？　みての通り、僕は荒事《あらごと》はまったく自信ないからな」

駆け引き——ヤクザは苦手だが、それ以上に、ラブリーがどんな反応をするのかをみたかった。

「まあ、人脈も広そうだし、その可能性も高いけど問題ないわ」

　あっけらかんと、ラブリーが言った。

「問題ないって……ヤクザが絡んでたらまずいでしょ？」

「響ちゃん、忘れたの？　ヒールで眼球抉《えぐ》ってやった武山っちも、関東最大手のヤクザの組長なんだよ？　ラブリーにとっては加奈ちんにヤクザが協力してるほうが好都合よ。だって、日本で一番力のある広域組織のトップが私の手足だから、どんな組織でも一発で話が通るわ。むしろ、素人《しろうと》集団のほうがややこしいわ。彼らアマチュアは無知で、怖いもの知らずだから」

　涼しい顔のラブリーからは、揺るぎない自信が窺《うかが》えた。

「『アマン』のスタッフは、このことを知ってるのか？」

「もちろんよ。彼らが、加奈ちんに食事を運んだり身の回りの世話をしてるんだから。響ちゃんと小娘が行くことも知ってるけど、知らないふりをするから、あなた達も普通のカップルを装って行ってちょうだい」

「カギは……」

　響が言い終わらないうちに、ラブリーがキャッシュカードのようなものを差し出してきた。

「加奈ちんが監禁されてる一〇〇三号室のカードキーよ。響ちゃんと小娘は、同じフロアのできるだけ近い部屋を取って、加奈ちんを移動させてほしいの」

「どうして、そんな面倒なことをするんだよ？」

「一〇〇三号室には監視カメラと盗聴器がつけられていることは加奈ちんも知ってるから、そんなとこで堂々と逃亡する話なんてできないでしょう？　だから、ほかの部屋に場所を移して加奈ちんを安心させるのが狙いよ。あ、わかってると思うけど、どの部屋にも監視カメラと盗聴器は仕掛けてあるから、変な気を起こさないようにね。万が一、億が一、兆が一、ラブリーを裏切るような真似をしたら……」

ラブリーが言葉を切り、響と檸檬を無言でみつめた。

五秒、十秒、十五秒、二十秒……不気味な沈黙が続いた。

「あなた達の大事な父上様のお目々を刳《く》り抜いてお互いに交換して、それから、おちんちんを切り取ってお互いの口の中に突っ込んでフェラさせちゃうからね～」

歌うように言うと、ラブリーがペロッと舌を出してウインクした。

檸檬が顔色と言葉を失った。

鬼畜の如《ごと》き所業も、ラブリーならあっさりとやってのけそうな気がした。

☆　☆

歌舞伎町の区役所通りを奥に進んだ場所に建つ「アマン」は、パッと見ではラブホテルとわからなかった。

打ちっぱなしのコンクリート壁の外観は、青山あたりの高級ブランドショップと比べても遜色《そんしょく》ないモダンな造りをしていた。

「ねえ、誤解されるからもっと離れてよ。まだ六時なのにこんなところにくるなんて……」

自動ドアの前で、檸檬が人目を気にしながらぶつぶつと文句を並べた。

「誤解されるためにふたりできてるんじゃないか？　ラブリーの任務を忘れたのか？」

響が窘《たしな》めると、檸檬が唇を尖らせ横を向いた。

「それに、へたな動きすると報告されるぞ」

響は、「アマン」から十メートルほど離れた路肩に停車している漆黒《しっこく》のアルファードに視線を投げた。アルファードの車内には、西條と津川が監視役として乗っていた。

――「アマン」はラブリーの息がかかっている人間が経営してるけど、敵が客を装って潜り込んでいる可能性があるから、疑われないようにカップルを装ってちょうだい。でも、本当に変なことやっちゃ、ノンノンノン！　よ。

記憶に蘇るラブリーの声に、響の腕は粟立《あわだ》った。

「あの若作りババアの言うこと、どこまで信じてるの？　加奈さんもグルで、全部嘘だったらどうするの⁉　だいたい、ホープダイヤの話も怪しいものだわ。なにか企みがあって、私達を嵌《は》めようとしているに決まってるわ」

檸檬が、苛立たしげな表情で吐き捨てた。

「もしそうだとしても、父さん達を人質に取られている僕らは、ラブリーの指示に従うしかない。それに、僕も君も、もともとは加奈さんの失踪事件の調査依頼を受けたことを忘れたのか？　ようやく加奈さんに会えるんだぞ？」

「若作りババアとグルだったら？」

「たとえグルでも、真相をクライアントに報告するのが探偵の使命だろう？」

「はあ⁉　なんで、ホストに探偵道を教えられなきゃなんないのよ！」

プライドが刺激されたのか、檸檬が響の腕を取り自動ドアを潜《くぐ》った。

様々なタイプの部屋の写真のタッチパネルが目の前に現れると、檸檬が下を向いた。

「バリ島タイプ、ヨーロピアンタイプ、和風のどれがいい？」

「な、なに考えてんのよ？　部屋なんてどこでもいいんだから……早くしてよ」

俯《うつむ》いたまま、檸檬が響を急《せ》かした。

「僕らはラブラブのカップルで、これからエッチしようとしてるのを忘れちゃだめだ」

響は、檸檬に囁いた。

「任務にかこつけて、変なこと考えてないでしょうね？　もし、部屋でおかしなことした
ら……」

「これでも、プロ意識は持ってるつもりだ。君を口説くときは、仕事以外の場所を選ぶ
さ」

　檸檬に顔を近づけ、響は真剣な表情で言った。

「な、なに言ってんの。し、仕事以外で、あなたと会うわけないでしょ」

　檸檬が、しどろもどろになって否定した。

「心配しなくても、誘わないから」

　響は舌を出し、バリ島タイプのタッチパネル――一〇〇五号室を押し……出てきたカー
ドを手に取った。

　最初から、この部屋を選ぶように指示されていた。加奈が監禁されている一〇〇三号室
に一番近い部屋というのが理由だ。

「まあ、失礼ね！　それ、私のほうこそ……」

　響は、檸檬の腰を抱き寄せた。

「演技演技」

　檸檬にウインクし、響はカウンターに向かった。

「ご宿泊ですね？　前金で一万二千円お預かりします。チェックアウトは明日の午前十一

時になっております。差額はお帰りの際にご精算致します」

奥から出てきたガリガリに痩《や》せたアフロヘアの若い男性スタッフはラブリーの配下だ。もちろん、一〇〇五号室の部屋を選んだ時点で響と檸檬が任務で訪れたことはわかっているが素知らぬ顔をしているのだ。金を渡し、預かり証とカードキーを受け取り響はエレベータホールに歩いた。

「なんか、凄《すご》い慣れてるね？　しょっちゅうきてるんでしょ？」

檸檬が、汚《けが》らわしいものをみるような眼を響に向けた。

「気になる？」

からかうように言いながら、エレベータに乗った。

「な、なんであなたの女性関係を気にしなきゃならないのよ」

「またまた～強がっちゃって～」

面白くて、檸檬を茶化しているわけではない。

檸檬の緊張をほぐすのが目的だった。

階数表示ランプが10を染めると扉が開いた。

「さあ、着いたよ」

恋人ムードを醸《かも》し出しながら、響は檸檬をエスコートした。

ラブリーの言うように、潜入しているかもしれない敵の眼を意識した演技。だが、ラブリー自体が敵なのだから、自分達にとっては敵の敵は味方なのかもしれない。もしくは、檸檬の言うようにすべてがラブリーの作り話なら、演技をする意味もない。

五里霧中——事件の全体像が摑めず、正直、すべてが手探り状態だった。

一〇〇三号室の前を通り過ぎ、ひとつ飛ばした一〇〇五号室のドアをカードキーを差し込んで開けた。部屋に足を踏み入れると、お香の匂いが鼻腔を甘く刺激した。中ドアを開けると、籐《とう》のベッドに籐のソファが視界に入った。床は南国リゾートのブレのようにサーモンピンクのタイル張りだった。

「へぇ～、ラブホテルって感じがしないわ」

檸檬が、室内に視線を巡《めぐ》らせて言った。

「ということは、誰かと行ったことがあるってことだ？」

「行くわけないでしょ！　雑誌とかテレビでのイメージのことを言ってんの！」

「冗談、冗談だよ」

響は苦笑いしながら、籐のソファに腰を下ろした。

「さあ、そんなとこに突っ立ってないで、こっちにきて」

響は、自分の隣にくるように檸檬を促した。

ラブリーが盗聴器を仕掛けているかもしれない。

躊躇《ちゅうちょ》する檸檬を、思いを込めた瞳でみつめた。

以心伝心――檸檬が、響の隣に座った。

「とにかく、加奈さんを逃がして尾行するところまではラブリーの指示通りに動こう」

響は、檸檬を抱き寄せ耳もとで囁いた。

「加奈さんには、言うの？」

「いや、ラブリーと加奈さんがグルの可能性もあるから言わないほうがいい。僕らは『富王』の店長に依頼を受け、探偵として自力で居場所を突き止め、加奈さんを救出に現れたって体《てい》で押し通そう」

「じゃあ、加奈さんが本当にラブリーを裏切っててホープダイヤを独り占めにしようとしてたら？　加奈さんから奪うの？」

響は頷いた。

「加奈さんを敵に回すってこと？　本当に、ラブリーの手先になるつもりなの？」

「そうは言ってない。ただ、ラブリーの話が本当だった場合、僕らがホープダイヤを持ち帰らなければ、父さん達の命は……」

奥歯を噛み締めた。一番屈したくない相手に服従しなければならない屈辱――手も足も出せずに言いなりになるしかないもどかしさ。悔しいが、ラブリーは一枚も二枚も上手《うわて》だった。

　ホストの片手間に探偵ごっこをしている自分には、歯が立たない相手ということなのか？

「そうね……ごめんなさい。響君に当たっても仕方ないわね。父さん達が人質に取られている現状では、私達に選択肢はないってことね。このままラブリーの奴隷《どれい》でいるしかお父さんを救う方法はないなんて、自分が嫌になるわ」

　覇気のない表情で、檸檬は言った。

「まったく、選択肢がないわけじゃない」

「どんな方法があるの⁉」

　檸檬が瞳を輝かせ、身を乗り出した。

「ラブリーにとって、ホープダイヤの価値がどの程度かが問題だな」

「どういう意味？」

「僕らがホープダイヤを手に入れて切り札にした場合、ラブリーが自分の切り札とどっちを手にしたいと思うかだ」

「響君、なにを考えてるの⁉　もしかして、ホープダイヤを取引に使う気？」

　檸檬が気色ばんだ。

「それだけの価値があればいいけど……」

「信じられない。お父さん達の命を、ダイヤと天秤《てんびん》にかけるって言うの？」

「誤解しないでくれ。天秤とか、そういう意味じゃない。ただ、ラブリーの弱味がホープダイヤしかない以上、取引材料にするしかないだろう」

「もし、ラブリーが脅されたことに逆上してお父さん達を殺したら？」

「逆上して殺すような単純な女じゃない。彼女の判断基準は、どっちが価値があるかだ。だから、ホープダイヤを取引材料にするかどうかは措《お》いといて、まずは手に入れることが先決だ。じゃあ、念のために任務の復習をしよう。加奈さんを一〇〇三号室からここに連れてくる。救出にきたことを説明して、加奈さんを車で連れ出し逃がしてやる。加奈さんを降ろしたあと、気づかれないように尾行して、ホープダイヤの在《あ》り処《か》を突き止める。あとは、奪うチャンスを窺うだけだ」

響は、ラブリーからの指示を脳内に呼び起こしつつ説明した。檸檬もその場にいたので、流れは頭に入っているはずだ。

「なんだか、複雑だわ。私達、加奈さんを救おうとしてきたのに、騙さなきゃいけないなんて……」

「たしかにな。だけど、加奈さんがラブリーと手を組んでいたことを僕らは知らなかったから、それは仕方がないよ。大事なのは、もう二度と悠《ゆう》さんのような犠牲者を出さないってことだと思う」

檸檬が神妙な顔で頷いた。

「よし……行こう」

響は檸檬を促し、部屋を出た。

一〇〇三号室のドアの前で立ち止まり、響はラブリーから預かってきたカードキーを挿入口に差し込んだ。檸檬に頷き、ドアを開けると靴のまま上がり中ドアを開けた。一〇〇三号室は、白と黒を基調としたモダンイタリアンテイストの部屋だった。

「知らないの……本当に知らないの……」

部屋の隅で膝を抱え座る白いスウェット姿の女性が、怯《おび》えた表情で響を見上げた。

減量したボクサーのようにこけた頬、眼の下に色濃く貼りつく隈《くま》、充血した白目、落ち着きなく動く黒目、山姥《やまんば》のように乱れた髪……女性が、加奈だと気づくのに数秒かかった。

「加奈さん、僕だよ」

「知らない！　本当に知らない！」

加奈が首を左右に振り、絶叫した。長期間監禁されて恐怖で精神を病んでしまったのか、明らかにいつもの加奈ではなかった。

「落ち着いて……加奈さん。僕だよ、響だよ」

響は加奈の前に屈《かが》み、同じ目線になって語りかけた。

「あなた達だけ？」

加奈が早口に、小声で訊ねてきた。

ここで、加奈が演技していたということがわかった。恐らく、ラブリーがきたときには気が狂《ふ》れた演技をしていたのだろう。

「そうだよ。僕と桐島《きりしま》さんのふたりしかいないよ。僕らは『富王』の……」

「カメラや盗聴器があるから」

加奈が腹話術さながらに口を動かさずに、響を遮った。

「わかってる。とにかく出よう」

「どこに？」

「ついてきて」

響は加奈の手を取り、ドアに向かった。

加奈を騙すために、ドアスコープを覗《のぞ》き外を確認する演技をした。響は加奈を振り返り頷くと、ドアを開けた。

小走りに一〇〇五号室のドアに移動し、カードキーを差した——素早くドアを開け室内へと入ると内カギを閉めた。

「ここは、カメラも盗聴器もないよ。事前に、発見器で調べたからさ」

響は加奈を部屋に招き入れながら言った。

「どうしてここがわかったの？」

ベッドに腰を下ろした加奈は、眼を白黒させた。

「僕も桐島さんも、『富王』の店長から捜索依頼を受けて加奈さんを探してたんだ」

「加奈さんらしい女性が一〇〇三号室にいるって、匿名《とくめい》でウチの事務所に連絡が入ったんです。恐らく、ここのスタッフだと思います」

檸檬が、響の言葉を引き継ぎ打ち合わせ通りのセリフを口にした。

「でも、スタッフだったらどうして匿名なのかな？　名乗ればいいのにさ」

このラブホテルにラブリーの息がかかっていることは知らない体で、響は疑問を口にした。

というより、ラブリーという存在さえも知らないふうを装わなければならない。

「まあ、なんか裏がありそうね。ところで、加奈社長を監禁したのは誰なんですか？　これは立派な犯罪です。すぐ、警察に通報しないと」

檸檬が、白々《しらじら》しく加奈に水を向けた。

「警察はやめてっ！」

加奈の血相が変わった。

「どうしてです⁉　警察に犯人を逮捕してもらいましょう」

檸檬が、追い打ちをかけた。

「私を監禁したのは、警察もヤクザも通用しない組織なの」

加奈が、ため息を吐《つ》きながら言った。

「それは、どんな組織ですか？」

響は勢い込んで質問してみせた。

もちろん、ラブリーのことは知っているが響の興味は加奈が彼女の名前を口にするかどうかにあった。

「悪いけど、言えないわ」

「どうしてです⁉ 僕らは、加奈さんを救出しにきたんですよ⁉」

「その組織を口にしたら、私はもちろん、聞いてしまったあなた達の命も危なくなるのよ」

加奈が、響と檸檬を交互に見渡した。

たしかに、ラブリーは危険な人物であり警察やヤクザを恐れていないということも当たっている。

だが、加奈が本当に自分達の身を案じてラブリーの存在を伏せているかは疑わしいものだ。ラブリーの名前を口に出せば関係性を訊かれ、監禁された理由も言わなければならなくなる。

この推理は、加奈がホープダイヤを独り占めにしようとしているという話が本当だと前提にした場合だ。ラブリーが響と檸檬に嘘を吐いていたなら、一切の仮説が根底から覆《くつがえ》されてしまう。

加奈さえも、ラブリーとグルで響達を嵌めようとしているのかもしれないのだった。

「危険も仕事のうちです。なにがあったか、教えてもらえませんか？」

響は退《ひ》かずに、さらに踏み込んだ。加奈は味方か敵か……またはそのどちらでもないのかを知りたかった。

「響君、あなた、変わったわね。喋《しゃべ》りかたも、顔つきも、まるで別人みたいよ」

加奈に言われて、響はハッとした。自分では意識していなかったが、たしかにそうなのかもしれない。

気分次第で女性を口説き無責任に生きていたホスト時代に戻るには、あまりにも多くの凄惨《せいさん》な現場を瞳に焼きつけてしまった。

「でも、響君の仕事は探偵じゃないの。ホストでしょ？　あなたを、巻き込みたくないの」

視線を下に向けた。

加奈の膝に置かれた右手の指が落ち着きなく動いていた。人間は、表情はごまかせても、心理的に疚《やま》しさがあったり動揺があったりすれば手足の指や鼻、唇などの先端にサインが出やすい生き物だ。

だが、加奈が落ち着きなく指を動かしているからといって、ラブリーとグルとはかぎらない。

「私は探偵だから真実を教えてくれてもいいですよね？」

檸檬が、加奈の隣に座った。

「探偵だからって、死んでもいいわけじゃないのよ？」

「私達は危険を顧《かえり》みずに加奈社長を捜索し、救出しにきたんです。命が危ないからって任務を放棄するわけにはいきません」

「だとしても、サメがうようよいるとわかっている海にあなた達を突き落とすような真似はできないわ。それに、私をここから逃がしてくれれば、任務は成功でしょ？　それとも、ウチの富樫《とがし》は巨悪と戦うことまで依頼したのかしら？」

「加奈さんの言う通りだ。桐島さん、とにかく、早くここから加奈さんを連れ出そう」

これ以上、粘っても加奈は真実を語りはしないだろう。

時間をかければラブリーが疑念を抱き邦彦達の身が危なくなってしまう。

「君は背後で援護してくれ」

響は檸檬に指示すると、加奈の手を取りドアに向かった。

ドアを薄く開け、廊下の様子を窺った。加奈に信じさせるのに必要な猿芝居だ。響は振り返り、加奈に頷くとドアを開け、周囲に首を巡らせつつ非常階段へと駆けた。

十階、九階、八階……四階、三階、二階……螺旋《らせん》状の階段を下りきる頃には息が乱れ眼が回った。

裏口から外へ出た響は、靖国《やすくに》通りでタクシーを止めた。

後部座席に響、加奈、檸檬の順で乗り込んだ。

「とりあえず、まっすぐ行ってください」

響は、運転手に告げた。

「加奈さん、どこに行きますか？」

平然を装い、響は訊ねた。

「そうね。ちゃんとした服に着替えたいから、いったん、自宅に帰るわ」

「え⁉　自宅は、危険だからやめたほうがいいですよっ」

響は、強い口調で制止した。

加奈を泳がせホープダイヤの隠し場所を突き止めるというシナリオはラブリーが描いたものなので、自宅マンションに帰っても危険がないのはわかっていたが、驚き慌てる様子をみせる必要があった。

「服を着替えるだけだから大丈夫よ。すぐに別の場所に移動するから」

「服なら、僕らが取ってくるか、どこかで買ってきますよっ」

響は言いながら、目まぐるしく頭を回転させた。

どういうつもりだ？

ラブリーとグルだから自宅に戻ることに危険を感じないのか？

危険だとわかっていても、ホープダイヤを隠してあるから戻らなければならないのか？

そのどちらでもなく、単に楽観的に考えているだけなのか？

加奈の心が読めなかった。

ホープダイヤを取りに戻ったと仮定しても、最初に眼をつけられる自宅マンションに隠すとは思えなかった。

それとも、部屋ではなく、ガスメータや共用スペースのどこかに隠しているのだろうか？　身近なほうが、まったく関係のない遠方に隠すよりも安心感がある。

「ほかにもいろいろ用事があるし、大丈夫よ。すぐにマンションを離れるから安心して。参宮橋《さんぐうばし》駅のほうに行ってください」

加奈は響に諭《さと》すように言うと、運転手に告げた。

「そのあと、行くあてはあるんですか？」

この質問は、芝居ではなかった。

ラブリーの話が本当であれば、ホープダイヤを手に入れたあとに加奈を消そうとするに違いない。加奈がどんな悪事に加担していたとしても、見殺しにはできなかった。

「響君、ひとつ、お願いがあるの」

改まった顔で、加奈が言った。

「なんです?」

「タクシーを降りたら、私の存在を忘れてちょうだい」

「え? それは、どういう意味ですか?」

「富樫が依頼したのは、私をみつけ出してほしいってことでしょ。彼には、私のほうから連絡をしておくから、もう、関わらないでくれる?」

加奈は抑揚のない声で言うと、無機質な瞳で見据えてきた。

「加奈さんはさっき、僕の話しかたも顔つきも変わったと言いましたよね? その言葉、そっくりお返しします。『ポアゾン』で僕を指名していたときのあなたとは、別人みたいです」

「『ポアゾン』にいたときのプレイボーイの響君が仮の姿で、いま、目の前にいる誠実で責任感の強い響君が本当の姿かもしれないでしょう? 私も、同じかもよ」

意味ありげに言うと、加奈がウインクした。

不意に、響は不安に襲われた。

なにか、重要なことを見落としていそうな気がした。加奈の失踪調査を依頼してきた富樫、悠と失踪した加奈、ふたりは恋仲、ラブリーに命じられた武山の若い衆に殺された悠、監禁されていた加奈……脳細胞をフル回転させた。なにかのピースを嵌めれば、見落としていた事実が判明するに違いない。

だが、そのピースがなんなのかがわからない。

「お客さん、参宮橋駅ですけど……」

運転手は言いながら、タクシーをスローダウンさせた。

「ここでひとり降りるわ。お金持ってないから、悪いけど払ってもらってもいいかしら？」

「それは構いませんけど、本当に、ひとりで大丈夫ですか？」

「大丈夫よ。響君、檸檬ちゃん、助けてくれてありがとうね。あなた達のことは、忘れないから」

「なんだか、一生会えないような言いかたじゃないですか？」

檸檬がドアの外に出ながら言った。

加奈はそれには答えずに微笑《ほほえ》みだけ残し、タクシーを降りた。

「じゃあ」

加奈は手を上げ、淡いベージュの瀟洒《しょうしゃ》な煉瓦《れんが》造りのマンションのエントランスへと消えた。

「僕らも降ります」

怪訝《けげん》そうな顔の運転手に料金を払い、響は檸檬に目で合図を送り加奈のマンションの斜《はす》向《む》かいの雑居ビルのエントランスに駆け込んだ。

午後七時を過ぎているので、管理人室の小窓にはブラインドが下りていた。

「ホープダイヤを取りに戻ったのかな？」

ガラス扉越しに加奈のマンションのエントランスを見張りながら、檸檬が訊ねてきた。

「さあな。その前に、本当にラブリーを裏切ってダイヤを独り占めしようとしているのかさえわからないよ」

「まったくだわ。加奈社長もさ、前と雰囲気が全然違って怖かったし。だけど、若作りババアとグルなら、あんなにやつれるまでラブホテルに監禁されないでしょ？　私達を騙すために、何日も前から仕込んでいたっていうなら別だけど……いくらなんでも、そこまでは考えづらいよね？」

響も、同感だった。

そこまで労力をかけてラブリーが自分達を騙す理由が思い当たらない。やはり、仲間割れした結果、加奈を監禁したというラブリーの話に信憑性《しんぴょうせい》があった。

「でも、若作りババアの言うことが本当なら、加奈さんはなんでマンションに戻ったんだろう？　すぐにみつかって連れ戻される危険を冒してまで……となると、やっぱり、ホープダイヤを取りに戻ったのかな？」

「だとしたら、部屋に長くはいないだろうな。次にどこに向かうかが重要……」

ある可能性が浮かび、響は言葉を切った。

「どうしたのよ？」

「警察にもヤクザにも頼れない組織に追われて、何百億の価値がある宝石を手にしていたら……君が加奈さんだったら、どうする？」

「まあ、逃げるでしょうね」

唐突な質問に、檸檬が訝《いぶか》しげな顔で言った。

「どこに逃げる？」

「う〜ん、とにかく、遠くに逃げるかな……あっ、もしかして！」

どうやら檸檬の頭にも、響が閃《ひらめ》いたのと同じ可能性が浮かんだようだ。

宅配業者が台車を走らせるような音が聞こえた。黒いストローハットを被りサングラスをかけ、サーモンピンクのキャミソールドレスを着たリゾートセレブふうの女性が、キャリーバッグを転がしマンションのエントランスから現れた。

「あれって、加奈社長？」

檸檬が、リゾートセレブふうの女性を指差した。

帽子とサングラスで顔が隠れているので確信はないが、全体的なフォルムは加奈に似ていた。

「とりあえず、つけてみよう」

響は言い終わらないうちに、足音を殺して雑居ビルのエントランスを出た。響と檸檬は、電柱や建物の陰に隠れながらセレブふうの女性から約十メートルの距離を置きあとをつけた。

「加奈社長、空港に行くのかな？」

檸檬が声を潜《ひそ》め訊ねてきた。

「キャリーバッグ持ってるんだから、飛行機か新幹線に乗るのは間違いないだろう」

「状況を考えれば海外だと思うわ。問題は、ホープダイヤを既に持ってるか、これから取りに行くかのどっちかね。響君は、どっちだと思う？」

「わからないな」

本当に、見当がつかなかった。

セレブふう女性は足早に大通りに向かって歩いていた。

恐らく、タクシーを拾うつもりなのだろう。

「もし、ホープダイヤを加奈社長が持ってたらどうやって手に入れるわけ？　タクシー拾われて空港に入られたらどうしようもなくなるわよ？　ホープダイヤを持ち帰らなければ、お父さんが……」

檸檬が震える言葉を呑み込んだ。

「最悪、身柄を拘束するしかないな」

「拉致《らち》するってこと？」

眼を丸くして訊ねてくる檸檬に、響は頷いた。

「どこで？　どうやって？」

「そこの判断が難しいところだ」

加奈を拉致したはいいがまだホープダイヤを手にしていなかった場合、厄介《やっかい》なことになる。

自分達の目論見《もくろみ》を知った加奈は、お宝の在り処を意地でも教えないはずだ。ラブリーに監禁されても口を割らなかったくらいだから、精神力の強さは相当なものだ。

「ホープダイヤを持ってるか持ってないか……これは、賭《か》けね」

檸檬が、深刻な表情で呟《つぶや》いた。

無理もない。

判断を間違えてしまえば、父親の命はないのだから。

それは、響も同じ……。

——僕みたいな突然変異は、生まれてこなきゃよかったね。

いつものように邦彦に、シャーロック・ホームズの曽孫として恥ずかしい行動をするなと説教されていた響は、皮肉ではなく自然に口から本音が零《こぼ》れた。

父に言われるまでもなく、コンプレックスを感じない日など一日もなかった。

どうして生まれてきた？
伝説の名探偵の子孫が女を誑《たぶら》かすホストなど、面汚《つらよご》しにもほどがある。
いっそのこと、消えたほうが一家のためだ。
そもそも、この世に生を受けた時点で罪だろう？

寝ても覚めても、自責の念に苛《さいな》まれた。
気づいたら、陸橋から車が行き交う道路を見下ろしていた。
気づいたら、道路の真ん中でクラクションと怒声を浴びていた。
死が魅力的だった。
命を絶てば、罪悪感も劣等感も自責の念も……なにも感じない世界に行けるのだ。

——お前はたしかに、優等生ではない。どちらかと言えば、問題児だ。だが、忘れていないか？　お前の曽祖父さんは、とびきりの問題児であり、とびきりの変人だったことを。だからって、シャーロック・ホームズが生まれてこなかったほうがよかったなんて思う人がいるか？

邦彦が、柔和《にゆうわ》な眼差《まなざ》しで響をみつめながら訊ねた。

――お前の唯一の親孝行は、私の子として生まれてきたことだ。

――父さん……。

邦彦の笑顔が、涙で滲《にじ》んだ。

初めて、父の本音を知った瞬間だった。

「タクシーに乗られたらチャンスがなくなってしまうから、拘束するならいまだ」

響は、記憶の中の邦彦の優しい眼差しを思い出しながら言った。

「まだ、ダイヤを持ってなかったら？」

「一か八《ばち》かだ。僕らの正義を信じよう」

「だけど、車もないのにどうやって……」

「こういうのは嫌いだけど」

響は、デニムのヒップポケットからカッターナイフを取り出した。

「そんなもの、どうしたの？」

「『アマン』に行く前に、コンビニで護身用に買っておいたのさ」

「人を傷つけるなんて……」

「ハッタリだよ。言うことを聞かせるための手段に使うだけだ。絶対に、傷つけたりしないから」

「約束よ。もしものことがあったら、ラブリー達と同じ種類の人間になるんだからね？」

「わかってる。約束するよ。僕は、ホームズ家の人間だからね」

響は檸檬に微笑みかけ、ゴーサインの代わりに肩を叩いた。

大通りに向かってダッシュした響は、空車に手を上げたセレブふうの女性に背後から密着し背中にカッターナイフの刃先を当てた。

「緊急事態なので、すみません。危害は加えないので、僕に従ってください」

響が囁くと、セレブふうの女性が何度も頷いた。

「じゃあ、自然に歩いてください」

響はセレブふうの女性を人気《ひとけ》のない裏路地へと促し、コインパーキングに連れ込んだ。

「加奈さん、悪いけど、桐島さんに身体検査をしてもらうよ。事情は、あとで話すから」

響が言うと、セレブふうの女性が首を傾げた。

「桐島さん、加奈さんの身体を……」

「あの……加奈って、誰かしら？」

女性がストローハットとサングラスを外した瞬間、響の全身から血の気が引いた。

檸檬の表情も一時停止された映像のように動きを失った。

「私は、美緒《みお》って名前よ。人違いじゃなくって」

セレブふうの女性……美緒が勝ち誇ったように高笑いした。

「嵌められた……」

喉が干上がり、脳内が白く染まった。

「響君っ、急がないと！」

檸檬の声で我に返った響は、加奈のマンションへと続く道を駆け戻った。

蒼褪めた視界に、猛スピードで景色が流れた。

第9章　ラブリーの正体

肺が破れそうだった。ふくらはぎと太腿《ふともも》の筋肉が攣《つ》りそうだった。

響《ひびき》は、先を走っていた檸檬《れもん》を追い越した。

「私のことはいいから、急いで！」

檸檬の声を背に、響は歯を食い縛り速度を上げた。

淡いベージュの瀟洒《しょうしゃ》な煉瓦《れんが》造りのマンション――加奈《かな》のマンションがみえてきた。

約十メートル前方――マンション前に横づけにされた白のエルグランド。

エントランスから飛び出した女性……加奈が後部シートに乗り込んだ。

「加奈さんだ！」

響は、背後の檸檬に聞こえるように叫んだ。

エルグランドのスライドドアが閉まった。

不意に響は振り返り、道路の中央で仁王立ちになった。

「なにやってるの響君っ、危ないわよ！」

けたたましくクラクションを鳴らすバイクを両手を広げて止めた。

「ごめんなさい！　明日の昼までに、あのマンション前に戻しておきますから！」

ヘルメット越しに驚愕《きょうがく》の表情を浮かべる男性を無理やり引き摺《ず》り下ろし、響はバイクを奪った。

重厚な排気音を轟《とどろ》かせながらエルグランドが発進した。

「乗って！」

檸檬がタンデムシートに座ると同時に、響はアクセルを全開にした。

排気量が中型のバイクなのが救いだった。

「バイク泥棒になっちゃったじゃん！」

「緊急事態だから、仕方ないよ！」

檸檬の叫び声に、響は叫び返した。

エルグランドは追跡するバイクに気づいたのだろう、物凄いスピードを出していた。

「運転してるのラブリーの仲間かな⁉」

「いや、それはないだろう！」

「じゃあ、誰よ⁉」

それが問題だ。

ラブリー一派と対立する組織があるのか？

時価三百億のお宝――加奈がホープダイヤを持っているなら、アングラ組織が手を貸しても不思議ではない。

エルグランドは山手《やまて》通りを中野坂上《なかのさかうえ》方面に向かっていた。

響は、車を一台挟《はさ》んでエルグランドのあとを追った。

「どこに行くんだろう？　空港じゃないよね⁉」

「僕らを撒《ま》こうとしてるんじゃないかな！」

耳の遠い老人に話しかけるように、ふたりは大声でやり取りをした。

尾行の存在に気づいている以上、空港に直行することはありえない。

それとも、尾行を引き連れてでも寄らなければならないところがあるのか？

なにより、同乗者が誰なのかが気になった。

不意に、エルグランドが左折した――路地に入った。

響も慌《あわ》ててハンドルを切った。

予想に反して、エルグランドは四、五メートル先のマンションの駐車場に停まっていた。

響は、急ブレーキをかけた。

「車内に、誰かいる？」

潜《ひそ》めた声で、檸檬が訊《たず》ねてきた。

「いや、いないみたいだ」

響は言いながら、マンションを見上げた。

バブル時に建てられたような古めかしい赤煉瓦造りのマンションは、ゆうに五十世帯以上ありそうだった。

「加奈さんの仲間のマンションかな？　どうする？」

「君は、ここに残ってろ」

響は、バイクを路肩に寄せながら言った。

いまさらながら、檸檬を連れてきたことを後悔していた。

バイクを奪ったときに、置き去りにするべきだった。

「は⁉　いま、なんて言った⁉」

「状況がわからないから、君は残ってろと言ったんだ」

「いまさら、なにかっこつけちゃってんの⁉　ここまで一緒に、さんざん危険なことやってきたでしょ⁉」

「君が勝手に首を突っ込んできただけだろ？」

敢《あ》えて、響は突き放す口調で言った。

たしかに、檸檬の言う通りだった。

拉致《らち》、監禁、……ここまで命懸けで戦ってきた同志にたいして、ひどい言葉だとは思う。

しかし、彼女は生きている。

ラブリーという怪物を相手に修羅場を潜《くぐ》り抜け、命を落としていないという奇跡——奇跡は二度、三度と起こるものではない。

加奈もラブリーを敵に回している以上、それなりの反社会勢力と手を組んでいるはずだ。

尾行を承知で堂々と車を駐《と》めてマンションに入るという行動は、かぎりなく罠《わな》の匂いがする。

少なくとも、響のホスト時代の太客《ふときゃく》だった加奈とは別人と考えたほうがいい。いや、別人もなにも、そもそも加奈がどういう人間なのかもわからない。

もしかすると、ラブリーと同じ悪魔のような女なのかもしれないのだ。

どちらにしても、もう、檸檬を巻き込むわけにはいかない。

「それ、本気で言ってるんだったら怒るよ？」

押し殺した声で、檸檬が言った。

「ああ、あたりまえだろっ。正直に言って、足手纏《あしでまと》いなんだよ」

「騙《だま》されないよ」

檸檬が、ニヤリと笑った。

「なにが？」

「そうやって、わざとひどいこと言って突き放そうとしてるんでしょ？」

「そんなわけないだろ。本当に、邪魔なんだよ。僕が女好きのチャラいホストだってことを忘れた？　君がいると気が散って集中できないんだよ」

「まあ、それは光栄だわ。私が、それだけ魅力的だってことね」

「じゃあ、エッチしようよ」

響はバイクから降りると、檸檬に近寄った。

「な、なに馬鹿なこと言ってんの⁉　もう、そんなへたな芝居、やめよう？」

檸檬が、強張《こわば》った微笑《ほほえ》みを浮かべながら言った。

「芝居かどうか、試してやろうか？」

響は檸檬をタンデムシートから抱え上げ、近くの雑居ビルのエントランスに入った。

「ちょ、なにすんのよ！」

管理人室が無人なのを確認して、檸檬を下ろした。

「こんなところ連れてきて、どういうつもり……」

檸檬の言葉を遮《さえぎ》り、響はワンピースのボタンを引き千切った。

「いやっ！」

はだける胸もとから覗《のぞ》く膨《ふく》らみを左手で隠した檸檬が、右手で響の頬《ほお》を張った。

「減るもんじゃないんだから、いいだろ！　野外も燃えるぜ？」

「最低！」

二発目の平手を放ち、檸檬が踵《きびす》を返した。

遠ざかる檸檬の背中を見送る響の胸は、張られた頬よりも痛んだ。

呆気《あっけ》ない別れ……心に広がる虚無感が、響に気づかせてくれた。

自分の中で彼女の存在が、単なるパートナー以上になっていたことを。

これでいい。

自分が最低になることで檸檬を守れるならば、世界一の下劣な男になっても構わなかった。

苦々しい思いから眼を逸《そ》らし、響は雑居ビルのエントランスを出て赤煉瓦のマンションに向かった。

高鳴る鼓動――干上がる喉《のど》。

怖くないと言えば、嘘になる。

できることなら、引き返したかった。

しかし、加奈からホープダイヤを奪わなければ、邦彦《くにひこ》と檸檬の父を救うことができない。

「僕はホームズ四世だ」

響は自らを叱咤《しった》するように言い聞かせ、マンションのエントランスに足を踏み入れた。

すぐに、響は立ち止まった。

約二メートル先――ロビーに立つ案内板。

木塚《きづか》響様、桐島《きりしま》檸檬様、最上階にお越しください

案内板に書かれた文字に、響の視線は釘《くぎ》づけになった。

加奈、または加奈の仲間は、自分達がここにくるのを知っていたのか？

それは、おかしな話だ。

加奈はホープダイヤを手に響と檸檬を撒こうとしていた。

つまり、撒かれないように必死に追跡した結果、このマンションに辿《たど》り着いたのだ。

それとも、撒くふりをして、端《はな》から自分達をおびき寄せようとしていたのか？

いや、それには矛盾があり過ぎる。

最初にキャリーバッグを転がし加奈の自宅マンションから出てきたセレブふうな女性は、明らかに彼女の替え玉だった。

響が気づかずに替え玉を追っていたら、尾行どころか完全に加奈を見失っていた。

加奈一派は、響と檸檬を出し抜いて撒くつもりだったと考えるほうが現実的だ。

ならば、この案内板はどういうことだ？

少なくとも、数分で完成する代物《しろもの》ではない。

ようするに、この案内板を用意した者は、ある程度前の段階から自分達がこのマンションを訪れると想定していたということだ。

なにがいったい、どうなっている？

脳内で跳《は》ね回る疑問――響は、足を踏み出した。

どれだけ危険であっても、響に後戻りの選択肢はない。

前に進まなければ、大切な人達の命を救えないのだから。

響はエレベータに乗り、最上階のボタンを押した。

階数表示ランプが上昇するほどに、死へのカウントダウンが進んでゆくような恐怖に襲われた。

拳銃はもちろん、スタンガンも持っていなかった。

あるのは、護身用に買っておいたカッターナイフだけだ。

心が整理できないうちに、オレンジ色のランプが最上階……15の数字を染めた。

扉が開きエレベータを降りた響を待ち構えていたように、ふたたび案内板が現れた。

木塚響様、桐島檸檬様、廊下の右の突き当たりの階段を使い屋上にお越しください

混乱したまま、響は廊下を進み階段を上った。

屋上へと続く鉄扉の前に、黒いスーツに身を固めたふたりの男が現れた。

短髪で長身の男と、小柄だが柔道家のようにガッチリとした男。

――彼がタロで彼がジロ。私の忠実な下僕《げぼく》であるようにという願いを込めて、『南極物語』の樺太《からふと》犬から名前を取ったの。

ラブリーの言葉が、脳裏に蘇《よみがえ》った。

長身の男がタロで小柄な男がジロ――ふたりは、ラブリーの配下だ。

なぜ、ここにラブリーの配下がいる？

「檸檬様は、どうなさいました？」

タロが無表情に訊ねてきた。

「そんなことより、君らはどうしてここに？　どうして僕らがくることを知っている⁉」

「僕ら、とおっしゃいましたが、私の前には響様しかいません。檸檬様は、どうなさいました？」

ジロが、タロ同様に無表情に訊ねてきた。

「僕の質問に答えろ！　僕は加奈さんを追ってここにきたんだっ。なのに、どうしてラブリーの手下の君達がいるんだ⁉　それと、なぜ、僕らが現れるってわかってたんだ⁉」

響は、ふたりを交互に指差しながら詰問した。

「最初に質問したのは私達です。それから、呼び捨てではなくラブリー様と言ってください。檸檬様は、どうなさいました？」

タロが、機械仕掛けの人形さながらに抑揚《よくよう》のない口調で言った。

「檸檬はどうしたって、うるさいな！　彼女とは縁を切った。もう、二度と会うことはない」

「では、檸檬様は檸檬様のお父様を見捨てた、このように受け取っていいですね？」

ジロが、ガラス玉の瞳で響を見据《みす》えた。

「ラブリーの目的はホープダイヤを取り戻すことだろ⁉　ホープダイヤさえあれば、人質を解放する約束だ！」

「呼び捨てではなく、ラブリー様と言ってください。それから、人質という表現はおやめ願えますか？　ラブリー様の品位が下がってしまいます。響様と檸檬様のお父様は、保護されているのです」

タロの瞳や声音《こわね》からは、微塵《みじん》の感情も窺《うかが》えなかった。

もしかしたらふたりは、遠隔操作されているロボットなのではないかとさえ思ってしまう。

「覚醒剤を打って十字架に磔《はりつけ》にしておいてどこが保護なんだ⁉ ラブリーのやってることは、立派な犯罪だっ。君達も、いまのうちなら微罪で済む。後戻りできなくなる前に、もう、こんなことはやめるんだ」

タロとジロが、顔を見合わせた。

五秒、十秒……沈黙が続いたのちに、ふたりが揃って大爆笑した。

バラエティ番組の雛壇《ひなだん》芸人さながらの大袈裟《おおげさ》なリアクションで手を叩き、眦《まなじり》から涙まで流している。

つい十数秒前までの鉄仮面然とした表情とのあまりのギャップに、響は唖然《あぜん》とした。

電池切れとでもいうように、突然、タロとジロが笑い止み無表情に戻った。

「日本は東京に呑み込まれないし、世界は日本に呑み込まれないし、地球は世界に呑み込まれませんし、宇宙は地球に呑み込まれません」

タロとジロが、ハモるように声を揃えて言った。

――ラブリーは、「円卓評議会」の日本支部長だ。

――「円卓評議会」って？

――簡単に言えば、世界の政治を実質的に動かしている闇政府だ。噂によれば、「円卓評議会」の本部はホワイトハウスの地下にあるらしい。歴代の米国大統領も、すべて彼らの言いなりだ。歴史上の戦争及び内紛の一切は、裏で「円卓評議会」が仕掛けているそうだ。

邦彦の言う通りなら、ラブリー達にとって警察など屁《へ》でもないだろう。

タロとジロが大笑いするのも無理はない。

「とりあえず檸檬様の件はおいといて、ラブリー様がお待ちなので行きましょう」

ジロが言うと、鉄扉を開けた。

鉄扉を潜った響は、眼を見開いた。

真っ赤なハート形のソファ、青のキリンと黄色のゴリラと緑のパンダのオブジェ、ピンクの床を埋め尽くすカラフルな風船……五十坪ほどの広大な空間は、ポップな世界観に満ちていた。

屋上なのでてっきり外だと思っていたが、予想に反して響が立っているのは屋内だった。

「ここは十五階と屋上の間に作られた秘密部屋です。外からでは、わからない構造になっています」

タロが、響の心を見透《みす》かしたように説明した。

「ラブリーの隠れ家ってわけか？」

「ノンノンノン！　イケない子ねぇ〜、隠れ家なんて、聞こえが悪いこと言わないでちょうだい」

　ぞっとするような声に、響の腕が鳥肌で埋め尽くされた。

　ブロンドのゆる巻きの髪、ブルーのカラーコンタクト、石膏《せっこう》並みの分厚いファンデーション、フリルのワンピース……部屋の奥にかかるピンクのベロアのカーテンが開き、ラブリーが現れた。

「これはいったい、どういうことだ⁉」

　響は、血相を変えてラブリーに食ってかかった。

「そんなに焦っちゃだめよん。せっかち早漏ちゃんは、モテないわよ〜ん」

　ラブリーがフロアの中央に置かれたハート形のソファに座りながら、立てた人差し指を横に振った。

　タロとジロは、響の両端に寄り添い左右の腕をロックした。

「加奈さんはどうした⁉　僕を騙したのか⁉」

「あなたのほうこそ、あの生意気な小娘はどうしたのよん？」

「彼女のことは関係ないってさっきから……」

「ノンノンノン！　それは、響ちゃんが決めることじゃないわ。ラブリーはねぇ、響ちゃんと小娘を必要としてるんだからぁ」

ラブリーが頬を膨らませ、響を睨《にら》みつけてきた。

「あんたが必要としてるのは、ホープダイヤだろ⁉」

「いまはホープダイヤより、とにかく小娘がほしいの。ごめんね、ころころ気が変わっちゃって。移り気なラブリーちゃん」

ラブリーは、自分の頭を叩きペロリと舌を出した。

「気が変わったって……どういうことだ⁉」

「だ〜か〜ら〜、せっかちちゃんはだめだめ〜。話には、順序があるんだから。響ちゃん、あなたに新しい任務を与えるわ」

「ふざけるな！　ホープダイヤの説明もなしに新しい任務なんてできるわけないだろ⁉」

踏み出しかけた響を、タロとジロが両側から押さえた。

まったく、状況が読めなかった。

たしかに加奈は、このマンションに入ったはずだ。

だが、いるはずの加奈の姿はなく、現れたのはラブリーだった。

そもそも、加奈を泳がせホープダイヤを奪うシナリオを描いたのはラブリーだ。

ホープダイヤのことを言わなくなったということは、加奈を捕らえたのか？

もしそうなら、どうしてこのマンションに加奈が現れるとわかったのか？

なにより、加奈はどこに……。

恐ろしい妄想が、響の脳裏を支配した。

「本当に、ものわかりの悪い子ちゃんねぇ〜。響ちゃんに選択肢はないってことを思い出させてあげるわん」

ラブリーが両手を叩くと、ベロアのカーテンが全開になった。

響の視界が凍てついた。

三メートル四方はありそうな特大の水槽の中——全裸で椅子に縛りつけられた邦彦と檸檬の父は、ぐったりとしていた。

水は首もとまで張ってあった。

響の視線は、水槽の中央で仕切られている板越しに泳いでいるピラニアに吸い寄せられた。

ざっと数えただけでも、四、五十匹はいそうだった。

「……父さん達に、なにをした⁉」

「ふたりとも、睡眠薬でいい子におねんねしてるの」

ラブリーが水槽をみながら、微笑ましそうに言った。

「僕は、あんたの命令に従っただろ⁉　ホープダイヤも、手に入れたんだろ⁉　あんたの目的は達成したはずだ！　父さん達を解放してくれ！」

ラブリーが、芝居がかった悲痛な顔でゆっくりと首を横に振った。

「ラブリーの目的はねぇ、まだ、ぜーんぜん達成してないのぉ」

「ホープダイヤじゃ……なかったのか⁉」

響の声は、掠《かす》れていた。

「ラブリーはねぇ、まずは小娘がほしいのぉ～」

胸の前で掌《てのひら》を重ね合わせ、アヒル口を作るラブリーに響は吐き気を覚えた。

「檸檬のことを言ってるのか……？」

「新しい任務は、桐島檸檬を連れてくることよん。日付が変わるまで時間をあげるわ。もし、一分でも過ぎたら、仕切り板を外しちゃうから～。あっという間に、ピラニアに骨にされちゃうわよ～ん！」

ラブリーが嬉々《きき》とした表情で言った。

「どうして、檸檬なんだ⁉　あんたにとって、なにも得はないだろう⁉」

「あらぁ、わけのわからない壺《つぼ》やわけのわからない絵に何億もの大金を積む人がいるように、価値観は人それぞれなのよぉ」

「あんたにとって、檸檬に価値があるわけないだろう⁉」

いま思えば、タロもジロも檸檬がいないことを気にしていた。

三百億のダイヤを上回る檸檬の価値とは、いったいなんなのか？

皆目《かいもく》、見当がつかなかった。

「それが、大ありなのよん！」

ラブリーが喜色満面の笑みで言った。

「檸檬は関係ないから……」

「シャーラーップ！」

食い下がろうとする響を、豹変《ひょうへん》したラブリーが鬼の形相《ぎょうそう》で遮った。

「パパの骸骨《がいこつ》をみせてあげようか！　仕切りを外して！」

ラブリーが、響からタロに視線を移して命じた。

「わかった！　わかったから、やめてくれ！」

響の懇願《こんがん》に、タロが仕切り板にかけた手を離した。

「たまに反抗的になる悪い子ちゃんなのよね～響ちゃんは」

ラブリーが立ち上がり、響のもとに歩み寄ると顔を覗き込んできた。

きつい香水の匂いが、鼻孔の粘膜を不快に刺激した。

「あんたの言う通り、檸檬を連れてくるから教えてくれないか？　加奈さんをどうしたんだ？」

加奈の安否は気になるが、それ以上にこの桎梏《しっこく》の状況をどう切り抜けるかを考える時間がほしかった。

「一、殺した、二、消した、三、葬った。さて、どれでしょう？」

人を小馬鹿にしたように言うラブリーに、背筋が冷たくなった。

「……殺したのか？」

恐る恐る、響は訊ねた。

「もし、イエスと言ったら？」

ラブリーの悍《おぞ》ましい微笑みからは、本心は窺えなかった。

すべてが、謎に包まれていた。

加奈がこのマンションにくるのを知っていたとしたら、なぜ、自分と檸檬に追わせたのか？

そんな手間をかけなくても、加奈を泳がせたあとに簡単に捕獲できたはずだ。

加奈にしても、ラブリーの秘密基地のマンションを訪れたのはなぜだ？

そうだと知らずになんらかの手でラブリーにおびき寄せられたのか？

どちらにしてもラブリーが加奈をコントロールしていたのであれば、自分と檸檬を絡《から》ませる必要などない。

「僕と檸檬に加奈さんを追わせたのはなぜだ？　あんたは、加奈さんがここにくるのを知っていて先回りしていた。僕らが彼女を尾行しなくても、ホープダイヤを手にできただろう⁉」

質問しながら、響の胸は不吉な予感に支配された。

ラブリーが、なにかとてつもないことを企《くわだ》てている気がしてならなかった。

「今日の響ちゃんは、クエスチョンが多いのねん。ねぇ〜赤いワンピと白いワンピ、どっちが似合うと思う？　白いワンピが似合う？　ありがとう〜でも、赤いワンピにするね。こんな会話、聞いたことあるでしょう？　言葉とは裏腹な女心と同じよん」

歌うように言うと、ラブリーがウインクした。

このたとえでは、彼女がラブリーで彼氏が響ということなのだろう。

彼氏に相談はしているが、彼女の中で答えは最初から決まっていた。

つまりラブリーは、響と檸檬に任務を与えたが、既にシナリオはできあがっていたということに違いない。

「父さん達を、好きにすればいい」

一か八《ばち》かの賭け——響は、吐き捨てた。

「ん？　空耳かしらん？　いま、好きにすればいいって言ったの？　万が一、億が一、兆が一、京《けい》が一、垓《がい》が一、𥝱《じょ》が一、穣《じょう》が一、溝《こう》が一、澗《かん》が一、正《せい》が一、載《さい》が一、極《ごく》が一、恒《ごう》河沙《がしゃ》が一、阿僧祇《あそうぎ》が一、那由他《なゆた》が一、不可思議が一、無量大数が一、ラブリーの聞き間違いじゃなかったら、仕切り板を外してピラニアさんに食われてあっという間に骸骨になるのよ？」

ラブリーがそう脅しをかけてくるのはわかっていた。

いや、響を従わせるために本当に仕切り板を外すだろう。

ならば、響にとって父が弱みにならなければいいのだ。

もちろん、仕切り板を外されるのは困る。

だが、困るという態度をみせるほどにラブリーの切り札になってしまう。

「ああ、わかってるさ。できることなら、僕だって父さんを助けたい。ただ、理由もわからず檸檬をここに連れてこいだなんて、そんな無茶苦茶な話があるか⁉　僕に選択権がないだなんて言うなら、好きにすればいい。どうせ、従っても、父さん達を殺す気だろう？」

響は、ラブリーの青い瞳を見据えた。

「ノンノンノン！　響ちゃん、ラブリーを相手にハッタリはだめよ～」

「ハッタリじゃない。そう思うなら、外してみればいい」

響は、間髪いれずにきっぱりと言った。

「本当に、ピラニアちゃん達を解き放つわよぉ～？」

ラブリーは歌うような口調で訊ねてはいたが、その眼は笑っていなかった。

ここが、正念場だ。

少しでも動揺すれば、ラブリーに見抜かれてしまう。

「仕切り板を外してちょーだい！」

ラブリーに命じられたタロが、水槽に歩み寄った。

高鳴る鼓動――込み上げる制止の声を、何度も呑み下した。

ラブリーが、響に視線を注いでいた。

響は、表情ひとつ変えずに宙をみつめていた。

もちろん、視界の端ではタロの動きを追っていた。

タロの手が、仕切り板にかかった。

「いまなら、まだ、間に合うわよん？　強がらないで、泣きついちゃえば許してあげるわよぉ～」

ラブリーの誘惑に心動かされぬよう響は無視した。

「いきますよ」

タロが言いながら、仕切り板をずらし始めた。

心臓が爆発してしまいそうだった。

タロに飛びかかりそうになる衝動を懸命に堪《こら》えた。

五センチ、十センチ……これ以上仕切り板が上がるとピラニアが邦彦達のスペースに侵入してしまう。

それでも響は、無表情を崩さなかった。

さらに、仕切り板が上げられる……さすがに、限界だった。

「ストップ！」

いま、まさに声を出そうとした響よりコンマ数秒先にラブリーがタロを制止した。

「負けたわ。響ちゃんって、意外に頑固《がんこ》ちゃんなのね～」

ラブリーが苦笑いを浮かべ、肩を竦《すく》めた。

相変わらず響は無表情を貫いていたが、冷や汗が背中に噴き出し、心音が乱れ太鼓のように鳴っていた。

「あの小娘をここに呼ぶのは、加奈ちんのためよ」

「加奈さんのため？　どうして、ここで加奈さんが出てくるんだよ？」

「加奈ちんが、桐島檸檬を呼ぶのが条件だってラブリーに言うからぁ」

ラブリーが、拗《す》ねたように頬を膨らませた。

「加奈さんが、あんたにどんな条件を出すっていうんだ？」

「ホープダイヤの在《あ》り処《か》を教えるって条件よん」

「ホープダイヤは手に入れたんじゃないのか⁉　適当なことを言うなよ！」

思わず、響は声を荒らげた。

「本当よぉ～。身柄を拘束してどんなに在り処を吐かせようとして拷問ちゃんしても、そんなの知らないの一点張りで、ダイヤを手に入れるまでは殺せないしぃ、ラブたん困ってるのぉ」

ラブリーが、眉を八の字にして泣き出しそうな顔で首を傾《かし》げた。

響が短気な男なら、ラブリーの顔面に右ストレートを叩き込んでいるに違いない。

「その話が本当だとして……加奈さんが、なぜ檸檬をここに呼ぶことを条件にしてるんだよ？」

率直な疑問を、響は口にした。

「それはラブリーにもわからないけど、好きなんじゃないの？ ほら、加奈ちんはレズだからぁ」

ラブリーが、あっけらかんと言った。

たしかに、加奈に関しては悠《ゆう》とそういう関係があったという前歴がある。

だが、三百億のダイヤと檸檬を交換条件にするとは思えない。

「さあ、ラブリーは理由を言ったんだから、小娘を連れてきてちょーだい！」

「そんな理由を、素直に信じろって……」

響の声を、甲高《かんだか》い衝撃音が遮った。

ラブリーがワイングラスを床に叩きつけ、鬼の形相で立ち上がると水槽に駆けた。

「甘い顔してれば図に乗ってるんじゃないわよ！ 今度は脅しじゃないよ！ 小娘を連れてこなきゃ、ふたりをピラニアの餌《えさ》にするからね！」

それまでの鼻にかかった甘え声からは想像のつかないドスの利いた声で、仕切り板を摑《つか》んだラブリーが恫喝《どうかつ》してきた。

「その必要はないわ」

聞き覚えのある声——響はドアのほうを振り返った。

インクブルーの派手なスーツに身を包んだガタイのいい男、西條《さいじょう》とスキンヘッドの大男、津川《つがわ》に拳銃を突きつけられた檸檬がいた。

西條も津川も、殺された武山《たけやま》の舎弟《しゃてい》だった。

「忍び込んでたところを、捕まえました」

西條がラブリーに説明した。

「どうして戻ってきたんだ⁉」

響は、絶望的な気持ちで訊ねた。

ラブリーがどうして檸檬をここへ呼ぶことに拘《こだわ》っていたかの真意は読めない。

ただ、ひとつだけわかっているのは、檸檬の身が危険にさらされるだろうということだ。

「あんたがどんなに最低な男でも、私は自分だけ助かろうとする最低な女にはなりたくないから。それに、あんたの臭い芝居を信じるわけないしね。でも、ワンピース代は弁償してもらうからね！」

拳銃を突きつけられていても、檸檬の勝ち気な性格は相変わらずだった。

「なんだか知らないけど、ラブラブな匂いがするわねぇ～。もう、妬《や》けちゃうわ！　でも、こうやって戻ってきてくれたことで、あんた達のパパちゃんは命拾いしたわねん」

ラブリーが、嬉々とした表情で言った。

「どうして私達に加奈さんを尾行させたりしたの⁉　なにが目的なの⁉」

檸檬が、敵意に満ちた眼でラブリーを睨みつけた。

「まったく、あなた達は口を開けばどうして？　どうして？　どうして？　それしか言えないの？」

「ふざけないで！　質問するのはあたりまえでしょ⁉　あんたは私達に、監禁されてる加奈さんを逃がすふりをして尾行しろって……ホープダイヤの在り処を突き止めて奪えって、命じたよね？」

「とりあえず、せっかく再会したんだから、ふたり仲良く座りなさい」

ハート形のソファに戻ったラブリーが、真紅の長ソファを視線で促《うなが》した。

西條に追い立てられるようにして檸檬がソファに腰を下ろした。

「お前もだ」

津川に銃口で背中を突かれた響も着席した。

「役者が揃ったようね」

背後から、声がした。

弾かれたように振り返った響と檸檬は、揃って絶句した。

眉毛の上で前髪を水平に切り揃えた日本人形のようなストレートなロングヘア、漆黒《しっこく》の着物――百九十もある津川より頭ひとつは背の高い黒人ふたりを引き連れドアから入ってきたのは、髪形や出で立ちは違うが加奈だった。

西條、津川、タロ、ジロが九十度に頭を下げて加奈を出迎えた。

次の瞬間、響は我が眼を疑った。

ハート形のソファから立ち上がったラブリーまでもが、加奈に深々と頭《こうべ》を垂れていた。

「えっ……」

「どうして⁉」

響と檸檬は、同時に声を出していた。

なぜ、ラブリーが加奈に頭を下げているのか……？

脳内が、疑問符に埋め尽くされた。

野良猫をそうするように加奈が右手の指先で追い払う仕草をすると、ラブリーが弾かれたようにソファの背後に退《すさ》った。

「なかなかの、役者ぶりだったわね」

さっきまでラブリーが座っていたハート形のソファに腰を下ろした加奈が、満足げに言った。

「こ……これは……いったい、どうなってるんだ？　加奈さん、どうしてあんたが……？」

罅《ひび》割《わ》れた声で、響は訊ねた。

「そんなの簡単なことよ。私がジェームズ・モリアーティの孫で、『円卓評議会』日本支部長の通称ラブリーよ」

「は……はい？」

響は、思わず間の抜けた声を出した。

「か、加奈さんが、ラ、ラブリー？」

檸檬も、狐《きつね》に抓《つま》まれたような顔をしていた。

「だから、私が本物のラブリーだと言ってるのよ」

加奈が葉巻を取り出すと、吸い口をワイルドに噛《か》み切ってくわえた。

黒人ボディガードの禿《は》げていないほうが、大きな身体を小さく丸めてマッチの火を差し出した。

穂先を炎で炙《あぶ》った加奈が、まったりとした濃煙をしばらく口内で転がすと宙に撒き散らした。

「加奈さん、悪い冗談はやめてくださいっ。ラブリーはあいつ……」

「あのおばさんは、私の部下で元劇団員の役者さ」

響を遮り、加奈が言った。

「劇団の役者⁉」

檸檬が裏返った声で鸚鵡返《おうむがえ》しに訊ねた。

「そうよ。下北《しもきた》の『ミントドロップ』って劇団だよ。遠山金子《とおやまかねこ》って芸名で活動してたんだけど、鳴かず飛ばずでね。ウチの系列の金融会社に借金してて、首が回らなくなっててさ。若い衆が取り立てに行ったら睡眠薬自殺を図ってて、病院に運んで命を救ってやったんだ。死ぬくらいなら私の下で死ぬ気でなんでもやれって。なあ？」

加奈が振り返ると、ラブリー……いや、遠山金子が社長を前にした新入社員さながらにペコペコと頭を下げた。

「一度死んだ私を救ってくれたラブリー様のためなら、何百人でも殺しますし、親兄弟でも殺します」

ラブリーだと思っていた女が加奈に諂《へつら》い、忠誠を尽くしている姿をみるのは妙な気分だった。

ブロンドのかつらやフリフリのワンピースはラブリーを演じていたときのままだが、無表情と抑揚のない喋《しゃべ》りかたはマインドコントロールされた者の特徴だった。

「さすがに元劇団員だけあって、すっかり騙されただろう？」

加奈が、悪戯《いたずら》っ子のような嬉々とした表情で言った。

悔しいが、完璧に騙された。

ラブリーが偽者とは、爪の先ほども疑わなかった。

「こんな手の込んだ真似をしてまで僕らを騙す理由はなんだ？」

「あんた達の身辺調査をして、尻尾が摑めなかったから実力行使に出たってとこかしら」

「僕らの身辺調査？　なんで、そんなことするんだ？」

「まあ、とにかく、ホスト通いしたのも、檸檬ちゃんと交遊持ったのも、全部、あんた達を探るためよ」

「悠さんと失踪したのは、僕らを引っ張り出すためか？　だから、富樫《とがし》店長に命じて僕と彼女の両方にあんたの捜索依頼を出させたのか？」

「お見事。さすが、シャーロック・ホームズの曽孫《ひまご》ね。勘が冴《さ》え渡っているじゃない」

加奈が、茶化すように言いながら手を叩いた。

「そんなことして、あんたらに、いったい、なんの得があるっていうんだ⁉」

「それが、あるのよね～」

意味ありげに、加奈が笑った。

「もったいぶらないで、さっさと言いなさいよ！」

痺《しび》れを切らした檸檬が、激しく食ってかかった。

「ホープダイヤについて、偽ラブリーは誰が持っているって言った？」

唐突に、加奈が檸檬に訊ねた。

「スミソニアン博物館から窃盗団《せっとうだん》が盗み出したものが香港《ホンコン》マフィアの手に渡って、最終的にあんたが五十億で買い取って、それをスミソニアン博物館に五百億で買い戻させるんでしょ？　偽ラブリーは、それを加奈さんが裏切って横取りしたって言ってたけど、そもそも本当のラブリーはあんたなんだから、裏切ったもなにもないじゃない」

「つまり、加奈さん、あんた自身が持っているってことだよ。それなのに、どうして僕らを巻き込んだりするんだよ⁉　さっさとスミソニアン博物館と交渉してホープダイヤを売り飛ばせばよかっただろう？」

檸檬の言葉を引き継いだ響は、単純な疑問を口にした。

「残念ながら、私はホープダイヤを持っていないのよ」

ため息を吐《つ》きながら、加奈が小さく首を横に振った。

「へたな芝居はやめろ！　父さん達を人質にしてまで……」

「芝居じゃないわ！　それに、彼らは人質なんかじゃないわ」

加奈が目顔で合図すると、西條が響に、津川が檸檬の後頭部に銃口を押しつけた。

「人質はあんた達で、彼らふたりは容疑者よ」

加奈が、響と檸檬から邦彦達に視線を移すと口角《こうかく》を吊り上げた。

「父さん達が容疑者だと⁉　それは、どういう意味だ⁉」

「スミソニアン博物館からホープダイヤが盗まれたという話までが真実で、そのあとからは作り話なの」

「そのあとって、窃盗団から香港マフィアの手に渡ったっていうことか？」

響が訊ねると加奈が厳しい表情で頷《うなず》いた。

「じゃあ、誰の手に渡ったのよ⁉」

焦《じ》れたように言う檸檬に、加奈は両手の人差し指を邦彦と檸檬の父に向けた。

「え……もしかして……？」

響の口の中から、唾液が蒸発した。

とてつもなく、いやな予感がした。

「やっと、わかった？　時価三百億のホープダイヤを窃盗団から奪ったのは、ほかの誰でもない、シャーロック・ホームズとジョン・ヘイミッシュ・ワトスンの孫の、あのふたりよ！」

加奈の言葉に、響と檸檬は言葉を失った。

第10章　争奪戦の果て

頭の中が、すき焼きの鍋《なべ》にスイカや寿司などのそぐわない具材をぶち込まれたように混乱していた。

いままでラブリーだと思っていた女が元劇団員で、救おうと必死に行方《ゆくえ》を追っていた加《か》奈《な》がラブリーだったという真実は青天の霹靂《へきれき》以外のなにものでもない。

加えて、加奈の手にあったと聞いていたホープダイヤを窃盗団《せっとうだん》から盗んだのが邦彦《くにひこ》と檸《れ》檬《もん》の父だったなど、到底信じられるわけがなかった。

「悪いが、冗談につき合っている気分じゃないんだ」

「そうよ！　ホープダイヤを誰が持っているかを教えてよ！　私達が奪ってきてあげるからさ！」

響《ひびき》が言うと、檸檬が感情的にあとに続いた。

やはり、彼女も加奈の言うことを信用できないらしい。

「だから、ホープダイヤの在《あ》り処《か》を知ってるのは、あんたらの父親だよ。すぐにわかるさ。大事な子供の命がかかってるとなれば、嘘《うそ》を貫き通せないでしょうよ。シウバ、ふたりを起こしな」

加奈が、天然パンチパーマの黒人ボディガードに命じた。

シウバは睡眠薬で眠っている邦彦の髪を鷲摑《わしづか》みにすると、グローブのような手で頬《ほお》を張った。

邦彦は、眼を開けなかった。二発、三発と立て続けに頬を張っても、邦彦は泥のように眠ったままだった。

「薬が効き過ぎる体質のようね。小娘のパパを起こしな」

シウバが頷《うなず》き、檸檬の父にスーパーヘビー級の平手打ちを浴びせた。

邦彦とは違い、檸檬の父は一撃で目覚めた。

虚《うつ》ろな眼であたりを見渡していたが、響と檸檬が後頭部に銃口を突きつけられている姿を認め、表情が凍てついた。

「あんた、寝起きはいいようだね。もう年寄りって証拠だ」

加奈が小馬鹿にした口調で言った。

「お前達……なんで……」

檸檬の父が絶句した。

「あんたらがシラを切り通すから、お子さん達に協力してもらおうと思ってさ」

加奈が、サディスティックに吊り上げた唇《くちびる》から葉巻のとろりとした煙を漏《も》らした。

「その子達に手を出したら……許さないぞ！」

檸檬の父が、声を荒らげた。

「ふたりは無関係だ！　解放しなさい！」

檸檬の父は、加奈に強い口調で命じた。

「いいとこみせようっていう気持ちはわかるんだけど、立場を弁《わきま》えてもらわないとさ。あんたは身動きできないし、私がひと声命じれば子供達の脳みそ撒《ま》き散らすのわかってる？」

「頼む……その子達はなにも関係……」

「だったら、ホープダイヤの在り処を言いな！」

檸檬の父の声を、加奈が一喝《いっかつ》で遮《さえぎ》った。

「だから、私は知らないと、何度も言ってるじゃないか！」

檸檬の父が、悲痛な顔で訴えた。

「子供への愛情も、三百億の前では無力ってこと？　それとも、どっちかひとりの頭を撃ち抜けばホープダイヤの在り処を思い出すかしらね」

　昆虫を弄《もてあそ》ぶカラスのように、加奈が底意地の悪い笑みを浮かべた。

「本当に知らないんだ！　そもそも、あんたはなにを根拠にホープダイヤを盗んだのは私達だと思ったんだ⁉」

　檸檬の父が加奈にぶつけた疑問は、響も同感だった。

「セバスチャン・モラン大佐って、知ってるでしょう？」

「ああ、もちろんだ」

　加奈の問いに、檸檬の父が頷いた。

　響は、その名前を聞いたことがなかった。

「ジェームズ・モリアーティ教授が最も信頼していた腹心、ロンドンで二番目に危険な男……だろう？」

　檸檬の父が言うと、今度は加奈が頷いた。

「そのセバスチャン・モランの子孫が、あんたらふたりが盗んだと言ってるのさ」

「なにを言ってるんだ？　スミソニアン博物館にホープダイヤが寄贈されたのは一九五八年で、私達はまだ生まれてもないんだぞ？」

「スミソニアン博物館からホープダイヤが盗まれたのは二〇一〇年だから、あなた達は立派な大人よね？」

　加奈が、勝ち誇ったように言った。

「馬鹿馬鹿しい。それだけの理由で私達が疑われるなら、全世界の成人は全員容疑者になるだろう？」

檸檬の父は呆《あき》れた顔で言い、

「第一、どうしてセバスチャン・モラン大佐の子孫が、そんなことを知ってるんだ？」

と質問を重ねた。

「セバスチャン・モラン大佐の子孫、ザック・モランはＦＢＩ出身で、退職してからはワシントンＤＣで警備会社のオーナーをやってるわ。警備会社といっても、各国のＶＩＰを警護したり世界的に有名な骨董《こっとう》、美術品などを警備したり、政府からの依頼専門よ。同じワシントンＤＣにあるスミソニアン博物館の警備も任されていて、ホープダイヤの管理もしていたのさ」

「だからって、私達が犯人だとどうして決めつけるんだ？」

檸檬の父が、不快感丸出しの顔を加奈に向けた。

「ＦＢＩ出身のザックには、捜査情報が入ってくるんだよ。ＦＢＩが六年かけて捜査した結果、有力な容疑者が浮上した。その容疑者が、あんたらふたりよ」

「そんな馬鹿な話があるか！　そもそも窃盗団がスミソニアン博物館からホープダイヤを盗み出したのなら世界的ニュースになっているはずだろう？　そんなニュースはみたことがないし、それに、そのザックとかいう男がＦＢＩのＯＢだからといって、仮に窃盗団から私達が盗み出したとしても、そんな極秘捜査情報がそう簡単に入ってくるわけがない。あんたの話は矛盾だらけで強引に私達を嵌《は》めようとしているとしか思えない！」

檸檬の父が、憤然とした口調で言った。

「あら。私が、こんなに大がかりな嘘を吐《つ》く必要がどこにあるわけ？　私が欲しいのは三百億のダイヤよ。犯人じゃないと思ってるあんたらに、莫大《ばくだい》な資金と甚大《じんだい》な労力をかけるほど馬鹿でも暇でもないわ」

加奈が、冷え冷えとした声で言った。

「いや、それは違う。ジェームズ・モリアーティとシャーロック・ホームズは宿敵関係だ。現に、子孫のあんたも私達に恨みを持っているじゃないか⁉　私達を嵌めて追い込み、破滅させるためには、それくらいやっても不思議じゃない」

「ずいぶんと、自惚《うぬぼ》れてるわね。自分達がどれほど凄《すご》いと思ってるわけ？　あんた達を破滅させるのが目的なら、資金も労力もかける必要はないわ。じっさい、いまだって、その仕切り板を外すだけで簡単に殺せるのよ？」

加奈の言うことには、一理あった。

ホームズ家とワトスン家への恨みを晴らすだけならば、自分も檸檬も、邦彦も檸檬の父もとっくに殺されていることだろう。

加奈の言うように、ピラニアに食い殺させることも可能だろうし、拳銃《けんじゅう》で頭を撃ち抜くなり溺死《できし》させるなり、方法などいくらでもある。

それなのにこれだけ手間をかけて邦彦達を生かしているということは、本当にホープダイヤを手に入れてないのだろう。

だからといって、彼らがホープダイヤを盗んだとも思えない。

なにかが、釈然としなかった。

なにか重要なことを、見落としているような気がした。

もっと複雑ななにかがある。加奈さえも知らないような……。

「ザックという人は、いま、アメリカに住んでるのか？」

檸檬の父は、加奈に問いかけた。

「そうだけど、どうして？」

加奈が、怪訝《けげん》な顔を檸檬の父に向けた。

響も、檸檬の父同様にザックという男の証言に違和感を覚えていた。

彼が、ＦＢＩの長官クラスだったならまだしも、単なるＯＢで国家機密レベルの情報が引退後に入ってくるとは思えない。

ただ、檸檬の父が思っているように加奈の画策だとも思わない。

「あんた、そいつに騙《だま》されてるんじゃないのか？」

単刀直入に、響は切り込んだ。

「は？」

灰皿に葉巻を押しつけようとした手を、加奈は止めた。

「だから、そのザックって奴がホープダイヤを盗んだんじゃないかって言ってるんだよ」

臆《おく》することなく、響は切り込み続けた。

まずは、加奈のリアクションを知りたかった。

「父親を守りたいからって、馬鹿なことを言うんじゃないよ！」

加奈が、クリスタルの灰皿をデスクに叩《たた》きつけた。

激しい衝撃音とともに、葉巻の灰が舞い上がった。

「あんた、ホープダイヤがほしいんだろ？」

「そんなの決まってるじゃない？」

「だったら、僕に協力したほうがいい」

「あんたに協力するって、どういうことよ？」

加奈の眉根《まゆね》が訝《いぶか》しげに寄った。

「身内だから言うわけじゃないが、父さん達がホープダイヤを盗んだ可能性はかぎりなく低い。理由は、盗む意味がないからさ」

響は、自信満々に言った。

ここが、勝負どころだ。

加奈の興味を引くことができなければ、恐らく、四人は殺されてしまうだろう。

「なんで、盗む意味がないのよ？　三百億からの価値があるダイヤよ？」

「本当に、あんたはモリアーティの子孫なのか？」

響は、小馬鹿にしたように言った。

「私を馬鹿にすると、あとで後悔するわよ？」

「僕を信用しなきゃ、あとで後悔すると思うけど？」

父親を人質に取られた上に後頭部に銃口をつきつけられているという絶体絶命の状況下でも、響は加奈と堂々と渡り合った。

「理由っていうのを、説明してみな。もしでたらめ言ったら、ペナルティとして彼女を殺すからね」

加奈が言うと、檸檬の父の表情が凍てついた。

「ああ、それは大丈夫だ。あんたも知っての通り、僕の曽祖父《ひいじい》さん……シャーロック・ホームズは伝説の名探偵だ。奇人変人とはシャーロックのためにあるような言葉であり、彼は人にも金にも興味がなかった。シャーロックが唯一心を奪われたのが動機だ。そう、人が人を殺す理由。シャーロックは、興味を持った事件しか受けなかった。たとえどんなに大金を積まれてもね。曽祖父の盟友であり唯一の親友であるドクター・ワトスンも、金に興味がない極めて稀有《けう》な人種だ。シャーロックが心奪われるのが動機であったなら、ワトスンのそれは危険な冒険だった。ふたりを色分けするなら、シャーロックがＳでワトスンはＭ……ワトスンは、自ら危険に飛び込むような命知らずなところがあったし、非日常な出来事にしか興奮できずにトラブルばかりに首を突っ込むシャーロックは最高のパートナーだった。シャーロックもワトスンも、数百億の金に眼が眩《くら》んで盗みを犯すような凡人じゃない。ふたりのＤＮＡは、孫達にもしっかり受け継がれている。ここまで言えば、わかるだろう？　わからなければ……いや、理解できなければ、あんたは、シャーロック・ホームズと命を懸けて戦った宿敵、ジェームズ・モリアーティ教授の孫とは言えない」

「つまり、あんたらのパパ達がホープダイヤを盗むわけがないと言いたいわけね？　そんな確証もないふわっとした理由だけで、信じろというの？」

加奈が、窺《うかが》うような瞳を響に向けてきた。

「あんたの中に犯罪の天才の血が流れているなら、信じられるはずだ」

響は、自信満々の表情で言った。

演技――ブラフだった。

加奈が言うように、語り継がれた伝説から推察した裏付けのない言葉だ。

だが、加奈がシャーロックの仇《かたき》を超えた好敵手であり生き甲斐だったモリアーティのＤＮＡを継いでいるなら、響の言葉を理解できるはずだ。

「わかったわ」

「ラブリー様っ、こんな男の言うことを信用しちゃ……」

加奈の裏拳が、進言しようとする偽ラブリーの顔面に叩きつけられた。

「あんたの言うことを信用しようじゃないの。ただし、条件があるわ」

加奈が、足もとで鼻血を噴き出し身悶《みもだ》える偽ラブリーには視線もくれず、響の瞳を見据えた。

「ホープダイヤを手に入れるまで父さん達を解放しない……だろう？」

響は、視線を逸らさずに言った。

「そんなのあたりまえ過ぎて条件にも入らないわ。三日後の午前零時に、ここにホープダイヤを持ってくること」

「三日なんて、無茶よ！」

檸檬が叫んだ。

「無茶じゃないわよね？」

檸檬の声を無視して、加奈が響に語りかけた。

「どこにあるかわからないのに、三日で探すのは無理に決まってるでしょ⁉」

檸檬が食い下がった。

「わかってるわよ、彼は」

加奈が、響の視線を見据えた。

「え⁉ 響君がホープダイヤの在り処をわかってる⁉」

檸檬が素頓狂《すっとんきょう》な声を発した。

「そうだろう？」

加奈の瞳には、確信の色が浮かんでいた。

「もしかして……という心当たりがあるくらいだ」

響の言葉に、嘘はなかった。

確証はなかったが、もし、響が思い浮かべた人間が犯人なら一連の流れの辻褄《つじつま》が合う。

「その心当たりを言わなきゃパパさん達をピラニアの餌《えさ》にするって脅す選択肢もある中で、三日間、あんたに猶予《ゆうよ》を与えてやってる温情に感謝しな」

加奈が恩着せがましく言った。

「脅してもいいが、あんたらが動けば確実に取り逃がす。それでもよければ、いま、心当たりを口にしてもいい」

今度は、ブラフではない。

心当たりが犯人なら、慎重に動かなければすぐに感づかれてしまう。

「わかった、あんたに任せようじゃないのさ。ただし、三日後の午前零時を一秒でも過ぎたら、あんたらのパパさんのドクロとご対面になるよ」

加奈が、加虐的に口角を吊り上げた。

「わかったから、いい加減にやめさせてくれ」

響は、後頭部に銃口を突きつける西條《さいじょう》を親指で指しながら言った。

加奈が目顔で合図を送ると、後頭部から硬く冷たい感触が消えた。

「彼女も連れてゆく」

響は、檸檬に視線を投げた。

「だめよ」

「僕ひとりじゃ無理だ。サポートしてくれる助手が必要だ」

「は？　私が助手？　逆でしょ⁉」

檸檬が、憤然として言った。

「おいおい、勘弁してくれよ。この状況で、よくそんなことに拘《こだわ》れるな」

響は、呆れ顔で肩を竦《すく》めた。

「だって、私は正真正銘の探偵だけど、響君はチャラいホスト……」

「やめな」

加奈の低い声が、檸檬を遮った。

「あんたらの痴話喧嘩《ちわげんか》を聞いてる暇はない。彼女を連れてっていい代わりに、見張り役にタロとジロをつけるから。いいね？」

訊《たず》ねてはいるが、加奈が有無を言わせぬ口調で詰めてきた。

「いいだろう」

これ以上、加奈を刺激するのは賢明ではなかった。

タロとジロがいようがいまいが、三日間で真犯人を捕らえてホープダイヤを手に入れなければならない状況に変わりはない。

邦彦と檸檬の父を置き去りにして逃げるつもりはないので、見張りがいても構わなかった。

むしろ、彼らの存在は役に立つかもしれなかった。

「ふたりに、協力してもらってもいいか？」

「ダイヤが手に入るなら、好きに使っていいわ。あんたら、力を貸してやりな」

加奈が、響からタロとジロに視線を移し命じた。

「かしこまりました。響様と檸檬様を全力でサポートします」

タロとジロが、デュエットするように言った。

「聞いてたでしょ！　早くどけてよ！」

檸檬が言うと、津川《つがわ》が突きつけていた拳銃を下ろした。

「待っててください。必ず、迎えにきますから」

「もう少しの辛抱よ！　頑張ってね！」

響と娘の言葉に、檸檬の父が複雑そうな表情で頷いた。

「響君」

背中を追ってくる檸檬の父の声に、響は足を止め振り返った。

「無理だけはするな。命あっての物種だ」

「僕は、シャーロック・ホームズの子孫ですよ」

響はウインクを残し、出口に向かった。

☆　☆

新大久保《しんおおくぼ》——通称、「コリアンタウン」の路肩に停車されたエルグランドの後部シートの窓越しから響は、通り沿いに建つレンガ壁のマンションのエントランスを凝視《ぎょうし》していた。

「ねえ、誰を見張ってるの？　っていうか、このマンションに誰が住んでるの？」

助手席から、檸檬が苛立《いらだ》った口調で訊ねてきた。

車を停車してから、三時間が経っていた。

響は答えず、マンションのエントランスを出入りする人々を注視した。

「私も、檸檬様同様にお聞かせ願いたいです」

「私も、檸檬様とタロ同様にお聞かせ願いたいです」

タロの言葉を引き継いだジロが響に質問した。

「心当たりの恋人のマンションで、心当たりが戻ってくるのを待っている」

響は、エントランスから視線を離さずに言った。

「心当たりって、誰よ？」

「私も、檸檬様同様にお聞かせ願いたいです」

「私も、檸檬様とタロ同様にお聞かせ願いたいです」

檸檬の質問に、タロとジロが続いた。

「あんたら、その同じことを繰り返すのやめてくれないか？」

響は、タロとジロに苛ついた口調で言った。

「じゃあ、早く教えてよ！」

響に負けないくらい、檸檬も苛ついていた。

「私も、檸檬様同様に早く教えて頂きたいです」

「私も、檸檬様とタロ同様に早く教えて……」

「ほら！　また繰り返し……」

響は、言葉を呑《の》み込んだ。

視線の先――絶滅寸前のアイパーヘア、薄紫のサングラスに口髭《くちひげ》を蓄えた若い男がエントランスから出てきて駐車場に停車している車に乗り込んだ。

「あれ⁉　あの男の人、『富王《とみおう》』新宿本店の富樫《とがし》店長じゃない⁉」

檸檬が、響の耳もとで大声を張り上げた。

「ああ、そうだ」

「なんで⁉　なんで⁉　なんで⁉　どうして、富樫店長を張ってるの⁉」

「私も、檸檬様同様にどうして……」

「話は、運転しながらだ」

響はタロを遮り、イグニッションキーを回した。

駐車場から、富樫の運転するメルセデスの四駆が滑り出した。

大久保通りを走るメルセデスを、響は車一台を挟んで追跡した。

「富樫店長を尾行する理由を教えてよ！」

「君と出会った日、新宿三丁目の『コロラド』ってカフェに入ったの覚えてる？」

響は、メルセデスのテイルから視線を離さずに訊ねた。

「覚えてるよ。響君が、お客さんを口説くために利用してるカフェでしょ？」

「檸檬様が言った、響様は女性を口説くためにカフェを利用しているって本当ですか⁉」

「檸檬様とタロが言った、響様は女性を口説くためにカフェを利用しているって本当ですか⁉」

「そのときに、僕と会う二日前に富樫店長が加奈さんの失踪調査を君の探偵事務所に依頼してきたって言ってたよね？」

響は、三人の質問リレーを無視して話を進めた。

「うん、そうよ」

「富樫店長は、僕にこう言った。もしものことがあると怖いので、なるだけ早く警察に相談したい……ってね。でも、富樫店長は二日前に君に依頼していた」

「たしかに、言ってることが矛盾してるわね。あ！　でもさ、加奈さんがラブリーだったから富樫店長もグルで、私と響君を巻き込みたかったからじゃないの？　ほら、ラブリーはお父さん達がホープダイヤを盗んだと思ってたから私と響君に接触したって言ってたじゃない」

檸檬の推理は、一理あった。

しかし、なにかがしっくりこなかった。

富樫が加奈の手先なのは間違いない。

自分と檸檬にそれぞれ依頼を出したのも、加奈の指示と考えるのが妥当だった。

ただし、だからといって富樫が、一から十まで加奈の指示に従っていたとはかぎらない。

もし、三百億以上の儲《もう》け話を極秘に聞かされていたとしたら？

もし、欲望に眼が眩み抜け駆けして儲け話を横取りしてしまったら？

富樫が取る行為は、自分に疑いの眼が向かないように説得力のある犯人の情報を加奈に流すことだ。

だが、引っかかるのは、いくら極秘情報を仕入れたとはいえ、窃盗団の手によってスミソニアン博物館から盗み出された国宝級のホープダイヤを、素人《しろうと》が単独で強奪できるのかということだ。

もし、富樫が素人でなければ？

もし、富樫がチームで動いていたら？

「響君、もしかして、富樫店長がホープダイヤを盗んだとか思ってるの？　ないない、それはありえないって。だいたいさ、窃盗団から三百億のお宝を、彼ひとりで奪えるわけないじゃん！」

「僕も、それは考えた」

メルセデスは、池袋《いけぶくろ》方面に向かっていた。

アジトにでも向かっているのか？

「前に、ふたりで富樫店長のところに行ったときに、彼が父親について語ってたの覚えてる？」

――そう言えば、響さんってクォーターでしたよね？　こうみえて、俺もハーフなんですよ。

――どこのハーフですか？

――親父がアメリカ人で、お袋が日本人です。でも、俺が生まれてすぐに離婚しましたけどね。

――お父さんとは、会ってないんですか？

――たまに、アメリカにブランド品の買い付けに行ったときに会ってます。

響の脳裏に、富樫との雑談が蘇《よみがえ》った。

「ああ、アメリカ人のハーフってことね。それが、なにか関係あるの？」

「君、それでよく探偵を名乗っていられるな。加奈さんが言ってた、ジェームズ・モリアーティ教授が最も信頼している片腕、セバスチャン・モラン大佐の子孫……ザック・モランが、僕と君の父さんがホープダイヤを盗んだと加奈さんに進言していたそうじゃないか？　なにか、匂《にお》わないか？」

メルセデスは南池袋一丁目に入った。

車一台を挟んだ尾行を、いまのところ感づかれている様子はなかった。

「まさか、ザック・モランと富樫店長が知り合いだっていうの⁉」

「親子じゃないかって疑ってるところさ」

「親子⁉　ザック・モランの子供が富樫店長ってこと⁉」

檸檬が、頓狂な声を上げた。

響は頷いた。

「そんな馬鹿なこと……」

「加奈さんがモリアーティの孫だったことは、馬鹿なことじゃないのか？　僕を指名していた常連客が、君の知人の大手質屋チェーンの社長が、政府を動かす円卓評議会の日本支部長だったんだぞ？　モリアーティの孫の片腕として長く仕えている富樫店長が、セバスチャン・モランの子孫だったとして、なんの不思議があるんだ？」

「そりゃ……そうだけどさ、じゃあ、響君の推理では、ラブリーから情報を得た富樫店長がアメリカの父親と手を組んでホープダイヤを独り占めしたっていうこと⁉」

「富樫店長発信かザック・モラン発信かわからないけど、ふたりが手を組んで加奈さんを出し抜いた可能性は高い」

「響様！　ラブリー様に報告したいんですが、いいでしょうか⁉」

「響様！　タロと同様、ラブリー様に報告したいんですが、いいでしょうか⁉」

タロとジロが、後部座席から身を乗り出した。

「ホープダイヤが手に入らなくてもいいなら、好きにしろ」

響は、突き放すように言った。

メルセデスが、南池袋二丁目の交差点の赤信号に捕まった。

「ラブリー様に報告したら、どうしてホープダイヤが手に入らないんでしょうか？」

「いま説明するから、お前は黙ってろ」

響は、タロの言葉を繰り返そうとするジロを制した。

「いいか？　加奈さんの性格からして、富樫店長が裏切ったと知ったら総力を動員して捕まえるだろう？　拷問《ごうもん》にかけて吐かせようとしても、命に代えても口を割らない奴もいる。だから、まずは泳がせてホープダイヤの在り処を突き止めることが先決なのさ」

「富樫店長が無関係だったらどうするのよ⁉　お父さんの命がかかっているのに、三日しか時間がないのよ⁉」

檸檬が、逼迫《ひっぱく》した声音《こわね》で言った。

「もしかしたら、そうかもしれない。だが、可能性はある。たった三日で、一から犯人を捜すほうが不可能だ。三日しかないからこそ、可能性のあるほうに賭《か》けるのが賢明だと思わないか？」

「それじゃ、ギャンブルと同じじゃない！」

檸檬が気色《けしき》ばんだ。

「賭けは賭けでもギャンブルじゃない。探偵の勘さ」

「あなたはホストでしょ⁉」

「いまは、とにかく僕を信用してくれないか？　頼む」

響は、真剣な表情で檸檬をみつめた。

「わ、わかったから、前向いて運転してよ！」

檸檬がフロントウインドウを指差し叫んだ。

メルセデスは、交差点を曲がり路地へと入った。

間に挟んでいた車がいなくなったので、響はスピードを落とした。

目的地が近いことを祈った。

人気《ひとけ》のない道をあまり長い時間尾行すると、バレる危険性が高くなる。

祈りは通じた――メルセデスがスローダウンし、雑居ビルの前で停車した。

響は疑われないようにメルセデスを追い越し、十メートルほど進んでからエルグランドを停めた。

「どこに行くんだろう？」

檸檬が訊ねた直後に、メルセデスから富樫が降りてきた。

富樫は、雑居ビルの一階へと入った。

「店みたいだな……スナックかバーみたいな……」

響は、ドアミラーに視線を向けながら呟《つぶや》いた。

「躊躇《ためら》いなく入ったところをみると、常連みたいね」

「っていうか、単なる客ではなさそうだな」

言いながら、響の思考は激しく回転していた。

店内に入りたいが響も檸檬も富樫に顔が割れている。

かといって、タロとジロに任せる気にはなれない。

「悪いけど、『ドン・キホーテ』で僕用のキャップとサングラス、彼女用のウィッグと伊達《だて》眼鏡《めがね》を買ってきてくれないかな？」

響は、タロとジロに頼んだ。

この車で一緒に買いに行ったほうが早いが、その間に富樫が出てくるかもしれなかった。

「ウィッグは、どんなものをご希望ですか？　ロング、ショート、金髪、銀髪、白髪……」

「黒に決まってるだろ？　富樫にバレないように変装するウィッグなのに、金髪とか銀髪だと目立ちまくって注目されるじゃないか？　彼女はロングヘアだから、イメージとは逆のショートのウィッグがいいな。なければロングでもいいよ。もちろん黒で。あそこはパーティー用の奇抜な商品が多いから、黒のウィッグがなかったらニットキャップと伊達眼鏡でいいから……あ、やっぱり、ウィッグはやめてニットキャップを頼む」

タロとジロに任せたらピントのズレたウィッグを買ってきそうなので、響は思い直した。

「了解しました」

「了解しました」

タロとジロがきれいにハモると、左右のスライドドアを同時に開けて同時に飛び出した。

「二卵性の双子とか？」

二人三脚のように揃って走るふたりの背中を視線で追いながら、檸檬が訊ねてきた。

「さあ。でも、なんで加奈さんに仕えてるんだろう？　悪い人間にはみえないけどな」

響は、独り言のように呟いた。

「あなたもね」

不意に、檸檬が言った。

「え？」

「なんで、ホストになんかなったんだろうね？　いい探偵にみえるけどな」

檸檬が、真剣な瞳で響を見据えた。

「な、なんだよ……改まって。恥ずかしいだろ……」

予期せぬ言葉に、響はしどろもどろになった。

「あなたに出会えて、よかったよ」

「さっきから、気持ち悪いな。この世の終わりみたいなこと言うなよ」

照れ隠しで、響はぶっきら棒に言った。

「響君は、どうなのよ？」

「中に、客とかいるのかな？　誰もいないとやりづらいな」

響は、富樫の入った店の出入り口を凝視しながら呟いた。

「ちょっと、聞こえてたでしょ？　ごまかさないでくれる？」

「喉《のど》渇いたから、飲み物を買ってくる」

響は逃げるように車を降りた。

助手席に回り、なにか文句を言っている檸檬に顔を近づけた。

「僕もだよ」

窓越しに言うと、響は自動販売機にダッシュした。

五メートル先の自動販売機の前に立った響の心臓は、張り裂けそうに高鳴っていた。

「車に、戻れなくなっちゃったよ」

響はため息を吐き、ミネラルウォーターのペットボトルのボタンを押した。

☆　☆

「ただいま、戻りました」

相変わらずのデュエット——相変わらずの二人三脚で、タロとジロが駆け寄ってきた。

ふたりとも、黄色のポリ袋を手に提《さ》げていた。

「ありがとう」

響はタロとジロからポリ袋を受け取った。

「響様、どうして外にいらっしゃるんですか？」

珍しく、タロが単独で訊ねてきた。

「え？　あ、ああ、外のほうが見張りやすいと思ってさ……」

ポリ袋の中を覗《のぞ》き、響は平静を装いながら言った。

ヒョウ柄のキャップにミラーのサングラス、ピンクのニットキャップに白い伊達眼鏡——やっぱり、こういう結果になってしまった。

「どうして、普通のチョイスできないかな？　これじゃ、却《かえ》って目立つ……」

「響様、外で見張ると目立つのに、どうして車から降りたのでしょうか？」

響を遮り、ジロが訊ねてきた。

「ん？　いや……それは……まあ……もういい。それより、これから中の様子をみてくるから、三十分経っても僕から連絡がなかったら突入してくれ」

「では、三十分一秒目に突入するんですね？」

タロが至ってクソ真面目な顔で訊ねてきた。

「では、二十九分五十秒くらいには車を降りていたほうがいいですね？」

ジロも至ってクソ真面目な顔で訊ねてきた。

「秒刻みでなくてもいいから、だいたい三十分を目安に頼むよ」

響は、苦笑しながら言った。

「だいたい三十分を目安とは、二十九分で突入してもいいってことでしょうか？」

「だいたい三十分を目安とは、三十一分で突入してもいいってことでしょうか？」

タロとジロが、立て続けに質問してきた。

「三十分ジャストで頼むよ！」

響は言い残し、逃げるようにドライバーズシートに戻った。

ふたりのペースにつき合っていたら、日が暮れてしまう。

「ねえ？　さっきさ、もしかして、『僕もだよ』って言わなかった？」

シートに座るなり、待ち構えていたように檸檬が訊ねてきた。

「ほら、変装して。行くぞ」

響は問いかけには答えず、檸檬の膝《ひざ》にニットキャップと伊達眼鏡を放り、ヒョウ柄のキャップとミラーサングラスをかけた。

「なにこれ⁉　趣味悪っ！」

檸檬が、苦虫を嚙《か》み潰《つぶ》したような顔で叫んだ。

「同感。でも、考えようによっちゃ、僕らのイメージと懸け離れてるからバレないと思うよ」

「超ポジティヴだね。だんだん、私と似てきたじゃん。あ、ごまかされるとこだった。さっき、僕もだよって……」

「さあ、潜入調査だ！」

響は、勢いよくドアを開けるとドライバーズシートから飛び降りた。

「ちょっと、また逃げる気⁉」

ニットキャップと伊達眼鏡で変装した檸檬が、響に続いて車を降りた。

響は、檸檬の手を握った。

「なにするのよ⁉」

「僕らはいまからカップルだ」

「え⁉　冗談じゃない……」

「警戒されないための芝居だよ」

響は檸檬を遮り言った。

「あ、ああ、芝居ね。なら、仕方ないわ。でも、芝居でもあなたみたいなチャラいホストの彼女なんて最悪」

檸檬が、顔を顰《しか》めて舌を出した。

「なんだよ、さっき、出会えてよかったって言ってたくせに」

「それは、人としての話で男としてじゃないから。まったく、もう、なに誤解して……」

響は檸檬の唇に人差し指を立て、富樫が入ったドアの前に立った。

ナイトバー「シャンゼリゼ」。昭和テイスト溢《あふ》れる店名だった。

響は振り返り檸檬に頷くと、ドアを開けた。

店の中はL字形のカウンターと六脚のテーブル席があるだけのこぢんまりとした造りだった。

ダウンライトの琥珀色《こはくいろ》の灯《あか》りに染まった店内には、女性ジャズシンガーの陰鬱《いんうつ》な歌が流れていた。

「いらっしゃい」

カウンターの奥から、白髪をポニーテイルにした眼光鋭い男が無愛想に言った。

六十歳は超えているようにみえるが、ワイシャツ越しにも隆々とした筋肉が窺えた。

唇は弧を描いていたが、男の眼の奥は笑っていなかった。

カウンターの端に座り、液晶タブレットのキーをタップしていた富樫が、響と檸檬に顔を向けた。

心臓がバクバクと音を立てたが、平静を装った。

ふたりとも変装しているので、バレるはずがない。

響は檸檬を促《うなが》し、富樫の背後のテーブル席に座った。

富樫は響達に興味を失ったようにタブレットに顔を戻した。

「ビールとモスコミュールをください」

声色を変えて、響は注文した。

「ねえねえ、いつになったら休み取れるのぉ？」

檸檬も声音を変え、甘ったるい鼻声で芝居を始めた。

内容は、もちろんアドリブだ。

「ごめん、今月は取材が立て込んでるから休みは取れそうもないな」

響もアドリブを返した。

「みっくんが行かなくてもいいんじゃ～ん」

「だめだよ。アーティストって気分屋でわがままな人が多いから、慣れてる俺じゃないと雑誌のインタビューが成り立たないからさ」

響は、会話の中に音楽雑誌の取材ということがわかるようにキーワードをちりばめた。

「本当は半年前に沖縄に行くはずだったんだよぉ。絶対やだぁ。ねえ、三日でいいから」

檸檬は聞き分けのない女を演じていた。

富樫は、マスターに会うのが目的でバーにきたのだろうか？

響の読み通り富樫が犯人なら、マスターも共犯なのか？

「一パーじゃ難しいな」

カウンターに戻ったマスターが濁声《だみごえ》で言った。

「冗談でしょう？」

富樫が、タブレットから眼を離さずに言葉を返した。

もしかしたら、ホープダイヤに関係のある話なのかもしれない。

「無茶言うなよ。三日も休めるわけないだろ？」

響は、会話を続けながら聞き耳を立てた。

檸檬も、不貞腐《ふてくさ》れた顔をしながらも横目で富樫を盗み見していた。

「冗談なんて言うタイプにみえるか？」

不機嫌そうに言いながら、マスターがビールとモスコミュールのグラスを響と檸檬の前に乱暴に置いた。

「ちょっと、貰《もら》っていい？」

檸檬が運ばれてきたばかりのビールのグラスに口をつけながら、響に目顔で合図した。

彼女の目線を追った——カウンターの奥にカーテンがあった。

「ほかに誰かいるのかな？」

ビールのグラスを響に戻しつつ、檸檬が小声で言った。

「どうだろうな」

響も呟きを返し、カーテンから富樫に視線を移した。

「マスター、僕は十分過ぎると思いますが？」

富樫は、相変わらずタブレットに視線を落としていた。

これだけのやり取りを見聞きしているだけで、富樫の口調や表情が響の知っている彼ではないことがわかった。

それが、響の推理の確信を深めた。

「比率を考えてみろよ」

マスターが不満げに言った。

「満足の行く仕事だと思いますがね」

会話の断片からは、マスターが富樫に交渉しているようにみえる。

そして、富樫は交渉に応じていないだろうことが窺えた。

「無茶はみっくんが言ってるんじゃん！」

檸檬が芝居を再開した。

「じゃあ、俺は無理だな」

マスターが、煙草《たばこ》の吸いさしを灰皿に押しつけた。

「そうですか。なら、ほかを当たります」

富樫がタブレットを鞄《かばん》にしまいスツールから腰を上げた。

「待てよっ」

マスターが、富樫を引き止めた。

「無理なんですよね？」

抑揚のない口調で、富樫が言った。

「仕方ねえから、一・五パーで手を打つからよ」

「帰ります」

「わかった。一パーでいいよ」

観念したように、マスターが吐き捨てた。

「いつ会えますか？」

富樫が、スツールに腰を戻しながら訊ねた。

「その前に、いつ確認できるんだ？　絵に描いた餅《もち》だと洒落《しゃれ》になんねえしな」

「こっちは二時間あれば用意できますが、そちらは？」

「俺も二時間あれば連れてこれるぜ」

「申し訳ないんですが、仲間を連れてきますよ」

「そりゃ、こっちも同じだ」

ふたりの会話は、ホープダイヤに関する取引である可能性が高かった。

「では、場所はここでいいですね？」

不意に、睡魔に襲われた。
富樫の声が鼓膜《こまく》からフェードアウトし、瞼《まぶた》が落ちてくる。
こんなときに、眠るわけにはいかない。
響は、睡魔に必死に抗《あらが》った。
だが、強力な磁石のＳ極とＮ極が引き寄せ合うように、瞼がくっつきそうになる。
檸檬がなにかを呼びかけている。
聞き取れなかった。
次第に、檸檬の顔がぼやけてゆく……ぼやけてゆく……ぼやけて……。
眼の前に漆黒が広がった。

☆　☆

身体が揺れた。地震なのか？　また、揺れた。すぐに止むだろう。
また、揺れた。しつこい地震だ。
揺れがだんだん大きくなる。
もしかしたら、大地震かもしれない。
逃げなければ……身体が、動かなかった。

頬に激痛が走った。

響は眼を開けた。

ぼんやりとした人影が、なにかを言っている。

「響っ、響！」

ぼんやりとした人影の輪郭がクリアになってきた。

「おい、大丈夫か⁉」

語りかける人影は、邦彦だった。

「……どうして？」

上半身を起こした響は、顔を顰めた。

「ホームズ探偵事務所」の三人掛けのソファに、響は寝ていた。

なぜ、自分も父も事務所にいる？

激しい偏頭痛に襲われた。

身体が、水を含んだ砂を内臓に詰められたように重かった。

「事務所のドアの前に倒れてたから、救急車を呼びそうになったよ。五時間は、眠ってたな。中まで運ぶのに、ぎっくり腰になりそうだったよ。なにをやってもまったく眼を覚ます気配がなくて気持ちよさそうに熟睡してたから、しばらく寝かせておいたんだ。酒に強力な睡眠薬を混ぜられていたんだな」

対面のソファに腰を下ろした邦彦が、渋い表情で言った。

響は、朦朧《もうろう》とする思考に鞭《むち》を打ち記憶を手繰《たぐ》った。

富樫を追って、バーに入った。

たしか、ビールを注文した。

そのうち、抗い難い睡魔に襲われたところまで覚えている。

脳裏に蘇る白髪ポニーテイルのマスター……。

「『富王』の富樫店長を追ってたんだ」

響は、ぽつりと切り出した。

「ラブリーの表の商売を任されていた男だな？」

邦彦が確認しながら、ミネラルウォーターのペットボトルを差し出してきた。

響は頷き、ひと息で半分ほどミネラルウォーターを流し込んだ。

枯渇《こかつ》していた細胞が生き返ったような気がした。

「加奈さんからモリアーティの片腕……セバスチャン・モラン大佐に子孫がいるって聞いて、閃《ひらめ》いたんだ。息子のザック・モランが、わざわざ父さん達が犯人だって加奈さんに吹き込んでいた話を聞いて違和感を覚えてさ」

「だから、身内同然のザック・モランが犯人じゃないかって睨《にら》んだのか？」

「父さん達が犯人じゃないってことを前提に考えると、そういう推理に行き着いたんだ」

「なるほどな。富樫店長に眼をつけたのは？　ザック・モランから連想するのは、飛躍し過ぎだと思うが？」

身を乗り出し訊ねる邦彦は、探偵の顔つきになっていた。

「たしかにね。でも、着眼点の角度を変えるとそうでもないんだ」

「着眼点の角度？」

邦彦が、興味津々の顔で繰り返した。

「以前、富樫店長から父親がアメリカ人だって聞いたことがあってさ」

「アメリカ人のハーフなんて、いくらでもいるだろう？」

「もちろん、それだけじゃないよ。加奈さんがモリアーティの子孫だということは、何十億も利益を生み出す『富王』のナンバー2の富樫店長もなんらかの関連があるって考えるほうが自然だと思ってさ」

「男と女の関係ってことか？」

「一瞬、それも疑ったよ。でも、数十億の金を動かす商売を恋人だからって任せるほど加奈さんは甘くないと思った。かといって、優秀だっていう理由だけで社員から選ぶのも違うなって。そこに、ザック・モランの話と富樫店長の父親がアメリカ人で彼がハーフってことを結びつけたら……そう考えられたんだ。それでも、危険な賭けには違いなかった。普通の状態なら、そんな大博打《おおばくち》は打たない。でも、三日しか猶予がなかったからさ。推理って言えば聞こえはいいけど、大博打だろうがなんだろうが賭けるしかなかったっていうのが本音だよ。あ！　そういえば、彼女は？」

響は手を叩き、事務所内に視線を巡らせた。

檸檬も、自分と行動をともにしていたことを思い出したのだ。

「檸檬君のことか？」

「ああ。富樫店長を尾《つ》けて、変装してバーに一緒に入ったんだ。彼女も酒を飲んでたから……ヤバいよ！」

頭から、すっと血の気が引いた。

響は勢いよくソファから立ち上がった。

「檸檬君なら無事だ」

邦彦が、冷静な声音で言った。

「どうして、そんなこと言い切れるんだよ⁉　っていうか、父さん、どうやって水槽から逃げ出したんだ⁉」

次々と蘇る記憶――邦彦も檸檬の父も、特大の水槽に閉じ込められていた。

「ラブリーが、逃がしてくれたよ」

「加奈さんが⁉　なんで⁉　どうして⁉」

わけがわからず、響は矢継ぎ早に質問を浴びせた。

邦彦は響の質問に答えず、ケースに入ったＤＶＤを掲げてみせた。

「ウチの事務所のポストに入ってたよ」

「誰が入れたの？」

「さあ。ひとつだけはっきりしてるのは、お前を眠らせてここに運んできた人物だってことだ。お前が寝ている間に、私は先にみせてもらったよ」

言って邦彦は、ケースから取り出したＤＶＤを再生機にセットした。

邦彦がリモコンのスイッチを入れながら、響の横に座った。

ほどなくすると、黒の画面に数字の⑤が浮かんだ。
④③②①――画面が切り替わり、ハート形のソファに座った檸檬が現れた。
「檸檬！」

響の大声が、事務所の空気を震わせた。

『お目覚めかな？　響君』

檸檬が、画面越しににっこりと微笑みかけてきた。

「え⁉　え⁉　なんで⁉　どういうことだよ⁉　どうして檸檬が、ラブリーの椅子に座ってるんだ⁉」

動転と混乱に襲われた響は、動画の中の檸檬に問いかけた。

『いま、パニックになっている君の顔が眼に浮かぶわ。どうして、私がこの椅子に座っているのか？　ってね。その前に、響君に謝っておくわ。ごめんね、眠らせちゃって』

檸檬の指先には、タブレットシートが摘《つ》まれていた。

『響君のビールが運ばれてきたときにひと口貰ったの覚えてる？　目線で、カウンターの奥のカーテンをみるように仕向けたのも。その隙《すき》に口に含んでたタブレットを、ビールにシュワシュワッて。君が炭酸飲料を頼んでくれて助かったよ。因《ちな》みに、「ホームズ探偵事務所」に響君を運んだのはタロとジロよ。マスターには、君が下戸《げこ》のくせにお酒を飲みたがるって説明して、潰れたことにしたからさ』

檸檬が、無邪気に笑った。

「なっ……マスターじゃなくて、君が睡眠薬を入れたのか！　どうして⁉　なぜ、君がそんなことをする必要があるんだ⁉」

響は、画面を指差し疑問をぶつけた。

『どうして？　響君の頭の中は、疑問だらけでしょうね。いいわ。教えてあげる。引いてくれる』

檸檬が命じると、カメラがズームアウトした。

檸檬の背後に並ぶ顔触れをみて、響は眼球が飛び出しそうになった。

左から、西條、津川、偽ラブリー、黒人ふたり、タロ、ジロのラブリー一派が直立不動の姿勢で立っていた。

檸檬の隣の色違いのハート形のソファには、加奈が座っていた。

『隣にいるのは、ジェームズ・モリアーティ教授の孫で、二代目ラブリーよ』

「二代目ラブリー⁉」

響は、素頓狂な声で繰り返した。

『そして、私のママでもあるの』

「マ、ママ⁉」

響は、裏返った声で叫んだ。

『君が、ジョン・ヘイミッシュ・ワトスンの曽孫《ひまご》だと思っていた桐島檸檬は、ジェームズ・モリアーティ教授の曽孫であり、三代目、現ラブリーよ』

「れ……檸檬が……ラ……ブ……リー……？」

放心状態で、響は繰り返した。

加奈が檸檬の母親で、檸檬はワトスンの子孫ではなくモリアーティの曽孫であり、三代目ラブリー？

脳内に飛び交う疑問符——縺《もつ》れる思考の糸。

なにがどうなっているのか、まったくわけがわからなかった。

『曽《ひい》お祖父《じい》ちゃんの片腕だったセバスチャン・モランの孫……ザック・モランが言ってたわ。スミソニアン博物館から窃盗団が盗み出したホープダイヤを強奪したのはシャーロック・ホームズの子孫だって。それで、私とママは絵図を描いた。ママはシャーロックの曽孫である木《き》塚《づか》響が勤めるホストクラブの常連客として接触して、私はワトスン博士の曽孫を演じ、「JHW探偵事務所」の私立探偵を名乗った。もちろん、ワトスン博士とはなにも関係ないよ。君を信用させるために、偽ラブリーこと遠山《とおやま》金《かね》子《こ》が所属する劇団「ミントドロップ」の役者にワトスン博士の孫……つまり、私のパパ役を演じてもらったってわけ』

「すべて……嘘……？」

罅《ひび》割《わ》れた声が、響の口から零《こぼ》れ出た。

『ママが失踪を装ったのは、私が響君に接触するためだったの』

――ちょっと、いい？　あなた、このマンションの住人なの？

加奈の失踪直後、代《よ》々《よ》木《ぎ》のマンションを訪れた響の前に突然現れた生意気な女性の姿が、昨日のことのように脳裏に蘇った。

檸檬は「富王」の客だと言っていた。

「富王」の店長……富樫からの捜索依頼を受けて調査に乗り出したと語っていた。

『富樫君は、響君の推理通りにザック・モランの子供だったの。モリアーティ教授とセバスチャン・モラン大佐の師弟関係は、孫、曽孫に受け継がれてきたってわけ。富樫君は、ママと私の片腕となって表と裏で活躍してくれたわ。響君とも信頼関係を築けていたから、ママの捜索依頼を受けたときも違和感を覚えなかったでしょう？』

たしかに、加奈を通じて富樫とは親しくつき合っていた。

加奈の捜索依頼を受けたときも、微塵《みじん》の疑いも抱かなかった。

だが、一刻も早く警察に捜索願を提出したい、と言っていたにもかかわらず、同時期に檸檬の探偵事務所にも捜索依頼をしていたことに疑問を感じたが、加奈、檸檬、富樫が最初からグルだったのであれば謎《なぞ》は解ける。

『加奈を演じるママを捜索するために、行動をともにしていた響君を観察、調査していたけど、怪しい言動が感じられなかった。仕方なく、偽ラブリーに誘拐されたり、私も身体を張ったわ。偽ラブリーに、ママがホープダイヤの在り処に行く可能性が高いから尾行しろと命じられたり、私の偽パパと響君のパパを拉致《らち》して、揺さぶりもかけた。私や君のパパの命が危険にさらされたら、君がホープダイヤのことを言うかと思って。ありとあらゆる手段を使っても、君は尻尾《しっぽ》を出さなかった。パパも、息子の身が危険にさらされても口を割らなかった。そのうち、私の中に、ある疑問が生まれたの。もしかしたら、響君も響君のパパもホープダイヤを盗んでないんじゃないか……ってね』

いまだに、響は夢をみているような気分だった。

それも、飛び切りの悪夢を……。

『ママは、反対したわ。ザックが裏切るはずはないって。犯人は絶対に響君とパパだって。でも、ザック・モランが情報提供してくれたって話が出たときに、君は彼こそ怪しいと言ったでしょう？　そのときに、私は賭けてみようと思ったの。シャーロック・ホームズの遺伝子にね』

檸檬が、ウインクした。

『さっきも言ったけど、君は富樫君をザック・モランの息子だと推理し、尾行した。私は当然、そのことを知っていたけど、まさか……と思った。だけど、万が一のために、富樫君には尾行していることを伝えなかったし、ママにも口止めしたわ。あとは、ふたりでカップルを装っているときにバーで聞いた通りよ。白髪ポニーテイルの怪しげなおっさんと富樫君がパーセンテージの話をしているときにピンときたよ。白髪ポニーテイルは闇《やみ》の古物商で富樫君が売り捌《さば》くことを依頼していた相手なんだなって。それから……ホープダイヤを盗んだのはこいつなんだなって』

画面が切り替わった。

邦彦が監禁されていた特大の水槽——その中で椅子に縛られた顔面血塗《ちまみ》れの男は、富樫だった。

ふたたび画面が切り替わった。

『君のおかげで、ほら！』

檸檬が手に持った紫のベロアのケースの蓋《ふた》を開けると、濃い碧《あお》のクッションカットのダイヤモンドが神秘的な輝きとともに現れた。

ホープダイヤモンドの周囲を透明なダイヤモンドが取り囲み、ペンダント仕立てになっていた。

『「持ち主を次々と破滅させながら人の手を転々としていく呪《のろ》いの宝石」っていう言い伝えは、本当だったみたいね』

初めて、加奈が口を開いた。

『富樫は、ピラニアに骨にしてもらってから遺灰をザックに送ってやるわ』

二代目ラブリーが、加虐的に笑った。

いまでも、加奈と檸檬が母娘《おやこ》だなんて信じられなかった。

だが、そもそも、響の知っている檸檬は本当の檸檬じゃないのだ。

その前に、檸檬という名前も偽名だろう。

彼女の本性は、目的のためなら人の命も平気で奪う加奈同様に残虐で冷酷なのか？

『娘の名誉のために言っておくけど、殺人に関してはすべて私のスタンド・プレーだよ』

響の心の声が聞こえたとでもいうように、唐突に加奈が切り出した。

『悠《ゆう》を殺したのも、もちろん私の独断さ。まあ、もうわかってると思うけどさ、私はバイセクシャルなんだ。悠は彼女だったんだけど、痴情《ちじょう》の縺《もつ》れっていうのかな、些細《ささい》なことで喧嘩したときに、あんたに全部ばらすとか言い出してね。もちろん、脅しだったんだろうけど、私は少しでも綻《ほころ》びをみつけたら服ごと捨てるタイプでさ。だから、娘のことは……』

『もういいって。ママがフォローしてくれて嬉《うれ》しいけどさ、このＤＶＤを観ている響君には、私がモリアーティ教授の曽孫だって知った時点で怒りと恨みしかないと思うから無駄だよ。まあ、逆に私が騙されていてもショックで許せないしね』

檸檬が、加奈を遮り自嘲《じちょう》気味に笑った。

檸檬が人殺しに手を染めていないことを知り、響は胸を撫《な》で下ろした。

欺《あざむ》かれていたのに……憎き敵だったのに……ホープダイヤをまんまと持ち去られたのに……。

響には不思議と、腹立ちも恨みもなかった。

そういえば二人で何度も窮地に陥ったときも、檸檬は憎まれ口を叩いたり、いつも前向きだった。彼女の芯の強さというか肚《はら》が据わっていることに、響は何度も救われた。しかし、今思えば彼女の安全は保障されていたのだ。

『さあ、そろそろバイバイだよ。改めてだけどさ、ありがとうね。君は、立派な探偵だったよ。そして、私の好敵手だった。今回は、真犯人を突き止めた響君のポイント、その君を欺きコントロールしホープダイヤをゲットした私のポイント……痛み分けってところね。いつか、また、どこかで決着をつけよう！』

檸檬が、「犯罪の天才」の子孫とは思えない爽《さわ》やかな笑顔でカメラに向かって拳《こぶし》を突き出した。

無意識に、響も画面に拳を突き出していた。

『最後に……君のこと好きになったかも！　んじゃ！』

早口で叫び、頬を赤らめはにかむ檸檬の顔が黒い画面に呑み込まれた。

「凄く斬新《ざんしん》な愛の告白だな」

邦彦が、リモコンでスイッチを切りながら茶化すように言った。

「冗談言ってる場合じゃないだろ？　どうするの？　お宝、持って行かれちゃったよ？」

響は、照れ隠しに言った。

「私達は謎を解くことが仕事の探偵だ。お前は、探偵の仕事を全うしたよ」

邦彦が、柔和な笑顔を向けた。

「ところで、お前、祖父が生きてたら鼻で笑われるぞ」

唐突に邦彦が、デスクの背後の壁に飾られている曽祖父の肖像画に視線を投げながら言った。

「僕が曽祖父さんに？　なんで？　事件は解決したのにさ」

響は、不満げに唇を尖《とが》らせた。

「ピラニアは獰猛《どうもう》なイメージがあるけど、実際は極めて臆病で自分より大きな生き物を襲うことはない。襲うどころか、人間が手足をバタつかせただけで驚いて逃げてしまうくらいだ。パニック映画でピラニアの大群に襲われて骨になるってシーンが多々あるから、みんな、ピラニア＝《イコール》人食いみたいなイメージが出来上がったんだろう。現実に自分より大きな生き物を襲うのは、獲物が死んでいるか瀕死《ひんし》でほとんど動かない場合にかぎられている。お前もシャーロック・ホームズの遺伝子を継いでいるなら、そのくらい知っておかなければな」

「もちろん、知ってたさ。父さん達が睡眠薬を使われてなければ、僕も慌てなかったさ。眠っている状態の人間は、ピラニアからすると死体と変わらないからね。もっと言えば、極限まで空腹にさせた状態のピラニアなら、動く人間でも襲う場合がある。ラブリーのことだから、そこまで知ってて餌を抜いてた可能性も考えられた。どう？　僕もなかなかのものだろう？」

響は、自慢げに言った。

「じゃあ、あの檸檬って子の件は？」

「え……」

「シャーロック・ホームズがワトスン博士から恋人がいると聞かされたときの名言がある。

『どんなに立派な女性でも百パーセントは信用できない』ってね」

肖像画から響に顔を戻した邦彦が片目を瞑《つむ》った。

入れ替わるように、響は肖像画をみつめた。

実家のリビングの壁にあるものと同じだった。

長身瘦軀《ちょうしんそうく》、青白い肌、オールバックに整えられた頭髪、鷹《たか》のような鋭い眼、すっと通った鼻梁《びりょう》、糊《のり》の利《き》いたシャツの襟《えり》、銀のカフスどめ、黒のフロックコート、黒のボウタイ、パイプ——セピア色の曽祖父が、「まだまだだな」と言っているようだった。

もっと成長して、モリアーティ四世と決着をつけるからね。

ホームズ四世の誇りに懸けて。

響は、偉大なる曽祖父……シャーロック・ホームズに誓った。

ゆっくりと、眼を閉じた。

——最後に……君のこと好きになったかも!

モリアーティ四世としてではなく、桐島檸檬としての言葉が鼓膜に蘇った。

僕もだよ！

ホームズ四世としてではなく、木塚響としての言葉を瞼《まぶた》の裏ではにかむ檸檬に返した。

協力　北原尚彦

『ホームズ四世』二〇一六年八月　講談社刊

中公文庫

ホームズ四世《よんせい》

2022年 3 月25日　初版発行

著　者　新《しん》堂《どう》冬《ふゆ》樹《き》

発行者　松田陽三

発行所　中央公論新社
〒100-8152　東京都千代田区大手町1-7-1
電話　販売 03-5299-1730　編集 03-5299-1890
URL https://www.chuko.co.jp/

DTP　嵐下英治
印　刷　三晃印刷
製　本　小泉製本

Published by CHUOKORON-SHINSHA, INC.
Printed in Japan　ISBN978-4-12-207189-6 C1193